U0810842

在草木与兽之间

ZAI CAOMU YU SHOU ZHIJIAN

图书在版编目（CIP）数据

在草木与兽之间 / 玄武著. --桂林 ：广西师范大学出版社，2024.7

ISBN 978-7-5598-6942-5

Ⅰ. ①在… Ⅱ. ①玄… Ⅲ. ①散文集－中国－当代 Ⅳ. ①I267

中国国家版本馆 CIP 数据核字（2024）第 095642 号

广西师范大学出版社出版发行

广西桂林市五里店路 9 号　　邮政编码：541004

网址：http://www.bbtpress.com

出版人：黄轩庄

全国新华书店经销

广西广大印务有限责任公司印刷

桂林市临桂区秧塘工业园西城大道北侧广西师范大学出版社集团有限公司创意产业园内　邮政编码：541199

开本：880 mm × 1 230 mm　1/32

印张：12.75　　字数：240 千

2024 年 7 月第 1 版　　2024 年 7 月第 1 次印刷

印数：0 001~5 000 册　　定价：65.00 元

如发现印装质量问题，影响阅读，请与出版社发行部门联系调换。

在草木与兽之间

玄武 著

GUANGXI NORMAL UNIVERSITY PRESS
广西师范大学出版社
·桂林·

代自序：每一粒汉字都是一座小小的神庙

1.

这一世的人，都是会死的。没有人可以活着离开。我只是想以有限的才华，勤奋但仍然有限的努力，诚恳地写出我内心的真实。有人能读出诚恳，读出真实；有人看出不合规格，看不懂，只好由他去。如此，才是纷杂的人间。人的善恶好恶，只是闪念之间完成。

2.

真，可拓展为：真实，真诚，真气，璞真，天真之气，真性情。是重要，甚至最重要的文学审美概念，即便在虚构类作品中也依然如此。虚构只是文学手段，并非日常语境中的虚假。其核不变。

一为不真，众美皆亡。

3.

辨诸物之理，求世间之美。谈吐内心真实，坚守人间常识。四地千里万里，唯求有异质的同类。

好的读者相遇，只是缘分。

只可能说明，您心中有似曾相识的事物，您热血未冷，信念未泯，您的骨头虽迫于时世或生存竭力掩饰，却忍不住时时龇了起来。

4.

杰出的人都意识到朴真对艺术的重要性，它几乎是艺术的原力之一种。但即便在这样的少数人群中，许多人自身没有朴真，他们赞叹，认为好，但自己只能后天修炼到一些技巧。有些人原本有，后来慢慢消失，有的是迅速消失，这种力在他身上宛若灵光一闪，然后归于晦暗。

于是我们看到，许多人只有年轻时那一点作品，焕发才华逼人的气息。后来……他们靠名声吃饭了，再不能继续自己。

远离文坛的种种污浊。一个自身气息强大的人，往往也具有排斥污浊的能力。我很欣慰看到还有这样的人。有朋友说，那样的人就像 20 世纪的人。

怀有朴真，在世间是艰难的。但我们仍要竭尽全力去守护它，去壮大它，它是艺术的核心，人的核心。我有时候不合时宜地想，它就像牛身体里的牛黄。我们似乎削弱自己，却壮大它。

5.

我妄图有一条河流，当是我的。激烈，饱满；偶尔也清澈，明媚，载动温柔的春光。它不能只留在表皮，偶尔潜入地下。不能死样发臭，假装是一条河。它时常避开，来到人迹罕至之地。它即便混浊咆哮时，也是干净的。

但目前仍然不够，目前仍是奢望。我直斥同时代的书写者，无论年齿地位亲疏，更多的却是苛责自己。

6.

文道峭拔难行，有宵小之辈流矢，还有白衣秀士莫名其妙地嫉恨。战士在厮杀。看客在指点，说，他那个姿势不好看，他衣服破了，哎呀，他那个流血的地方太搞笑都靠近大腿根儿了，他眼睛肿得太难看了。

7.

我知道人所共有的缺陷。比如忌恨，比如利益之争，比如思想之争。我知道人性之暗昧，比如邀宠，比如落井下石，比如忘恩负义或恩将仇报，比如因微不足道的小事而衔之恨，比如因爱而致的恨仇，比如对与众不一者的莫名恶意，比如心智闭塞的愚蠢。

我预设所有的人都是好的，所有的人在心境安宁的时刻，都有向善之心。但我有坚硬的核以自我防护。在没有合适土壤、合适温度的人心，核永远是核——一颗莲子，可以千年。或者，核自己烂掉。被碾碎掉。死掉。它唯有得到合适的节候、土壤，在合适的人的心中才能柔软，才能发芽，由柔软变得强壮。

8.

文章学是需要研究的。它是一门古老而弥新的学问。一种秘而难言的、直捞人心的技艺。一种灵魂脱窍附着于物、令物蹈舞的法术。文章是令万物起死回生的咒语。我们在波涛汹涌的庄子、司马迁、希罗多德、韩愈、苏轼、但丁、蒲松龄、惠特曼、麦尔维尔、鲁迅、博尔赫斯中寻找到自己。多少人只成了波涛卷走的裸尸。浪剥得干净，底裤不剩，并无死后尊严。

当世只称：散文。一种同样被庸俗化、被剥夺尊严的文体称谓。它像牛仔裤一般可以裹住任何人的身体。

文章学首先是：独立的，卓异的，无所羁绊的人的精神。文章学中供奉着一位神灵，他的目光映亮每一个字。有此，才谈得到语言法术，才念得动咒语。

漫长时间中的标准，文章相对于韵文而成立。但有韵的骈文也是文章。今，文无韵，诗无韵。所求无非是语言内在节奏，和内在的推动力，和控制力——犹纵马狂奔，犹勒马直立。

9.

我有一类短文，劈头盖脸就写，说打住就打住，没有了。

有时甚至只是一句话，标题都比它长。但是我认为作为一篇独立文章，它已经成立。如果偶尔写出了像唐律中最好的那一联对句式的句子，会觉得何其侥幸。

有时一句话即可搅动千年，衔接前世，和人类混沌的遗传记忆。但是我还达不到。努力修炼中。

对文章学，我的许多观点，许多写作追求，与时下略不同。

文章忘我，去文章之形。是重要的。可能非常重要。

10.

我们这一代，应该留下一点有思考的东西，哪怕是微弱的思考。

有许多热爱文学的朋友。我想告诉他们，还有我这一路写作者，而且不是我一个。而且我不是最突出的一个。那些热爱文学的朋友，我一点不怀疑他们的热爱。但是我想说，一些东西不是文学。还有一些，只是文学之耻。

有许多写了几十年的朋友，我觉得我们既然爱此道，那么，应该，写一点真正不违背内心的东西，否则，不说其他，首先对不住自己。

11.

一些缺乏阅读和独立思考的散文，即便是其中最打动人的，也无一例外呈现一种单一的姿态：

把散文写成一种完全依赖叙事的、平面的而非多维多向度的、像是不成熟的小说的记叙文，而丧失散文文体最重要的属性：思想性，独立性，直接性（的力量），立体性。

兼之，许多完全依赖叙事推进的散文，缺乏作品内在的驱动力，缺乏张力，它们疲软，笨重，一览无余，没有阅读期待感，不值当读第二遍。它们往往急于诉说，语言表面化（即便很干净很流畅，甚至有世人所说的漂亮，也缺乏穿透力），无个人行文风格，谈不到对语言的贡献。

还有的，搞成软体动物一样的抒情（抒情其实也可以有深沉的力量，而不是像许多散文一样呈漂浮状、飘荡状），叫美文，也就是学生作文里的抒情文。从“啊！故乡”发展而来。

12.

我的文章和那些美文不一样。精致的，苍白的，冷漠的，光鲜的，孱弱的，大脑停滞不动的，堆砌的，装的。

文字当派生自骨中，是身体的一部分，动哪一个字都会痛。写法上，内容上，审美取向上，精神向度上。

在我，文章高于小说。小说的叙事在文章中只是局部功能，叙事要杂糅于其他笔法中，得到百感交集的体现。当有表述手法的混沌之力才不致单向度。

文章当直见性命，一笔连带一生，一挥如搅动大海、翻起千年。

13.

问：为什么写作心力重要，沉心重要？

答：好的写作者，一颗心是放到底的。坦然，自信，沉着，无所畏。他不用左顾右盼，不用搔首弄姿，不用忐忑不安，不用顾左虑右，不用讨好某组织或人群，甚至也不用讨好读者。不会跟风乱跑，不会受评论影响（无论好坏）。他凭一颗展展地放到底的心来判决，来书写。他书写的温度是他的体温，他书写的语感是他血液的流速。字像他身上长出来的生命，每一颗字是有机的，会喜悦、愤怒，会疼。

这样的心更准确，因为沉到底的心才有毫微可鉴的观察力和高度敏感的感触力，像水面清澈并安静下来才可以照影。写作者攫取记忆中飘浮或隐或现的物象，寻找最生动的、最深刻的，就像水中捕鱼，看准了，迅速出手抓住。若捉不准，就抓一手水，安慰自己好歹是鱼游过去的水。

你见到从井里打水没？那些不得沉心的人的心，就像井中晃悠的桶。也许半桶，也许一桶往外溢着洒着，也许空桶，总之是哐当哐当地晃。

好的沉着的心不用桶。自己生水，自成源泉。

14.

汉语是要有神性的。每一颗汉字，不是死亡的魂魄，不是一具具死尸。写作者不能是殓尸师，弄那些给尸体上妆的功夫。你描画得再好又如何。

每一颗字打开，通向万物，万物之魂如青烟，吸纳字中。每一颗字静止如夜间站立的马匹，它不动，自拂动的长尾亦可知有力。每一颗字晃动，抖落马匹奔跑时咸腥的汗珠！

诚，才有可能通神。如果连内心的清洁都不能做到，如果连内心的虔诚都不能做到，谈何神灵。

虔诚这一情感，是宗教性的情感。一善念乍起，四方震动。

一心如庙。我的庙里不是泥胎脱落了无生气的土偶。夜间他们会走动起来，微笑，或发怒。他们交谈的声音，在树叶的晃动中沙沙作响，有时在风中大起来，激烈起来。

目录

第三辑 | 每到天地之间，我便魂飞魄散

第四辑 | 不灭对善良、温暖和光的信任

第五辑 | 鸟儿衔走我们的灵魂

第六辑 | 在故乡的异乡人

第七辑 | 远去，或者归来

第一辑

那些凝视我的野兽

冷漠而温柔的夜晚

1.

坐待日落，昼光收而天地暝。就仿佛是我赶着那枚红丸，关入群山之圈中。说赶，其实一前一后，彼此有默契和惯常的步速。尾随而已。一个知道该往哪里跑，在哪里停下，等待着，但不催促。一个相应跟着多少年下来的节奏。

我想起少时，村里一个几岁的小孩。他只有一只羊，拴在自己左胳膊上。他没有母亲，饿了就趴到羊身下，咂巴羊奶头。我见过这样的场景。后来他害羞了，吃羊奶避开人，但是我还是能够见到。他因此恨我。

许多次黄昏，他和他的羊，在天光里的轮廓从小到大，从远到近，从模糊到清晰，缓缓靠近了村口。

现在我是那个小孩。日头是我唯一的羊。

2.

夜游看到一对夫妻鸟，在树杈间交颈而眠。总担心鸟儿在睡梦中掉下去，我小时候在柿子树上睡觉，发生过这样的事。睡前我还有意用双脚勾住树枝又交叉呢。但不管用，人这个物种，入睡是四肢舒展开的。不能像鸟儿。

鸟儿怎会掉落。它的小爪子扣得很紧，翅膀也挨住旁边的枝叶。树是它的软床，怎么睡也不会滚下床去。

这对夫妻鸟梦见了我的灯光，但是看不到我这个人。我隐在暗里，灯光是我的隐身衣。有一只鸟不安地扭动头，却没有飞的意思。

现在鸟儿梦见灯光隐去。我离开，万物如常。鸟的梦断续不连贯，明天醒来，曾经的梦更加模糊，像是前世事了。

这个人闯入鸟梦，究竟意义何在？于鸟，于他，于树，于他冲荡开的那片暗？

3.

无月，无一颗星，夜晚的旷野，不知何故是微亮的，像天擦黑时的天光。万物依稀都在，站着的站着，晃动的晃动，藏猫猫的藏猫猫，比如那只成精一般狡猾的兔子。

路上如此，旷野如此，在山间也是如此，仿佛黑暗被弄丢了。夜晚被调包，成了一个弄虚作假的黑夜。

前几日极寒时还不是这样，即便有月，弯月或者半月，也基本十米外不可见物，大物唯显轮廓。

我还没有弄明白原因，似乎不大有人关心，也不大有人见到。人们忙着赚钱，算计职位升迁，或者此时做着艳梦。他们会发出尖厉的讥笑声，说吃饱了撑的关心这样的事，说关心这个有用吗？他们玩着抖音、转着段子，嘴里塞着东西，口齿不清地说，这个人好无聊啊。他瞎转无聊，他读书也好无聊啊。

夜晚如此，目前能想到的是雾霾所致。雾霾像一个锅盖扣在上空，霾粒反射了城市光线，而且似乎还起了保暖作用。

想不到霾的影响有这么大，夜晚的黑都被它强暴篡改。但真的是这样吗？

4.

夜晚不属于人类，他们为睡眠、恐惧所控制，在睡梦里躲避黑暗和寒冷。夜晚的旷野，仿佛另一颗星球。一只兔子在树林里独自玩耍，不见别的，就它一个。它看不到我，在一棵松树下蹲着，可能正吃松子，两只耳朵耷拉下去，半晌不动。很长时间，大约一刻钟维持那样的姿态，以致我怀疑看走眼了，以为是一个动物蹲状的石头。这时它惬意地伸了个懒腰，蹦跶了一下，又退回去继续吃。它甚至还打了个滚。它孤独而自在，就像造物之初的一个小神灵。它追逐我打过去的一豆点红光，玩得开心。手电亮起的时候，它的眼睛亮了红光。它向下一矬，一动不动，仿佛瞬间石化。忽然一跃，就在一跃之间消失了。

对它，对我，这偶遇都是不真实的事。我和它原本毫无干系，也不可能有干系。彼此的距离，比人群中相识却永不交往的两个人之间更为遥远。

我可能跨过了谁的坟头。出声念了句抱歉打扰，黑暗里打个躬。前面又是坟头，再后来也懒得说了。人类是敬畏与死亡相关的事物的，这传统几乎成为基因遗传。我一样，过此，心中多少起瘆意，后来就没有了。

坟旁边是垃圾，城市不断运来的垃圾就要把一个山谷填满了，我猜也有些无主之坟深压在垃圾之下。新开的道路旁随处都是坟，逼仄地挤在行道树之间，像随时想逃开，却又受拘，逃不掉的样子。死亡与垃圾同在。死者的尊严已成为不可能之事。连生者都无尊严，遑论死者呢。

一只什么动物，发出人类的一种惨叫声，一声又一声，在山谷里回荡。我知道发情野兔的叫声很吓人，是肾上腺憋到大脑沟回里一般的痛苦大喊，是的，是大喊，很大声，接近于婴儿不舒服憋足吃奶气力的哭喊。你简直不能相信，那是一只胆怯的几乎躲开万物的小小的兔子发出的声音。但这个惨叫声我听了很久，后来确定不是兔子。也不是猫狗，不是鸟类。应该出自我不知道其声的某种动物，那一种像被囚禁虐待的女人大声哭泣一般的声音啊，仿佛带了身体的伤痛。

起了风，树林开始摇晃，像一艘黑魆魆的船。是黑暗使地上万物有了整体感。拨开树枝，一只很小的鹌鹑，躲在枝叶深处。

我头钻进去，它在灯光里几乎透明，茫然地抓着树枝，不知发生什么。它睡得正熟，好像梦中见到了一个恶魔似的人。我伸手就可以轻轻捏住它。我和它脸对脸，对着端详了一会儿。它几乎没脸，脸上只有一只尖喙。我离开，它没有动。我只是丰富了它的梦。但是一只鸟的记忆留不住一个梦。

黑暗淹没时间，让人对时间失去概念。天快亮了。

草丛窸窸窣窣，隔了冷硬而茫然的风声，也辨得出来。强光手电照着，枯草连片不见头，高过膝盖。深一脚浅一脚过去，忽然有物扑棱棱飞起，吓我一跳。自拍动翅膀的声音可知，它的肉很大，是肥壮丰满如唐朝女人一般的鸟。

它咯咯叫着，原来是野鸡。只瞬间，不知落向哪里，声音停息，不见了。抬头见漫天星辰，刚才羽毛似的细细的月亮，沉得不见了。

打着灯光再向前走，拔脚吃力，有的草窝子近大腿深。灯光边缘觉得有物——是直觉，并未见到动。手电聚了光照过去，没有东西。想往前走，不甘心，再照，是一只雄雉！离我只两三米远，它埋了头在草深处，一动不动，以为能骗过我，却暴露出漂亮的羽毛和尾巴。

捡块石头扔过去。雄雉吃了痛，一言不发飞起来。它飞得好高！不像以前见过的野鸡斜飞，而是一飞冲天。灯光照见它在苍蓝的天空下飞翔的姿态，像一朵暗红的大花盛开。赞叹！

5.

午夜零时的短松林，苍黄的半月低悬，微微有光，但树影里是黑暗的。一棵稍高的树杈间，宛若有一只大鸟——很少有大型鸟。偶有一次，一只大鸟还是两只，从我头顶砉然起飞。我没有看见，没有预料到，浑身抖了一下。那声音像把黑暗和其他什么东西撕裂了一般。从拍击翅膀的声音判断，是非常有气力的鸟，大而机警，体形使得它不能钻入枝叶，停留在树巅。它应当只是过路鸟，歇一晚上再赶路，像古代风尘仆仆的旅人。它要去哪里，是一对夫妻吗？应该没有带孩子。很抱歉打扰了它们。在它们，也许带了惊惧而去，以为误投了一家十字坡或者龙门客栈那样的黑店。

现在我走近那只大鸟，绕树三匝，仰头细细寻找。有些角度完全望不到，以为眼花看错，再转又出现了。打开头灯，鸟微微动一下，鸟头很小。它跳出来站在一边枝上，我看到它翘起的尾巴。

是黄雀，小小的黄雀。原来是一大群黄雀，因为寒冷，钻枝桠里抱在一起，依靠彼此身体的温度取暖，抵御寒夜。至少有二十只，拢作一团，如同圆球一般，以致昏暗里看去，竟成一体。

我没有再打扰它们，举步离开。眼睛适应了黑，月光仿佛明亮起来。一棵小松树与我视线平行处，似乎也有东西。我已经站在树边了，就像路遇熟人，站着寒暄时那样的距离。树上有鸟，在我眼边，而且感觉到有两只。

我犹豫着，但还是好奇占上风，开了头灯。天哪，又是黄雀！眼前一尺远！

静静端详它，小东西很小，羽毛几乎透明。应是当年的新雀，涉世不深的样子，茫然不动。灯光晃着，它什么也看不到。罩在灯光里，它像被关进嵌入黑夜的一只光笼。

据说黄雀很好养。我忽然有念想捉一只回去，给小臭玩一下。就一下，教小臭认识一下老谋深算的鸟，让僵硬的成语成活。但是不放它，明天晚上再带它回来林子放飞，免得在家里放飞，它不能识得回来的路、找不到种群。它一只小鸟，夹在大群的麻雀、乌鸦、喜鹊里，是无法生存的。它们都欺生。连斑鸠也不会放过它。更何况还有污秽的夜鸟，比如杀人夺命的强盗一般的枭。

我摘下一只手套，有窸窸窣窣的声音，担心惊动它，又急，不能摘另一只了，在黄雀两边双手做捂合状。鸟不动。我听到自己的心跳。手捂过去。

动作还是慢了。我害怕用力过猛弄坏了它，这么纤弱的鸟儿啊。也不敢捂太紧，它从我指头缝里扑棱着飞走了。

不止它一只。整棵小树在尖叫，在扑棱。原来竟有这么多黄雀在同一棵树上！刹那间全部飞起来。就仿佛一棵树在起风时用力一甩，飞出了自己所有的小果子。有几只鸟在光里不知何往，拍动翅膀原地空中维持平衡，忽然俯身，朝光源——我的头顶飞了下来。

这是一群不知所措的黄雀，和一个不知所措的人的相遇。它们撞了我一下，然后不见了。明明是我冒犯了它们，结果却像是它们欺负了我。许多年后，我会想起半月昏暗悬在头顶，头灯微亮，一群黄雀四面八方劈头盖脸落在我身上的情景。这真是一场奇妙到有些诡异的邂逅。

这只是家附近一个园林公司的几千亩地的荒野。仅仅是荒野，不用人管，它就复活了，并且能够复活你身上死去很久、以为此生不再能重生的东西。

人人需要一片荒野，自然，放纵，甚至野蛮。在荒野中，你能够成为一颗种子。但也唯有少数人是种子，许多假的东西与荒野排斥，甚至像塑料一般，是荒野的敌人。

6.

冬夜遇到过一条蛇。我忘记是为了找一种植物的根须，还是查询一只兔子的洞穴。镐插进冻土，带起它。起初以为是根棍子，伸手从镐上拿开时心念一动，忽然住手。

它好像动了一下，又好像没有。有无之间，就像我与英文的关系，好像懂一点，又好像根本不懂。也好像我与人间的关系，好像懂一点，又好像根本不懂。

此时更可能，只是头灯在晃。它盘曲着，并不呈环状。它身体的某个部位，似乎被镐擦破了，但没有看到出血，或者只是土遮住了伤口。

夏天时我遇过它。我认为还是它，一条灰白色的大蛇，在草丛里几乎不见。我见过它吐蛇芯子，仿佛有咝咝声，但更像是我的幻听。此时我一边记下它，一边又听到了咝咝声。

我注意到它并非因为它游走或吐芯的声音，而是它怪异的形态。它刚吞了食物，一只蛙还是什么鸟，粗绳索一般的身体僵硬着，中间鼓起堪称巨大一块。目睹这样的场景让人恶心，但仿佛目光被吸住一般，竟是目不转睛。小时候大人告诉我，蛇能远距离吸住枝头的鸟，比如麻雀，如果它在空中原地扑腾翅膀却飞不走，基本可以断定是被蛇吸住了。

我有打死蛇的片刻冲动。但仅仅因为觉得丑陋，因为斩蛇的古来英雄之梦，因为觉得危险？

我还是放弃了。我也救不得它腹中的蛙或者鸟，救也无意义，蛇终要觅食，那是无人能够破解的古老循环，人也陷身其中。我不是因为不愿杀生，而是觉得杀它是没有意义的事，和我在冬夜挖见它一样没有意义。近年，意义一词，始终困扰我，不离须臾。

它腹中那物又下移了一点时，我离开。下移的那物，明显比一开始缩小了一点。蛇依然几乎不动。

此时的僵蛇，正在夏天我遇到时的附近。我用镐挑着它，放进挖开的壕沟，推开土，埋进去。在上面，堆了些雪。雪是有保温作用的。

惊蛰，想到它。那条蛇今天应该醒了。它要开始一年一度的蜕皮。

蜕皮是神奇而艰难之事。据说受过外伤的蛇，蜕皮更难。但如若不蜕，它可能会憋死在自己的皮里。

此时这蛇正受煎熬。我觉得它可以办到。那么大的蛇，长了多年。从前它也可能有过类似经历。蜕皮犹如脱胎换骨，推翻自己获重生。我拜服这样一种生命呢。是赴死而生的勇气，这勇气更接近天生本能。人类中许多都办不到，没有蜕皮的动力，宁愿骨头缩一点，在皮里待着，憋着，并竭力调整出一副舒服的姿态。他憋不死的，只是憋死了一年又一年的心念。

那么夏天时我还会遇到它，像是老朋友了。我一边渴望，一边心里提防被它咬一口，这也正是人与人之间的关系。蛇是不主动进攻人的，攻击缘于误判被侵犯。有时人自己便是那蛇。

7.

野兔跳来跳去，两个果园里拴着的两条狗、不拴的一条狗并不吠叫。不拴的狗也不追赶，它知道自己捉不住兔子，早就气馁了。它们和兔子成了老熟人，是朋友关系。兔子有时为了安全，还有意靠拢狗在的场所。比如狐狸，比如黄鼠狼，它们来了狗就拼命吠叫。它们不敢靠近狗。

但是有几只兔子不见了。早晨在果园的鸡窝边发现一只，提起来看，被吃得剩了一张皮，头、肚子都没了，背上的细骨头都被啃得干净，只剩一条完整的大腿。

起初怀疑是黄鼠狼干的，直到当晚遇见狐狸。没有开头灯，只有仪器的一点闪光，和我的脚步声。它的目力和听觉真好，距我一百多米撒腿就跑，钻进果园深处，一边跑一边回头，那样子就像做了理亏事的小孩。它是又来找昨天没吃完的那只兔子。

我从果园上方绕过去，藏在一面高的篱笆后面。前方是麦田。那厮卧在麦田中央！很近！我用仪器看得见它的尖嘴，它还伸出前爪像人那样抹抹嘴，一副吃了美味的满足模样。麦田那边是路，有车晃着灯光而过，它根本不理会。它太知道车与它毫无关系，构不成威胁。

可以确定，兔子们的失踪事件是狐狸所为。黄鼠狼吃不了那么多。况且亲见了狐狸在犯罪现场。我动了杀心。

母亲却说，打它干什么啊。又不能吃。人们都觉得狐狸漂亮，母亲说狐狸“焦毛咯乍”，拖个长尾巴。她说那东西不要招惹，人都得拿它打比方，说谁谁精得像个狐狸。

母亲对黄鼠狼不反感，家乡称作黄鼠狼子。加一个“子”，发音却非 zi。我总想古代的称谓，子是尊称啊。庄称子，荀称子，了不起呢。母亲说以前喂鸡的时候，鸡在果园里吃蟋蟀，吃得油光发亮。有只黄鼠狼时常出没，它不咬鸡。一直没有咬过。或许是因为不缺吃的，或许是因为它的家在附近，它需要维持家附近的安宁。它也不愿意因为咬鸡惹着人类。

万物各尊其道，各行其道。

痴迷观察夜间的动植物，它们在夜里熠熠生辉。树仿佛都忽然长了一截，像人一挺胸高了一点的神气模样。无风的时候静静站在黑暗里，万物终止，耳边有抽烟时的嗞嗞声。你几乎听得见树干里树液的流淌声。天暖了，那流淌声变得欢快起来。

8.

天黑进入一个山谷，以前见过山民赶牛进入。山口狭小，里面却是阔大，诸物在暗里狰狞，连石头都似作势欲扑的猛兽。我未带弓，连防身的短刀都未带。原想沿一条谷爬到头，只好作罢，缓缓退出。这里是果真有猛兽的，比如狼，比如豹。这可是货真价实的金钱大豹，全中国华北豹最多的区域，正在此地。看来若无向导，是无法夜间行山了。改日再来。

路边见火光熊熊，心中一紧，停车来看。已有一车停下，我问是什么，干吗在山里点火。那人说他也是看着不放心下来问。

是农民在烧自己田里的玉米秆。我说，怎么在山里点火啊，这么大火，有风，得当心啊。

你是无法拦人家的，你又不是什么长。只能好意笑着相劝，哪怕黑暗里人家看不见你难看的笑脸。

农民说，就这么点儿，烧一下，马上就完了。我哪敢把山点了啊，那我不是作下孽了。

这话听得人心里还舒帖一点。我说，你烧完用土盖一下火啊，别夜里又燃开了，那就麻烦大了。

他大声答应着。应付火的办法，他应该比我多。

冷。我不好站在火边守着，回路边跳到车上，开暖风等。看车窗外火光暗下去。写完这段，火光一点没有了。我再下去瞅一眼有没有火星迸开。

9.

上古刘累在此豢龙，民间对权力的敬畏仿佛遗传基因一般，凡异人珍兽古木，一概称王。于是有了刘王沟的地名。以累为名，累的本意是层层堆积，看繁体字型也吓人，犹如见到群龙相互缠绕之状。

然而龙是何物？从前人们乱考证，有说是大杂烩，把各种图腾拼到了一起。有说龙是鳄鱼，比如凶猛的湾鳄，称蛟龙，就是周处斩杀过的蛟龙。有时候又说到猪鼻龙、鼍龙。

我认为真实存在过龙这样一种兽。而且古代各个时段所提到的龙，并非一个物种。按照物种灭绝的速度，它们纷纷然彻底消失了，直到只剩下歧义不断的传说，剩下晚清轰然倒地的旗子上飞不起来的装腔作势的草龙，剩下混混们胸口的刺青。我们哪里是龙的传人。可以是神农的牛，可以是商的玄鸟，但龙从来是邪恶的。

我来此不为寻龙，我对此物毫无兴趣，来的是此处别地，我梦到龙女。我梦游了一个叫龙女沟的地方。在梦中，龙女与教人交合之道的素女、巫山的神女、填海的精卫、被马皮裹走的蚕女、山中乘赤豹的裸女重叠在一起，幻为一人。她的面容，我此生有时候觉得见过，有时候觉得从未遇到。

这个丰饶的小小山谷，足以承载我的梦想。无边无际的花朵等待着我的手，种植和摘下。在梦中我感到自己对这种无限产生的厌烦。

我知道我的梦从此被改变。我将时常听到野鸡扇动翅膀发出的有力的声音，像一个壮硕的女人拍动自己的肥屁股。我听到野兔发情叫春，像婴儿憋足气力的哭喊。我看到刚刚学会走路的小狐狸，看到黄昏的天空飞满了野鸡褐色的蛋卵。有的蛋卵里已经有了小小的野鸡，它在蛋清里好奇地转动脖子，像盘古等待开天辟地那样。

后来我梦见一头豹子，它站起来，长出胡须，胡须变白，它变成了我，我不见了。它在龙女沟口高处的山石上站立打望，并不进去。人间计时还需两月，它才可能进入，杀戮以及繁衍。我清晰地看到了诸物一边挣扎，大者如牛如猪小者如兔如卵，一边变成欲望，变成豹的翻滚和喘息声，变成小豹子。

我等着豹进去，并不焦急。我平静得不像是等待。

10.

午夜苍茫。一人置身漆黑的荒野，有这颗星球上只有自己一人之感。

我是谁？为何在此世？

为何在此时，此地？

为何忽然想起，提出这样的问题？

我与头顶的星辰有何不同？

我是否拥有树上一棵正在积聚力量的嫩芽的品质？

我与黑暗里奔跑的兔子有何不同？

我是谁？那只刚刚消失的狐狸，是否有同样的疑问，或者已有答案？

我绝非一系列社会关系的总和。那些无意义。我脱离那些经纬而获独立，而得自在。

在接近动物本能，完成循环链接的尊老、爱恨婚配、养育繁衍之外，一定有更隐秘的原因，促使我来到此世。那么它是什么？

什么样的力量使我背离人群？

旷野什么样的性质吸引我，使我觉得亲近？

11.

夜里遇到黄大仙，趴在快接近顶部的对面山崖上不动，不知在等待伏击什么。也可能是因为距离太远，看不出移动。用测距仪来看，距我大约二百到二百五十米。中间它明显换了一下位置又不动了。

最近连续遇到黄鼠狼。这厮太快了，技能全面，跳跃、奔跑、攀爬、游泳、钻洞，样样俱全。奔跑起来像一道迅疾而去的波浪，感觉在它眼里，地面和垂直的墙算一个平面，它一下也不停顿已在墙上奔走，速度不减。

小家伙当真不好惹。我压根没想过抓它，只是惊叹。迷上这小东西了，想尽可能研究一下。看一个视频资料，它杀死兔子之前为啥还跳个舞？兔子怎么连逃跑的本能都没了，难道中了屁毒？

但据说它怕鹅。是真的鹅，不是谐音“我”。鹅夜间视力极好，而且遇险主动攻击。没有见过两者相遇的场景。

12.

野兔居然也食肉。在极寒地区，已经发现有野兔吞噬同类尸体的现象。它还会攻击鸟类，连毛吃掉。它的胃能够消化鸟的羽毛。它甚至去吃天敌猞猁的尸体。

野兔耳朵不及家兔长，前端椭圆形。前肢比家兔长。野兔与家兔染色体相差甚大，比驴马之间都大，也就是说，家兔与野兔是无法交配成功的。家兔幼崽没有毛，光溜溜的。野兔出生就有毛，三天后就能奔走。

野兔交配时间只有三秒，当真是一二三。交配成功的标志是：雄兔一个跟斗后翻，晕倒在地。

野兔奔跑可达每小时五十公里，欧洲野兔达到七十公里。狗是不能够捉住野兔的，两条狗一起也不能。狗靠舌头散热，张着嘴能累到无法合上，野兔被枪击受伤不动了，狗累得都无法叼，只能用嘴拱。狗主要起到把野兔轰出来的功效。我亲见过一只野兔，在三条狗的生活圈里活动，几乎每天夜里都如此。狗只是无奈地偶尔汪汪而已。

野兔也是与家兔几乎不同种类的一种野兽。与家兔的驯顺羞怯不同，野兔几乎是傲骄的。它的栖息地并不像人们想象的那样在草丛，树叶茂密的丛林，而是在木叶脱尽的不太高的小树林里。高草使它奔跑不便，密叶影响它奔跑的视野。它自得于奔跑之能，那是它的求生法术，也是它引以自矜的技能。它在高速奔跑时能不可思议地折弯来避开危险。

有天夜里遇到一只野兔，独自在一块坟地玩，它像一个旷野里的小神，怡然自得，伸懒腰，舔前腿，翻跟斗，跃起在半空中。忽然就不见了。我还没弄明白怎么回事，它就出现在一棵多半人高的树上，在树洞里探出头来！不知它怎么上去的。

我怀疑那是它的家。这只狡猾的野兔，竟然住在树上。过几天有空，我要去找一找，看一下，证实自己的判断。

13.

月亮出来的时候，整座山都冰凉了。只有一只一指长的黄雀，存有稀薄的温度。天擦黑时，我伸手在灌木丛里捞住它。我只是玩一下，无恶意，也不带它走。

现在它从我手上起飞了，它惊慌的气息不是来自我，与我两隔。它带着的我的气息片刻在空中散尽。它进入山体的冰凉之中。

月亮美得不像在人间。像一块反重力的巨石，冉冉升起在空中。它美得让人感觉到压力，以及危险。它像一只远古的巨鸟复活重现，振翅停在空中。它是不死的冰凉之鸟。

14.

山野遇到孤零零一户人家（其实不能算一户，是一人），住在一个五六平方米大的铁皮房子里。在一个正被拆迁的厂子外边，树林边，人迹罕至的土路边。他可能从厂子里拉了电线，因此是有电的。那是他能够享用城市生活的唯一物品。他紧闭的小铁皮门口，常停着一辆电动车。

这几日总在想这个事。他应该不是本地人。他从农村来到城市，就过着这样的生活。无论他是谁，似乎都不应该这么……可怜，和周围的草木一起枯荣由天的样子。他是个人啊，一个和我们同类的人，却像一块被扔在郊区路边的，垃圾。任其飘荡，风吹土扬，没人去理会。

他还喂着三条狗，狗都瘦，就在旷野的寒风中住，在他小小的铁皮门口，似乎是守门，更像是守电动车。那辆电动车大概是他在城市里最大的财产。正常人怕是很难理解它对主人的重要性。前天看到一个外卖小哥因为电动车被扣绝望自杀，幸好被救，我是明白的。这世上苦苦煎熬的人们啊，有在生存中，有在欲望中，有在为屎尿体捧场中，有在权力场不能自拔中，有在囹圄中。有大难身无恙的，我的朋友。

也有在山野游荡中，比如此刻的我。

三条狗也在人间煎熬。狗对我一向友善，但夜间遇到便不同。它们发出分贝不一、频率不一的吠叫，边叫边退缩，胆怯而尽力的样子。有一条狗似乎专门负责快频率的尖吠，像是通知主人快点来啊。有一条应该是大些的狗，它负责发出凶狠的威胁声。第三条狗特点不明显。我没法通过，只好从低矮茂密的落叶杂木林里钻过去，鼻孔里全是土腥味，一直担心枯枝扎了眼睛。

我提到过的那只骄矜的野兔，它便是在这三条狗的地盘上生活。看硕大的体形，那老练不慌的气质，应该也是老狡兔了，有七八岁了吧。与人们想当然的认知不同，野兔完全不同于家兔，它不只骄矜，而且暴烈。它自得于奔走的敏捷犹如田径运动员心醉神迷于自己的速度。它善于躲匿，光天化日之下，你眼皮子底下，最多不过三米，你就是看不到。它在地上用前蹄刨几下卧在里面，脊背与地面平行，或隐身在斑驳的草丛里。它是一位深谙隐身术的草泽隐士。当被天敌捕捉，譬如鹰，譬如黄鼠狼，譬如狐狸，确定无法脱身，它会不顾一切地奔向最近的井，拽着敌人一头栽进去，同归于尽。

15.

皇帝盛宴，不敌故乡一钵浆水面。要开花念荠所酿，要在昼夜不熄的炉火边煨许多日慢慢发酵，要土榨新油炒，要新蒜，要美女大腿一样的葱白，要门前树上摘的花椒，要入冬时带着泥拔出来冬藏的萝卜，要一棵结了数百小灯笼编起来挂在庭院晒干了的红辣椒，要自种的粗于筷子却嫩如春芽的好韭菜，要当年麦子磨就的旱地面粉，要揉得筋道，要煮得刚刚好一点不能多一点不能少，要今天中午才下的土鸡蛋打在碗里搅拌时还有温度。要立刻干掉盛上。咥！再咥！

梦中的麦田，田埂上土块变成兔子，成群跳跃而过。青草一棵棵飞起来，一边飞一边长出羽毛，长出翅膀，长出嘎嘎的叫声，在麦田上空飞舞。是野鸡，而且是长尾巴的华美的雄雉，像一只只小凤凰。

麦子在夕光下泛出辉煌的金色，其实还没长起来。有些叶片，是在极寒的凛冬枯掉了。麦田刚浇过地，伸脚就陷过脚面。鞋越走越重，像绑了七八斤的沙袋。农民说，浇一亩地是一百多块钱。这里是水地，是好田。但麦子是旱地产的麦子好吃，劲道韧性有力。

锦衣如豹，夜行于黑暗而布满星辰的故乡天空之下。过：彰坡，甘泉，浍河，二曲，大河。要遇到：夜间的树林，沙沙响的枯叶，长满荒草的田埂与斜坡，细细的月亮，一指长的小老鼠，七八只五六只的野鸡，正在交配的兔子，壮硕的黄鼠狼，沟里游走的狐狸，夜里角仍在生长的野羊，狍子，咻咻的大野猪小野猪。不会遇到豹子，它在丛林深处忽闪着眼睛望我。某个瞬间我感到树枝的闪光，很可能正是它。

春山空

若不继续向前，一切都会变得无聊至极。

——坂本龙一

路虽远，行则将至。

——题记

1.

山西也有了梅雨。冷雨无昼，无夜，无节奏，茫然机械，像默不作声向前挪动的看不到尽头的人群。雨下得人骨头发痒、裤裆长草，下得人内心崩溃。

2.

路扭曲得像坏人的心思，然而大爱山色空蒙。三五年来，内心荒凉如众山，嶙峋抑或接近。所谓胸有丘壑，大致可以比类。长恨不能捉笔绘之。

以后稍远出行，有一分奈何都坚决不走高速，要循山根直上云端再落下来。费事一点，所得却丰。

3.

这里路边草木黑黢黢的，像刷了层黑油漆，黑色发着不均匀的亮光。是源于拉车的煤。

水多。山西很少见到有这么多水的地方。

山多。基本都是山。山间的平地，不会超过五公里。

地名许多不是来自汉语，像是音译而来。人民五官长得紧凑，不舒展，是眼睛鼻子眉毛嘴巴往中心挤的样子。眉毛一般都重。非常典型的地域特征。在古代，不知属于什么部族，印象里应该有羯族，但羯人白皙，似乎又不像。有个人著书考证羯人是犹太民族，说他家世代遗传的规矩等，当时读来饶有趣味，今日来看笑掉大牙。

总之不应该是汉族，当然久前就混杂了，但原本的特征依旧鲜明。

从前应该是植被繁茂，野生动物遍地出没，包括大型猛兽。一些残留的地名有肃杀之气，可以佐证。如杀熊岭，如杀虎山。

这些地名只是空留，无人居住，无路可以驱车抵达。有时也有，高德都不显示。熊虎也可以确定没有了，华北虎已灭绝于许多年前。志书有时称某种华北虎叫黑骊虎。山西北部一些地方称虎叫黄棒。最近又听到有些地方称虎为老大，“大”音 dai，大王的大。

现在，仍然是金钱豹出没频繁的地方。有报道说，太原东北部出现豹子，是这里游荡过去的。

这里还没有春天气象，相反是初冬气象。阴沉的天空像不时地发出提醒：你想得美，我还要冷呢。这才算是刚开始冷呢。回来后翻志书，才知道这地方就没有春天。有句曰：

“春晚无花秋早霜。”

4.

从前认为，说一个人的状态像个古人，是善意的赞美。像古人意味着现今不存的某种品质，意味着藐视物质而内心丰盈，意味着简，意味着中国式的道，意味着已经失传的精神高度和某种艺术修为，如此等等。

现在确定说一个人像古人，具有强烈的贬义。在上述种种之后，还有伴生的不可抵消的负面，比如内心闭塞，比如反科技，比如泥古不化，比如蔑视女性，甚至反许多现代文明观，甚至忽略或压根不曾关注许多现代文明观，甚至出现反人类的特点。

古代士人宁静的内心秩序，以及所谓盛世时期有条理的社会秩序，无非靠以下为支撑：

牺牲女性。牺牲商业。牺牲科技。

所谓商业文明——现代文明的奠基物契约精神，一直在摧毁过程中，一直没有建立起来。商业、科技的发展与体制稳定的矛盾，一直没有得到有效解决，而是不断激化，这才是更迭的王朝不断崩溃的真正原因。所有王朝只是一个王朝的复制品。

5.

路过三五十万亩梨花，平坦一览无余，只不见尽头。两边皆是花开，车行半小时仍然是。高速不能停车，啊啊啊。正是梨花带雨时节，再向前过了山仍然是，仍然不能停车。啊。越向南越绿，见到路边丁香花开，有紫有白，闪去又迎面闪来，仿佛嗅得见雨中浓烈的芳香。啊啊。

6.

黄河边，一个古烽火台。

原有村落，已废弃。空余窑洞，以及零落倾颓的屋舍。“老屋前后，野鸡野兔。”已成荒凉中勃勃的自然生机的繁衍之所。

日落时节，满山昏黄。余晖映照长河，河光亦尽射此山。此地故名黄金山。

台，只是烽火台，非黄金台。无子昂，无名马。无马。

沿岸，烽火台错落排开，每隔十余里或显。台夯土而成，有台阶供登顶举火高呼。无非是匈奴至，或鞑靼至。

脚下每一寸土，都被血沃过多少遍，几千年里反复，土地不能肥，依旧麻木贫瘠。

台附近有洞，深不可测，相互贯通。其一直下，肉眼不见底，洞一人可入，若不慎掉落，则是掉不过头，伸不开手，无处接力，无计可施。疑为猯洞。猯，即某种獾。

落日下的黄河，波光斑斓如豹，冷静如不动之豹，阴柔神秘如豹。然而谁都知晓，它随时可能爆发的不可测的可怕力量。

它在几千年里变幻无穷姿态，时而呈饕餮之相，时而呈灭世之相。它滋生孤悬的东方内陆文明，它滋生东方人类。

逝者，如斯夫！来者，如斯夫！三分钟之后，新年首日之光便熄灭。

风起于河上，回旋于天地之间，山谷中或呼啸，或呜咽。

心中默念逝者来者，竟如誓如咒，如为生者往者招魂。有魂若山峦，沉默不语。有魂若高木指天，有魂若枯草瑟瑟，有魂若枭夜笑。皮相既离，灵魂之相，何乃太不同。

7.

坐在山顶，看明月如磐，呼隆隆升起。是真的有危险感，担心它忽然砸落。

世间无多少人见过如此景观吧。

山风猎猎。果然是高处不胜寒。裤裆里结了一根冰棍也似。

8.

梦见在荒凉山顶，为一群野猪所困。梦中还记得看时间，是夜晚九时左右。有月亮。

它们原在山崖对面稀疏的果林，很小的黑点挪动，然后不见了。没有声音，唯冷风若有所思。这是几乎没有什么植被的荒山，大片裸露的石头，除了荒凉还是荒凉。

前方忽然有东西出现。梦中觉得不过几分钟，是野猪，已下山谷并从沟里爬上，站在山顶硬化的路面上。

我知道“二哥”翻山越岭如履平地的本事，但不知它们这么快。

这领头猪是一头巨猪。惨淡的月光之下，它是巨大的黑。它不哼哼，而是喉咙里发出嗬嗬的威胁声。它身后，一只又一只野猪现身，站立，梦中汗毛直立，数到十只，后面顾不得数了。一大片黑的体积压迫着眼睛。

它们并不慌张，而几乎坚定从容，缓缓走过道路，有一只还低头在荒草里觅食，吃着什么。梦中我也不慌张，只是不能动。最近时猪离我只有二十米左右，十多只野猪，嗬嗬地低吼着，前前后后尽是它们。我不能动，只手里抓紧一个大弹弓。

这是梦中可怕的危险时刻。在山顶，一人独对十多只不到十五只野猪，前前后后尽是它们的低吼声。月亮荒凉地见证着，不发一言。这一幕我有熟悉感。月亮在以前曾照过这一幕吗，又或者，它曾照进我前世的梦中？

一只巨大的野猪，也曾闯入五十九岁时的关羽的梦境，咬伤他的脚趾……

于我，这关于猪的梦是比短暂人生更为真实的存在。我曾向儿子吹牛，说我去用弹弓打一只野猪，逗得他哈哈大笑。那时他不过五岁。现在我开始兑现了。猪群缓缓越过路面，向右面高处而去。我盯着落在后面的一只，它旁边还有一只伴随。我拉弹弓，瞄头，估摸眼睛的位置。距离约四十米。弹弓力微，唯一可能有效的，是眼睛。

我在梦中听到了熟悉的、命中的微声。猪在梦中愣着，不动，大约有十余秒。它旁边的猪回头看它。它们一起看向我。我不能动，感觉到杀气。它们正在片刻间决定，是冲向我还是逃。我不能动。我绝不可逃，否则命丧此梦中。

它们选择后者，沿路奔逃跟上猪群。一些黑点移动，看不出是哪只中了弹。黑点在更高处消失。我打开头灯过去，弯身，地上看到斑斑溅落的血点，和巨大的蹄印。这个在夜晚九时的山顶手持一把弹弓独对十余只野猪并击中一只的梦，足够我一年里睡梦多次惊醒了。

9.

在北方，只要槐花未落，春就一直在。

上周炒槐花，芳香从厨房喷涌而出，简直担心那香气要爆炸。

此时山间，仍见槐花。而且嫩，还有未打开的骨朵。看上去离开过了和开败，还得几天。

但路边的腌臜，重金属含量严重超标，是不可以吃的。要去不通路的地方采，干净而且美好。

驻车刚写完这段话，一对傻傻小儿女停车过来，掰路边槐花。唉，却也不好说什么。

10.

穿越三场还是五场雨，雨滴硕大结实，有密度有弹性，像小哪吒的粉拳头，嗵嗵地砸在车前窗。是三头六臂的哪吒。

雨滴碎裂，奋然纷纷然向窗顶游走。我原本认定，是披头散发吞天衔日的黄风怪来相迎，据说是它都跨过长江到了江南，又据说一两日就跨海到了日本。但看来我这里，它要被小哪吒们灭掉了。

穿越三十万还是五十万亩梨花，纷纷然且开且落。我来时它就在开，也在雨中，如今日已是重逢若故人。何其幸运：那个光脑袋如鼓，被铺天盖地的雨滴击响的人。同时看到梨花初绽和谢落。

那些凝视我的野兽

鸟类的语言非常古老，而且，就像其他古老的说话方式一样，也非常隐晦。言辞不多，却意味深长。

——吉尔伯特·怀特

一个人能观察落叶、羞花，从细微处欣赏一切，生活就不能把他怎么样。

——毛姆

1.

獾子糟害过的玉米地，一片狼藉。晚上刚八点多，一个农民不放心，扛着铁锹去自家地边看，听到獾子掰倒玉米的咔嚓咔嚓声响，冲进去把它赶跑了。

但不管用。我们过去时，分明看到一只獾子在往玉米地里钻。很肥的一只，比中型犬大，腿短，几乎贴着地，贴着玉米根钻来钻去。有一阵子它还停住，挑衅一般朝我们的方向看。距离不过二十米左右。

这地就在坡下，几乎算是在村里面。獾子已经不怎么惧人了。

有个老汉，每天晚上搬铺盖住在地边路上，看守他的玉米，不让獾子作践。那晚刮大风，又有要下雨的意思，我看见了劝老汉，说天凉，你这把老骨头可受不住啊。老汉听劝，回去了。第二天听村里人议论，他们听老汉说是我劝他回去，他听了，结果当晚獾子进了地，一番折腾，毁了不少玉米。唉唉，我很是有负罪感。我又不能帮他抓住獾子那东西啊。据说是一大家子，四五只或者七八只，十来只，大的有三十斤，其中一只是三条腿。

老汉用来垫地的化肥袋，还是20世纪70年代的袋子，上面写着最高指示。看上去是用了一辈子至今还在用。想必是家里没有别的东西可以拿出来垫在地上啊。

老汉岁数大了，他指望这点玉米过活呢。只要不下雨，晚上就搬来铺盖躺玉米地边的路上，地里还拉着太阳能灯吓獾子，又在地里拴了狗，为收这点玉米，耕作不说，光晚上看玉米就快一个月了。但是没用啊。打个盹儿獾子就进去了。

唉唉，这次被獾子糟蹋，却的确是我的错了。

獾子是这里的祸害。农民苦于其害，却是无法。太多了。一只獾子，每晚能糟害一百棵玉米。一般来就是两只，那么二百棵玉米一夜就没有了。还经常带家小，三只，四只……

有农民在地里不时地放炮来吓走獾子。但你不能一整晚放炮吧。玉米还是没有了。

村主任家的玉米，年年被獾子作践得长不成。他说今年那块地没种玉米。“我不种了还不行！让它吃！”他气狠狠地说。

这个季节，玉米还没有成熟，这几天却正是獾子大量出现的时候。它们就喜欢吃这种一咬一泡水的嫩玉米。站起来，咔嚓一下掰倒，上去啃两口，扔掉，再一棵。它边吃边玩，或者是挑剔，从中挑合口味的好吃的。如果放任不管，一两亩玉米，三四个晚上基本就全部完蛋了。

这个村，家家户户的玉米，基本正在被獾子作践。

玉米长得也不行。即便獾子不祸害也收不了多少。旱地，结穗时天旱无雨，有雨也只是过路雨湿个地皮，误了农时，之后再下雨也是于事无补了。今年这个村，玉米、谷子、黍子，大抵都是这个状况。有些地我看是基本没有收成，玉米至今仍是小柴火般，谷穗是扁的。白白浪费了种子化肥。

这地方说獾子有三种，狗獾、猪獾和人獾。最后一种听起来瘆人。又说狗獾若死了，狗是不吃的。不知是何道理。

2.

查了几个月，才弄清楚，中国现存所有品种的野兔都是旷兔，都不会打洞，也不钻洞藏匿。

人类从未驯化过任一品种的旷兔。旷兔人工养殖，会患佝偻病，也无法繁殖。旷兔与家兔是两个不同物种，染色体差两对，不能繁殖。

人类驯养的家兔只有穴兔，打洞。全世界的家兔，都由野生穴兔驯化而来。野生穴兔原产于葡萄牙和西班牙，现为摩洛哥国兽，已是濒危物种。

野生穴兔群居，野外打架很凶，时常有打死一只的情况。野生穴兔的首领具有无上交配权，妻妾成群，基本是看上哪个算哪个。其他地位低的兔子实施一夫一妻制。

中土既然古无穴兔，但《战国策》里为何有狡兔三窟的提法？或许是穴兔曾有，后因某种原因灭绝？

几千年历史乃至目前，中国没有野生穴兔。中国和亚洲各地，没有穴兔的化石。可证中国古代没有野生穴兔。现存九种野兔，都不打洞。

穴兔自古丝绸之路而来。中国古代也没有原生白兔，野生雪兔（也是旷兔）只有冬天变白，为保护色，但眼睛不是红色。

中国驯化兔子也晚。以前仅限于宫廷笼养穴兔。民间养殖穴兔，要到元明才成普及。

国内的野兔，在隐秘的草棵里生小兔崽子。它生育能力和豆角差不多，不同的是比豆角时间长。从一月份到九月份，它一窝一窝生个不停。和家兔不同，野兔生下来就长着毛，就能跑能跳。古人说处暑后腐草化萤，腐烂的草变成萤火虫，我是相信野兔是土坷垃变成的。扔出一块土坷垃，它一边滚动一边变成蹦蹦跳跳的兔子。只要有草，有土，甚至有坟，就会有野兔。有时候也有老玄。

兔子和月亮弄到一起，是风马牛不相及之事。以讹传讹的事太多了，历史时常都是以讹传讹的结果，各历史时期的避讳和政治正确，致使文字所载远远背离真实，甚或走向反面。奥维尔说："过去的被抹掉，抹掉的又被遗忘，于是，谎言变成了事实。"由此来看，真正的文学作品的意义、价值，和真实性，大于历史。我逐渐认可小说是民族秘史的说法。当然要是好小说，统称小说的文体不能担负这般荣耀。文学有文学的弊端，比如白俄罗斯作家阿列克谢耶维奇写核事故，她没有办法取得太多真实的资料，只能是故事，是细节。打动人心的由来是故事，是心理真实，不是数字，不是表面客观准确。

月亮里的白兔，原型与老虎有关。我就此写过一则长文《月亮里的老虎》。屈原提到过菟："厥利维何，而顾菟在腹？"那么多专家一代代考证，坐在精心装置的书房里皓首穷经论文一篇一篇地发，成博士博士后享受国务院特殊津贴专家长江学者，弄不清顾菟是何物。还有的把顾和菟解作是两种动物。他们这些人，恐怕连一只真实的野兔也没近距离看到过，更别提野兔的习性。几千年了，人们至今还认为野兔打洞呢。

这是事实，现状和历史的事实。没有穷究事物本性的精神，甚至没有精神。没有实地调查，甚至没有调查。没有真实，一切浮在虚妄和以讹传讹中。即便有实地经验的农民，也不知野兔是不打洞的。偶有个别知道的，也不能传载，其他人且不说，他的子孙也认为野兔打洞。他们会说："弄清野兔打洞不打洞有个屎用？"

是的，没个屎用。

农民熟知动物现象，却不细究根源，也缺乏细究的动力和知识来源。比如农民告诉我，獾子在八月份九月份疯狂出洞，因为爱吃嫩玉米，玉米老了它就不吃了。八月份九月份是獾子猖獗的季节，的确如此，我今年就遇到过多次，它们几乎不怕人类了。原因却非这样。嫩玉茭子能有那么大诱惑力，让獾子魂不守舍舍生忘死去吃？恐怕不是。能让所有动物舍生忘死大脑一片糨糊的，古今也唯有一件事。

查了许久，果然与所料不错。八月九月，是獾子寻偶交配的季节。即便原本有偶，它也是在这个季节精力无穷大，精虫上了满脑。

月亮里的兔子，原本可能是老虎。上古方言尤其楚方言里，於菟是老虎的意思。《左传·宣公四年》："楚人谓乳穀，谓虎於菟。"兔子和月亮联系到一起，从实际情景考虑，大概有兔子习性的缘故。兔子是典型的夜行动物，昼伏夜出，月出而出，月隐而隐，从暮晚到凌晨五点钟左右。

3.

夜行山间，雨细密，渐大渐疾，草木上沙沙声变成粗暴的击打声。山谷里数月干涸的河道，此时水流甚急，头灯晃去，浑浊而湍急，那速度、冰凉，有一种近于冷酷的东西。水流像刀一样嗜杀。

有动物惨叫声，似远又近，风把声音吹得忽焉，疑心是因为它们栖身的巢穴垮塌。我脚下路面，踩上去还是坚实的，觉不出有凹陷迹象，但终是不踏实。

田哥电话催我快些回来，说雨大，谷里不安全。也就是电话的当儿，身后嗵的一声响。浑身汗毛直竖起来，回看却无野兽，若有，那么大动静，必是大兽，体重不会低于百斤。

上山寻车，走几步便前后左右看。无物现身。车下山过路面，轮胎碾着被冲落的沙石直打滑，发出咬牙切齿般的响动。再向下，峰回路转，刚才有大响动处，原来是路边的崖，耐不住雨水多日浸泡，站立不住，刹那间崩解。

好在车还过得去。又想快又想慢，小心翼翼通过。涉河道，比来时水深急了几许，水花飞溅到前窗。看到二十米左右一只兔子，伏在高草中不动。只要不下车，它能一直装作不存在。车门一开，它必撒腿就跑。

车歇了一会儿，不熄火，就这样突突地抽了一支烟。它一直在那里，间或再伏下去一点。这么多天的雨，它就在山野间流离，至今存命，殊为不易啊。它可能也在严密注视我的方向，但看到的只是人类的灯火，未必望得见车上的人。它认为灯火于它无害，直立的兽则是危险。

在这大雨多日不歇之夜，邂逅也算是缘分。就这样注视一阵，离开吧。

即日，出山离代。是2021年10月9日的事。晋地从北到南，大雨仍未休止。

4.

大约2005年，冬日凛冽，在宁夏看岩画。那是美好而荒凉的事物，还没有都被圈起来弄成千篇一律、整齐拘谨又无趣，还有桀骜不驯我行我素天荒地老的气息和张力。

出租车司机冻得跺脚搓手。山阴背阳之处，感觉冰都能冻得裂开。岩画画师多绘古老而人类乐此不疲的动作。

抬头忽见岩羊，再看高高低低的岩石上尽是，三二十只的模样。最近的一只距我不过三四米，感觉冲一下过去，可握其角。

继续看岩画。听得呼嗵一声，眼前光线一暗。黑压压的乌鸦遮住头顶天空，齐向前面不远山转弯处飞落。四面八方的天空，还有数不清的乌鸦赶来，无穷无尽。

走过去看，是一只岩羊从高处坠落。岩羊攀岩几乎炫技，其能匪夷所思。这次太大意太自信了。大概岩石结冰硬滑所致。那么大一只岩羊啊，瞬间眼珠子都爆出，只剩下个空洞。

5.

许多年前，那时候没有现在这么严格的动物保护法，我很想活捉一只野兔做研究用。我想知道它的弹跳能力，它的皮毛，耳朵和尾巴的长度，它前后腿的比例，它叫声的含义，它如何游泳（野兔的确会游泳），等等一切。

我整夜穷追不舍。树林里，夜间，野兔并不是一溜烟跑掉不见踪影，它尽可能藏起来不动。它世代遗传的经验，大概便是藏匿不动最安全。

它遇到了人中最难缠最不肯放弃的一个。我跌跤超过十次，手掌被荆棘刺烂，脸擦出一道血印，鼻头也见了血。裤裆已经撕开，我不在乎。继续追，我总能找到它，总是相隔三二十米的距离。

满月跃出厚积的云层，像发一声大吼，林中如积了雪般明亮。我还存有力气，开始孤注一掷狂奔追赶。

野兔原地起弹约一米高，不可思议地空中掉头，然后猛蹿。我觉得脚腕都崴断一般，但还能转过来跟着它，追近它。

前方，已是悬崖。这野兔，在崖边一跃，像一匹小马般头向上昂，迅疾下坠。明月之下，我几乎看得清它鼻子周围的胡须。它在空中翻转的肚腹的白毛。

非常沉闷短促的一声扑通。万物静止。没有任何声音，只有我自己撕裂肺一般的大口喘气声。间断性竭力屏住呼吸，听，没有奔跑声，仿佛听到明月滚动时发出的极速的轻微的呼隆声。

我知道，它死了。它竟是如此一只暴烈的兔子，是兔子好汉。它以它的举止蔑视了我。它在告诉我：我死也不会被你抓住。我决不让你成功。

我在明月之下，心中充溢悔意。我不知你是这样一只兔子，若知，必不如此。杀死你，我觉得宛若杀死我自己的部分。

走出丛林，走了三里地返还车上，拿工兵铲，绳子，再返回崖边。绑绳而下。头灯照着兔子，很大一只，可称巨，我从来没见过这么大的兔子。它躺在乱石中，折了半个耳朵，睁着大眼睛，鼻孔和嘴有细细的血流出。摸身体，还温热。

我坐在石头上点烟，抽了不到半盒。等到它变凉，刨坑，葬了它。短暂的时间里，我仿佛望见自己一生，一幕幕闪过。那些哀，那些温情，那些不堪，那些屈辱和抗争，那些沦丧的美，那些美在沉陷之前最后的闪光，惊心动魄。

我是一个葬兔子的人。这样的兔子，怎可作为食物。月亮哀悯地照着这个兔中勇士，照着它一点一点没入土中。月亮哀悯地照着一个人中的傻子。

6.

三个老汉，在田里高高低低大呼小叫。我问近处的一个老汉这是干啥，他说套狗。问套狗干吗，谁家的狗呀？

他横我一眼，大声说，野狗，红烧了吃，喝烧酒，香得很！

一共三条狗。他们三个老汉在荒地里瞎跑，来来回回堵。

我心里难受，但说不出什么来。知道说也没用……

那老汉问，一条深黄色的半大狗，你车过来时看到没？

我指前方，说，向那边跑了，两条狗子一前一后。

那老汉大声喊着，告诉远处两个人，颠颠地向我指的方向去了。那边是个沟，上下爬得费点劲。我几乎听得出他们爬来爬去的粗重喘息声。

我使了小坏。过来时眼见两条狗冲车这边来，道窄，深黄色的狗犹豫不敢过，但眼神里有奇怪的东西，像是祈求。我没懂，停车说，不好过，你快返回去别挤得你掉沟里。它不听，趁我停车，硬是挤过去了。另一条稍后，也是如此。

原来它们在逃命。

此处路窄得车过不去。我在大田里掉头，陷住轮胎，加油无用。用了四驱才挣出来，酸枣刺剐得车两侧全是道儿。

下到枯河谷，那条深黄色的狗，独自一个，张皇地走。我开窗喊：别过去了，过去就死啦！快返回去！

它停下来朝我的方向看，我觉得它是听了，可还是向原来的方向走。想下车追它，又怕它吃了吓，反而向原来的方向加速逃窜。

黄昏，天暗下来。唉，听天由命吧。它是回去找它的伴？

我返回取了东西，第二次走在这条路上，深黄的狗从我旁边过去。

再向前，遇到那三个老汉，一个举着套子，累得那个尿样子。

我问，捉住没？

他说，弄不住啊。往村里跑了。

我说没有啊，过来时没看到。

他说明明狗上去了嘛。话语里我听出些不信任的意思。

我有点幸灾乐祸。有点对狗狗没遭殃的欣慰。还有点……撒谎瞒狗的快感？

我认为人不应该吃伴侣动物。流浪狗也不行。

狗狗今天是没事了。明天如何，不知道。我没有好办法。无恙一日算一日吧。众生皆是如此。谁能知明日发生怎样的事，有什么遭遇，怎么对付。每得一日，皆是赢。

7.

一只流浪猫来找我。冬天到现在，它一直在院里院外游荡，时常听到它难听地叫春。我委实不喜欢猫腻歪，但也不在意，以为是个路人而已。时间久了，才发现院里来去的，是同一只猫。

今天它卧在院里晒太阳。我出门，它立刻站起。我说没事没事，你就在那里吧。

猫未必听得懂人话，就像我们不懂它暗夜里复杂叫声的含义，一概称为叫春。但是它显然听得懂语气的和善。它又卧那里了。

回来它还在，见我就做躲开状。我蹲下，招手，说，来来。它犹疑着过来了。伸手摸它，它立刻腻歪起来，不停地叫，是要求继续摸它的意思。

这是半年里这只猫第一次和我这么亲近。我不喜太近，它有警惕性。今天能这样，是缘分吧。我功利的想法，是它在，老鼠不来，鸟的糟践也少一点。那么留它一直在吧。

不知哪个遭天杀的，养它又遗弃它。它半个脸是很大一块伤疤，看上去伤得深。像烧伤，或被利器铲了一下。谁虐待它？照它这个情状，应当没人给治，是它自行康复的。它遭了什么罪啊。

看上去也有点岁数。我给它起名，就叫老黄吧。老黄，我不爱和你亲近腻歪，但从今日起，不容有人欺负你了。

家里找香肠找不到，拿了块排骨给它。它吃得香，又急。我连声说不要抢，没人跟你抢，以后总有的。你来去自由，饿了就来找我，想来看我就窗户上瞅，我就出去。这样挺好呢。

任一活物，只要结缘，便不只进入你的生活，承载你的情感，而且还进入你生命，成为你生命部分。老黄啊，你要好好过下去，当然，我也要如此。你九命，老玄只一条，不如你远甚啊。

老黄现已改名玄黄。它去招惹刺猬，好像被扎了一下。那刺猬夜里跑去吃邻居狗食，在狗鼻子底下大摇大摆，大吃大喝。狗大喊大叫，但是无可奈何。白天刺猬就不见了，一直不知道它躲哪里。

关心这些事，比人事有趣得多。老黄放养，夜里尽情快活。是一个让人类唯有艳羡自己却办不到的浪荡子。老黄不用割掉似乎无关紧要却万万紧要的小器官。

8.

凛冬。阳光很好。大风在天地间恣意冲撞，将光线吹得像刀子一样满空寒光。

在一个养殖场，晾晒的兔皮被风掀翻，兔皮散了一地。一个小个子工人缩着脖子出来，手拢在袖里扶架子，一跳一跳往屋里走。他穿拖鞋，下身只着毛裤。他的发型，很像一只耳朵贴在背上的兔子。

风来，架子在他身后晃悠。他懒得管了，要赶紧返回屋中电暖器旁边。

我在窗户上看到，架子斜斜地倒下去，意念中仿佛用了一下力，让架子朝相反方向，但没用。

兔皮又摔落地上，有一张被风吹得折住，完全脱离架上的钩子。它向前跃了一下，积在低凹里不动，兔毛一晃一晃。像潜藏躲匿，又像是伺机逃逸，只待一阵风，兔子的魂魄便随之远离，犹远古时蚕马，即被马皮挟裹而去的少女。

几只无主的狗，时而试探性进来，见人就逃开。是那种杂种小狗，京巴和什么狗的杂交。我能识别的是它们虽然体形小，也有四五岁的模样。现在各地农村都是这种杂狗，纯种的土狗已经消亡。小狗吃得少，是人们最现实市侩的考虑。美观、智商、情感，这些在这点利益之前，皆不足为虑。

有一只小狗，这几日一直在场门外出现。黑白花，母狗，奶子累累，下垂接近地面。我一直认为它是嗅见生血的味道，想偷一口腥。

后来想，它已经观察很久，耐心等待一刻。

现在到了。它从远处飞奔而来，一嘴叼住那张兔皮，扭头就跑。整个过程非常流畅，去衔兔皮，跑，几乎不停顿。这是何等的深思熟虑的结果。

我大声吓唬，它毫不犹豫。不松口。我跑出去追，这时候小个子工人也出来，提着个木棍。我们追了很远，我听见风在耳边呼呼地吹，眼前诸物倒退，如当世事一般倒退迅疾，到后来只听到自己狂奔的心跳。

我们堵，截，有几次，工人的木棍快打到狗背上，那条小母狗，始终没有撒嘴。它紧衔兔皮，斩钉截铁一定要拥有那张兔皮，跑得急的时候，它的一排鼓胀的奶子，几乎是敲击着地面，吧嗒吧嗒。它渐远，渐消失。

我说不行了，算啦。

小个子工人气愤愤嘟囔：

“要个兔皮干吗，又不能吃。是个傻狗。”

我大口地出着气，耳朵火辣辣的，眼前一直忽闪着那母狗一下又一下砸在地面上的鼓胀的奶子。写下短文的此刻，这一幕又清晰显现，伴着奶子一下又一下砸在地上的扑哧扑哧的钝声。

它为什么冒了被捉被打的危险，偷走一张不能吃的兔皮，途中绝不放弃？

返回时我才想到，她是一个母亲。一个正在奶孩子的狗娘。

这么寒冷的天气，她的崽子在野外，未必能挺过去。她是要抢那张柔软的兔皮，给孩子保暖。保那些柔弱的小命，三个或四个，甚至六七个。

9.

和狐狸建立友好关系，这比较难。许多次遇见过，同一只的也遇见过多次。我警惕又兴奋，它好奇又担心。距离是必需的。夜间狐狸与人的安全距离，我的经验是七十码左右。七十码之外，它能卧着躺着。有一次我向前走，试图到六十码看它反应。才四五步，它站起来大摇大摆朝远离我的方向走了，到消失不见。它的大尾巴拖着在后面，很像个拖着肥屁股走路的女人。

最近的一次是三十码距离，但有了高度作为安全屏障。它在一个土崖顶上，只探了头看我。看头的大小，是小狐狸。小狐狸没有经验，好奇占了上风，胜过了对危险的恐惧。它大概想看看，这个光头的两脚兽是要干吗。

总的来说，狐狸不及黄鼠狼胆大。我被黄鼠狼跟踪过，而且是两只合作，一只在前忽闪地隐藏，一只在后面。我起初不知前面有，只注意后面。冷不丁看到前面一只，委实骇出一身冷汗。

这样被两只跟踪，有两次。

单只的黄鼠狼，曾有一次，距离十码远，围着我转圈达七八分钟。我很怕它放屁把我弄晕，让我出现以前村妇那样的幻觉，胡言乱语或被附体，以过世老头老太婆的苍老声音说出村里和某人的秘密。但是空气中没有异味。它跳着转着蹦着，有一瞬不见了，再不出现。

10.

一直喂着的流浪猫老黄，很久不见。至少两个月前，发现没了它影踪。

老黄是母猫。这两只半大小猫，毛色与它相同，应当是它的孩子。也一直喂着。它们惧人，从不从手中接东西吃，也不懂事，有时候馋极了会进室，却又是见人就跑。某次喂，其一举了爪子打我的手，是疼的。它不知道或是不敢直接伸嘴来吃。

抚摸完全不能。它们似乎从来没有无距离接触过人，它们妈妈，也没有来得及教它们这些。

喂它们时，总想到老黄。它没有出现过。它的叫声苍老，我听得出。它的动作有点沉重，纵在暗中，我一听便知是它。但是没有。

它去哪里了？不敢多想。有一日终于承认，它可能死掉了。

没有了。不会来了。

无常是世间恒态。我有在他处、在别的城市经常喂到的猫，饭店吃东西毕，总是把剩肉挑出来打包，再找它们，给它们。其中有两只争宠，猫太多时它们撵走别的，它们认为，我只是属于它们的。

有一日起，它们再也没有等到我出现。它们也会认为我死了吗？

现在是我，再也等不到老黄出现。但是有邻居说，曾在别处看到老黄，在别的小区。只能作为虚妄的安慰罢了。同样花色的猫，多着呢。哪能就肯定是老黄。我是一次没再见到过。再说，它若在，怎会如此决绝，再不肯登门探望一个对它好的人？对它好的人，世间人类中，也不算多吧。

这一夜坐着，听到一个对动物有研究的朋友的分析，忽然想明白了。老黄的确应该还活着，不到寿终的岁数，也不会饿死，一般又没有人杀猫。

它再不在我家附近出现，却托孤两个孩子。朋友说它的用意，简单，明显，果决。它的孩子大了，它必须离开让它们自立。它能找到的让它放心的人类，是我，是我家，我不会让它的孩子饿死。

它于是决然离开，再不返回。纵便一时饿肚子找不到吃的，它也不会回来。它把这里完全留给它的孩子，这里是它的孩子的独立空间，它不闯入，不破坏。

我想象它有可能曾经潜回，黑暗里观察，不发一声，站立一阵，悄然隐去。

我幼年见过带小鸡的母鸡，护崽，我虽然折腾，但从来不敢惹这种母鸡，它真的比鹰都猛，能追着狗啄眼睛。我也被啄过，偏头躲，啄在太阳穴上，鲜血喷涌。

小鸡们半大，有一天母鸡就翻脸，不让小鸡跟它，能啄得小鸡哀叫不停，鸡毛乱飞，甚至，看见就扑上去啄。它以这种近乎残忍的方式逼孩子们自立。

而今天我知道猫也如此。更柔情，仿佛缜密思考过部署和计划。更坚忍，更决绝，一去不归。我想在别处如可能见到我，它都不肯上前来打个招呼。

它如果活着，过一些时日，再见到我，或许会。眼下不能。

老黄，是第一只让我起敬意的猫。

11.

村里养蜂的社儿，人高马大，面大如和面盆，嗓门奇大，说话像吵架，随便问候人声音也比常人高五个分贝。他老爹以前是信用社主任，他替了老爹班。他很久前就开一辆奥迪。后来出事，吃了两年公家馒头，落一堆债，媳妇儿也跑了。出来后就开始养蜂。

可怎么看他也不像个会养蜂的。于我，总觉得养蜂是个很神奇的事，需要通过一道隐秘的自然之门。问他，他嘿嘿笑，说老爹以前就会弄这个，他跟着学了点。

他有四十只蜂箱，每箱一王。现在季节，每箱有一万多蜂。他说最多时一箱有四五万只。最好的收成，一年产三吨蜂蜜。

春天起就带蜂们上山，去他山上的老家放蜂。蜂吃各样花粉，于是有翅果蜜、槐花蜜、枣花蜜、荆条蜜之分。翅果是特有的古老物种，仅产此地，全球他处没有，中国他地没有，故翅果蜂蜜最贵，荆条蜜最便宜。

山上村子荒废，但还有几户人家有人住。路通，无水，需要吃旱井储存的水。他说受不了这个。自己拉水上山，搭个棚子住，自己做饭。他说经常有碗口粗的蛇钻进棚子。

我问没毒吧？我们这里剧毒的蛇少。

他说有大王蛇，是其他地方的。专门有人来捉这个。有人开着豪车专门捉蛇，很专业，拿个叉子一叉，蛇头一伸，一把掐住。

我问他，你不怕蜂蜇啊？是不是有什么方法能让蜂不蜇？

我怕蜂又招蜂，出去玩尤其外地，好端端被蜂蜇耳朵，蜇脖子，蜂钻进裤袋伸手进去就被蜇都有过。

他没有好办法。说，蜇多了就好啦。

第一次了解到蜂生之短，令人惊愕。他说，蜂一出生，会飞了就采蜜，短则三十天便死，长时也就两个月。他的意思很像是替蜂辩解：蜂一直辛苦，活那么短，人吃它的蜜，那么它蜇人一下又怎么啦。

12.

亲自弄到些麦子去磨面粉。磨子很先进，作坊很洁净，一位女士就操作了。她只管把麦子倒进与地面平行的一个口子，一合电闸就成。那边直接出面粉，有一个口子是出麸皮。

十多分钟，磨完一百来斤麦子。把麸皮给她留下，她还要倒找回十九元。我说不用找啦，你以后把面粉给我磨好就成。

磨麦子必须加水，用水焖一晚上。水多了不行，面粉容易霉。

忆起小时候赶驴推磨。驴子蒙了眼睛，脖子挂了铃铛，铃铛是用红布条拴着的，醒目而喜庆，像给了它个奖让它高兴。驴子鼻子前拴一把青草，叮叮当当，驴子就欢快地嗅着鼻子前的青草追，跑一上午，跑一下午，晚上接着跑，跑一辈子，跑成阿胶。

万物皆易为眼前利益所惑，忘却原本目标，渐渐把眼前利益视作终极目的。长老了才发现，人间到处是驴子。 挺高兴的驴子。装模作样的城市，满城驴子叮叮当当。黑的驴子，红布条拴的铃铛，间杂驴鸣，上嘴唇上翻，下嘴唇下翻，嘴边溢出泡沫，嘴里哈一股白气。

麦子们看得够够的了，能看出十万言来。等不得看麦子收割后的荒凉了。那荒凉是另一种美。麦茬或高或低，天光中依旧锋利，直指天空，与天空针锋相对。一场场雨，渐渐黑下去，像被火燎过。然后青草或者玉米苗长起，埋了它。这地方时常是麦子和玉米两茬作物的。

近来昼夜苦行，行车超出三千公里。有时候深夜独对一座空山，到山巅发声嘶吼，回声荡动不息。像本时代已经灭绝、仅剩此一个的怪兽。嘶吼是本能，是源自某深处的渴望。它想吼，于是吼了。与我何干。

夜间行车，时常不用开车灯。即便无月，诸物清晰，路，路边的树种，偶尔蹿过路面的兔子，一一分明。我的眼睛变异了，似乎某种沉睡已久的东西被激活。近年常有朋辈说眼花，我原本恐惧，如今是另一种恐惧。唉，这双近视的神经病的胡乱用的眼睛啊，你可怎么办。

有时土路上抛车，黑暗里独行一段。衣物皆抛去，至一丝不挂。在自然间，衣物格格不入，衣物可耻而多余。行至周身起汗，跳入山涧小浴。山寂，入水声巨响。只是未寻见小瀑。大小够淋浴的小瀑，委实不好找。

手里是提了一个摄影架防身的。一键可快速打开折叠，进口材质，柔韧，撑我一人直立没问题。一头改装，可以折叠。防蛇，夜间动物来涧边饮水，也需要提防。此间有灰狼，有赤豹。猪们成群，哪里都是它最多。

有个人在吹笛子

1.

夜间徒步十公里，郁郁而归。遇到了：嘭嚓嚓的大妈，打响猫的大爷，路边撒尿的男人隔一段一个仿佛路标，呼啸的大车，抢红灯的刺溜一下的电动车。

一个男人盘腿坐在路边石椅上，一边打电话一边哭。样子从容，旁边放着水杯，像是有准备来做一件事。不知他遇到什么，我有歉疚感，似乎不应该用这样的笔墨记他。

还遇到枯水的河，弥漫着烂菜叶和烂水果的味道。高大或低矮的树，楼房装饰得灯红酒绿，也都没什么意思。天上有白的大团云朵，一万年不变。这是北方小城夏夜之景、之情，麻木而安静，甚至呆滞。它庸常又猥琐的幸福感来自：是和平的，不挨饿，不挨子弹，生命似乎可以等到正常死亡。

在我，这些有着喧嚣的荒芜感。它们比一片原野的荒凉更强烈。原野是丰茂的，自我更新的，具自愈能力的，气息是向上的。这里是向下的，颓败腐烂的，停滞不动的，没有指望的。

2.

有个人在吹笛子。他大概也很难找到这安静空旷之处。

黄昏，或月下，或大雪寂静中的湖上舟中，很适合笛音，或箫。以前的士人，是常如此。至少百年前了吧。

他吹起中国心，我于是受不了。得赶紧离开。我很怕他又来一个妹妹坐船头。唢呐版的坐船头，在一些场合我也是听过的。

3.

在城市文明没有生命迹象的冰冷的、不具备繁殖能力但可以无限复制的诸物的围困中（坚硬者如钢铁，如道路，如高楼；轻薄者如塑料，如欲望，如万众茫然而机械的上下班），人，如何获取生命的丰赡，如何抵达自我完满。如果可能，还有，如何获取生命的尊严，以及自我救赎——哪怕，是一点点得到救赎的指望，一点微光。或，仅仅是找到微光存在过的痕迹。

4.

连日暴雨。水沿街面斜坡而下，一个人骑电动车在回家路上。她一定想，几步路就到家了啊。水虽然急淌，但是赶紧回到自己家吧。风雨再大，人间再危险，家也是最重要有时是唯一的安慰。人很像兽，保留着一种原始的动物本能，急急地逃回巢穴，哪怕仅仅是一个破败的洞，一个摇摇欲坠的树枝搭的巢。

一阵水猛至，把她和电动车冲倒了。她被水卷走，找到时她距离电动车几百米远。

不过半小时的事，她已死了，陷在泥中。在我家附近。水并不深，过汽车轮胎。站在轮胎边比画一下，也就是超过膝盖不到大腿根的深度。她只是站不住脚，爬不起来。如果能坐住在地上，她都不至丧命。人就是这样，是须臾离不得一口气的动物。

她的人生结束了。她明天打算做的事消散。这大概是她所有预想和最恐怖的噩梦中，也没有显示的一种死法。对世人来说她只是谈资，一两日便忘记。对我来说，我只是记录了她在庚子年的死亡，她和这一年许许多多奇奇怪怪死去的人一样，生命忽然而灭。我只是因为她死在我住处附近而略感吃惊。是7月26日晚的事。

5.

院里积了一点落叶，没舍得扫。

裴艳玲好像也这样，她认为一些落叶在地上，踩上去沙沙响，舍不得踩，那是真的美。她是攒落叶有意不让人扫的。用她的话说，是：

“他妈的，太美了，多美啊。”

她饰演的武松、石秀，是果真不同于庸从，出杀气，出磊落之气。犹旷野之风，拔地而起。

友人留言：

“千利休叫他儿子整理院子，他儿子把树叶扫光光，千利休跑出去一看，气得，猛晃一阵子树，落了一些叶子，才算好了。”

6.

王维，太原祁人。拜谒他在祁县的衣冠冢，在一个果园之中。时值深秋，梨果累累垂地，果巨如头——是疙里疙瘩的头，像养尊处优的僧人的头。果农厚道，说吃吧吃吧，于是摘了几颗。太大，一颗一手拿着费劲，回太原吃了一路吃不完。

作为诗人的王维，在财务自由、生活稳定的物质保障之下，其创作性质更类于现代所称的专业诗人，不是大国的所谓专业诗人，而与里尔克、叶芝之类西方诗人接近。赠答诗是古代诗人泛滥的题材，王维这里并不多，多集中在裴迪秀才身上。他似乎不喜也没有必要做这类应酬。

王维也是宫廷诗的代表。宫廷诗再找不出比他更适合的人了。

我一直想找到一点反对他的理由，结果不得不承认他诗歌中有一种说不清道不明的力量，强大力量。这力量并非出自自然，而其实来自内心。我发现自己始终是激赏他的。

王维的诗作，不只是画面感，而且每每有肌肤可触之感。无论是青苔坐上人衣，还是渭城朝雨。

有西人谈到这力量来自佛学，应该是准确的：

“他强调诗中场景的精神特性，直到波顿·沃森的《中国抒情诗》印证了他的直觉：对王维，落日之光有明确意义。与阿弥陀佛有关：炼金术士在傍晚将近时分冥想，如青苔在林中，受着光明。”

7.

摸黑戴头灯，院里剪花枝。那些漂亮的裸枝！比裸的美人还要迷人。又厉害得紧，已经很小心了还是碰一下她就扎你一下，再碰一下再扎一下。又痛又快乐。裸的干净的花枝啊，那么多那么多裸的干净的花枝！

月在屋顶，圆的，大的，亮的，是凶猛的月亮，它的亮像发出某种浑厚的吼叫声，庸常之众不得与闻。

亲爱的人们啊，我无法将我所见所感，一一告诉你。此刻我望着伸向屋顶的枣树，枣树的每一根尖刺，均被月芒映得剔透，犹如圣器。

8.

夜花是非常美的。要盯着看，眼珠子都不转开。一眨巴眼睛，它们就变成高高低低一串一串红丢丢的大樱桃。

每年如此。雪白变通红，自然的生发和变化如此神奇，均在一晃之间完成。

一生在一晃之间完成。啊，来风！晃一下前生！晃一下来世！

春夜。无论如何，当行高杯，当发浩歌，不负繁花，不负生命之从容。人之一世，其短也悲。春夜几何！

9.

初春时节，杨树的气象。

再长就不好看了，枝条邋遢，不利落，像女人一边奔跑一边提裤子。

10.

在夜晚，在人类惧怕和逃离的黑暗中，树神采奕奕，它们仿佛都变成吸人精血的妖精。

啊，亲爱的，我不知当如何告诉你我所遇见的美。你不要害怕，因为真正的美由来强大到让人心生怖意，让人下意识想躲避。庸者岂可得闻，岂可消受。

两棵树，相亲相爱。它们在夜晚干什么，我都看见了。我有点羞愧。

在夜晚，我往往能与这些树融在一起，仿佛化为其中一棵。奋力一挣，感觉到泥土深处的根微微颤动，继而绷紧如弓，或如手中扬出之网。

手臂向天，五指叉开，周身晃动，不能时间太长，因为指端微痒，稍迟一会儿，就要长出枝条，嫩叶。头也得低下去，不要让秃头上咣的一声，开出一朵花。若是大红花，宛若提着长烟杆的媒婆，则未免太糟糕。

第二辑

庚子年的春天深处

开花的日常

1.

采几枝花回来，已起秋风。开始工作。一小会儿，就是晚上了。

深夜的时候，瓶里的骨朵会绽放开来，笑盈盈看我，芳香不语。

夜晚了。这束花看着我读完一册书，期间悄悄打开了两个花骨朵。

2.

夜十一点半。灌木里窸窸窣窣响。我就知道是它。

拨开草丛，手机相机打开闪光灯。一只肉乎乎的大刺猬，把头脸埋在一堆刺里。

它一直在呢，从春天到现在，一家子。倒像我在它家。

我坐得夏风凉了。灯都暗了。我想什么问题想得悲伤。四下寂寂，虫鸣声很远。虫鸣总像在别处，秋虫才变得近，很近，像在床下。

我听到细弱的咻咻声，是刺猬，一边往哪里走一边喘气。我看不到它，也不想再去看它。我们各在不同的空间里，偶有相遇，各有所往。它就像我梦境里的某一个道具。

3.

五岁的儿子小臭，对百五十斤大狗老虎的碎碎念（说了半小时，我只能记住这点）：

“老虎，感谢你，我小时候要出门，你挡住不让我出去怕我丢了，你保护我，是我们家最好的狗。我要好好谢谢你。现在我长大了，不会丢了，我每天都去上幼儿园。

“老虎你每天看门，白天看晚上看，很辛苦，你也不怕黑，你真勇敢。我要训练你，你小时候我爸爸工他的作，忙得不行，顾不上训练你。我要教你。你很聪明，很厉害，警犬都没有你厉害。小偷一来，你就把他吓跑了。

“老虎你好可怜，没有爸爸，没有妈妈，没有家。可是我的爸爸就是你的爸爸，我的妈妈也是你的妈妈，你还有哥哥呢！我是你的哥哥，我都没有哥哥。我们是一家人。你有你的房子，你的卧室，是我爸爸给你盖的。

“老虎你有你的生活，不是我们人类的生活。你用四只脚跑，我们是两只脚。

“老虎我知道你想出去玩，你好几天没有出去玩了。你很想出去是吗？我跟我爸爸说了，他同意了，明天晚上带你出去。老虎你记着，是我给你争取的机会哟。

“老虎弟弟，我是你的臭蛋哥哥，蛋就是坏蛋的蛋。我保护你，你也保护我。咱们是一家人，谁都不伤害谁。”

4.

暮晚云朵壮阔。登车去高处，极目一望，直到被黑暗紧紧包裹。下面城市灯火迢遥，不真实得像矮人在山洞里的世界。

坐高处吹风，饮酒，会觉得仿佛自己可以置身那悲喜歌哭之外。也不太暗，伸手可以看到手指上的筋骨。城市附近的夜天是铁锈色的，连黑都虚假。日常中，我很多年没有见过童年时固体一般的黑暗。偶去深山中例外。

有一次坐到很晚，看城中灯火暗下去，许多灯灭掉。人们开始做梦。通明的像红色虫子的，是一条条街道。连我的狗老虎都不耐烦了，站起过来，不停地舔我的手。

5.

小臭：“我跟我爸爸小时候长得一模一样。我跟我爸爸是双胞胎。”

小臭："爸爸，谢谢你，给我们种了这么多花。我很快乐。我真的很高兴！还有樱桃树，还有葡萄，还有老虎。还有小刺猬，还有咕咕的大斑鸠，还有嗡嗡的小蜜蜂，有的好吓人，蜇一下好疼。还有大蜘蛛，还有小虫子。还有好多麻雀，我还救过一只麻雀，它淹到水里了。

"还有好大的喜鹊，还有老鼠。我们幼儿园的小朋友，他们都没有见过老鼠。爸爸，我带小朋友来做客，你能不能抓个老鼠给他们看？"

6.

写任何事、人、物、情绪，都要力图准确。像摄影对焦，不可失焦糊掉。情绪是动态的，像拍动态的物体，精准更是难办。

有时是原本模糊的事物，也要有精确恰当的设置。

写任何事物，都要像遇到传说中一见钟情的人，百感交集，既熟悉像似曾相识，又有完整的陌生感。要有完全陌生化的表述。写任何事物，都要像第一次见到，而且也是今生今世你最后一次见到它。你写下，它就没有了。只留在文字里。

7.

眼睛累了来看花。开窗扑鼻的馥郁，宜赤膊，让花香沁入身体。

五月，花朵最好的季节。一颗颗乱了的荡漾着的春心。

8.

遇到被杀死的树，只剩树桩，有在野外踢到人头骨的哀感。他是与我无关的人，也仍有哀。

树桩像在目光中一点一点裂开：我看到裂开的全部过程，每一条裂纹，从出现到扩大，每一个细微的崩裂声。有时受热或受冷、干燥或受潮，会突然收缩一下，来不及爬出的蚂蚁被挤碎其中。

有的死于非命的树顽强，从树桩再生出嫩小的枝。比如槐、杨、柳、椿。我辨不出这棵的种类。细细看了看树桩周围，已枯，它不可能衍生出新的生命了。我知道它土里的根在日复一日萎缩，失去原本水分，烂掉。

9.

我是个最讨厌陈谷子烂芝麻规矩的人，用了半世精力在反抗秩序和规矩，努力我行我素，保持内心本真。糟糕的是在人心崩溃的当下，自己似乎又成了人心秩序的维护者，守孤城一般竭力维护人的底线。这样的人不多，每得一个，我若绝境中望见救兵。多数都是壁上观的傻缺，哦，我还时常听见他们发出开心的嘲弄声。

这样不能不说是对自己的讽刺。我其实更喜欢专注于内心，灵系于鸟腹，翔于鱼背，击鼓一般抓紧马的四蹄令其急促摆动，或灵随着天色暗下去，灵坐在黑暗的花朵中心。我羡慕庄子、李白那样的自我中心者，却成了心怀波涛的关注世事者。

我想无论怎样，都是目下的思力所指，都是目下的思力所限。也是对个人的救赎。人只是尽力而已，其他无所谓。

10.

一棵树安静地站在那里，不在路上，而是稍稍偏离路面。是杨树。光和风同时翻动它嫩绿的叶片，水浪一般波动。

我不禁止步，盯着，呆了。忘却要去干什么，在哪里，忘却周围起歇的鸟鸣和舞动的鸟影。这安宁的情景，这么熟悉，像我曾经做过的梦。像我前世曾经做过的梦。这一世，我又找到它。

返回的时候来拍照，光已经离开了它。它一下子变得没精打采，沮丧，一副任人宰割的倒霉样子，这样的表情，在随时遇到的许多人脸上都可以望到。

我觉得，是万物之灵同时离开了树身和我的肉身。

好在我有文字，我记下灵倏忽来去的过程。

11.

天色迅速暗下去。远处山顶，快要熄灭的夕光跳了一下，刹那间变得明亮。我的眼睛感觉到类似绝望一般强烈的热切。

一边扭过头来，霞一边消失。行车眼涩，用力闭一下眼，霞霓彻底不见。路前方，天很高，云很低。那些云阴沉而宏阔，依然清晰可辨。似庙中暴筋怒立的力士，又似巨鸟垂翅——云朵边缘垂下无数细条，像极了大鸟立翅，翅膀的边缘，一根根羽毛奓开，轮廓的剪影逼真而凛然。云仍在飘移，仿佛那些大羽在风中、在鸟的力量驱使下继续张开。翅何时忽然一拍？

垂天之云，若鲲鹏之翼。翼，一个含义深厚的意象。翼负之苍天，翼怒之飓风，翼下之温暖，之呵护，之温暖的黑，翼垂之沉沉的静。

我老家名翼。我老家的山叫翔。城生翼，山要翔，均有不羁于人间之势。

12.

给读者寄书，随手在院中摘一把花，撒进一个个快递袋等快递员来。

其香馥郁，其色傲然，其书昂昂。

我以为这是人间极为风流之事，而我侥幸做到了。比古往之审美，如陌上花开缓缓归，北人骑马，南人登岸击贼洗足入船，似不逊之。

摸黑摘了几个小花骨朵插瓶里。过两三天，它们就变成大包子一样的花朵。只是一点清水，有时倒一点酒底子。真是神奇。

我偶尔在花香中，似乎嗅出一点点酒香。

大前天误杀的一个大花枝，满是骨朵。插起来，到今天开出十一盏花，一片花瓣未落。还有十四个骨朵未开。

这家伙跟我的狗和我一样能吃，吃了一盆水，一两酒。在书案上每天呼呼地朝我脸上喷香气。有时我抽烟，会被它的香呛住一下。

以后明白了，若剪花就剪带骨朵的。原本只担心玫瑰的骨朵不能打开。却原来，它们根本不是花店那种塑料一般的玫瑰花。

原位置再拍一下留个印记。啊哈！手掂起来，明显比大前天时重了沉了。

这厮是饮了一两真正八三年好酒的花啊。

13.

是秋天了。原拟看落日，爬上一座小山，天已黑洞洞。

一只扁担（方言虫名，还有青绿色的），伪装成一节枯枝。老家也叫作步蹴。田野里一切一蹦一蹦的虫子，都称步蹴。蚂蚱是特指会叫的那种，吃南瓜花的，后来知道叫蝈蝈。蝈蝈也有好几种。

妈妈养的一只大猫，能陡然发力，飞弹到空中，一把打下好几只低空飞行的麻雀。它每个夏天就在老家门口田里逮蟋蟀，逮步蹴，吃得滚瓜溜圆，油光发亮，每一根毛尖都亮闪闪发光。它后来生了小猫，妈妈把它的小猫送给亲戚一只。它生气了，伤心了。天明，它和猫崽们不翼而飞。

家人时常还说起。那是只凶猛的猫，小狗刚回去时不懂利害，很跩地冲猫吠叫。猫不理。一次火了，看不清它怎么动作一下，狗惨叫着退开，腿一拐一拐数日。

后来两个好了。别人家狗冲到院里咬小狗，这次看清了，猫一下子扑上去，蹿到狗头上就是一爪。狗从此不敢再来。

猫黑白花，不大理人，不喜欢和人亲近。摸它，它就站起，走开，换个地方卧下去。它不辞而别有五六年了吧。

秋渐深。那只扁担虫，活不了几天了。草木醉生梦死，只待一场大风摧之。

庚子年的春天深处

1.

锻炼锈骨，透一点气。荒山跳沟，往返十次。气喘吁吁，大汗淋漓。

午夜，游于河。未遇一人。河冰已融，水漫短桥，双足浸水，黑暗中不得过对岸。

空中大鸟旋舞，未知是鹤是鹳，鸣叫如鸭。时起时落，时越头顶，不过三尺之距。呆望夜空，不甚黑暗，而为铁红之色。几疑跌入幻境，极不真实。

迷路不得出，南行两公里无出口，北行五公里仍不见。一怒翻墙，不过三五秒，已抵直道。复寻亡马，再行两公里，驽马嘶于摄乐桥。乃得归。

2.

三只狗，远远望到一只陌生的两脚兽，大喊大叫冲来。看见原来是传说中的“狗神”驾到，立马高兴得忘乎所以，摇头摆尾，俯首帖耳，巴巴地趴地上抬头望我。白狗从背后往我腿上蹦，我轻声呵斥它。黑狗明白了，蹦起来把白狗撵开。

我都不能伸手摸它们。口袋也没带吃的。我们四个愉悦地玩了一会儿。它们一直跟着我走。我爬山，它们先冲上去等着我。我下山，徒步到车被土堆堵住的地方，它们跟到车前，一排蹲着，坐在各自后腿上，沉默地望我上车。

有人情味的狗狗。或者，它们觉得我够狗味儿。

天有点黑了。看不到狗狗表情。心里暗自想着它们眼睛里的无奈，留恋，忧伤……

或者什么也没有。那只是我自己的想法。它们转头就忘，去玩别的。

车灯惊着了一群野鸡——或者是鸦？我没有想到路边短矮的松林，能藏落那么多只。扑棱棱飞起，并不飞高，不知落向何处去了。紧闭的车窗内，仍能听到它们扇动翅膀的声音。那些声音过于惊慌。

继续寻找到一条通往东山的路，摸黑驾车上山。此时晚八点，这座山，真正是我一人的了。

路上想到某年，老家，秋天。我在街巷里行走，一条长毛狗远远向我奔来，我原地不动，它扑到我身上，不停地往身上奔。

许多人没有与生灵交流的经验，别说听懂鸟鸣里的鸟的情绪，对与人类关系密切的狗，也不能懂。遇此会有本能的恐惧，于是变成落荒而逃和被追逐。狗追时会叫，无恶意时人也害怕，但那叫声几乎是着急地喊："别怕，别跑，我喜欢你跟你玩，你跑什么跑。你快给我站住！……"

但也许，狗明白是可以和我交流的，它终于遇到人类中一个可以交流的对象，所以这么亲热。是一条长毛的白狗。色泽污了，毛卷了，它兴奋、激动的样子，让我不好意思觉得它难看。

它就这么跟着我转悠，不停地跑到前面去再扭头看我，或者蹦回来，在我前面摇尾巴，眼睛急切地盯着我眼睛。它渴望交流，渴望知道我想什么。

一群颜色不一的小狗跑来，它们不认识我，冲我尖吠，很是烦人。我下意识有挥手驱赶的动作。白狗就冲上去撵那些狗。它也不咬，就是撵。后来干脆往远处跑，进了一块刚长出麦子的麦田，引着那群小狗追它。

我继续走，去了村外一个低矮的荒败的火神庙。转到庙后的时候，那白狗追来了，气喘吁吁。它望着我的样子分明是等我夸它。我连说好狗狗，它看上去开心极了。

我把水壶挂在树枝上，晃晃悠悠，拿相机去拍那些树，楸树，槐树，榆树，皂荚树，杨树，椿树，桐树，枣树，小小的桃树。我如此迷恋那些树，那些生命不亚于动物，至少是相等的，这些年它们张口，向我吐露了太多生命的秘密，我深受教诲并得启发，如受天启……

我再注意到白狗的时候，它已在潮湿的地里刨了个深坑，卧在里面。原来它是太热了，又渴，它需要凉爽一下，让体温降下来。它竟有这样的办法。

见我看它，它站起来，跳出坑。一边看我，一边看坑。那意思是说，很凉快很舒服呢，它让我进去试试。去吧，去吧，很好呢。

我哭笑不得，皱皱眉，冲它摇头。它似乎明白了，有点沮丧，它自己也不进去卧了。

我寻处方便，它也蹲着看我。我继续向前走，过了一会儿，白狗才追上来。

它拦在我面前。我吃惊地看到，它嘴上沾着屎！

它朝我身后跑。一边跑一边扭头看我。那是邀请的意思。它找到好吃的东西，邀请我一起共享。它是邀请我，去吃我的屎！

对一条狗来说，它绝对是慷慨之举。它献出了足够的热情。狗是护食的动物。一条狗进食时，主人动它食物，它都会下意识张嘴咬。不能怪它，那是狗的本能。与同类抢食，它会攻击。

但是这条素昧平生的狗，竟然邀请我，去吃……我制造的秽物。

我无法写出我的憎恶，恶心，等等复杂并陈的感触。我撵走它，用了滚一字，喝令不许跟我。它远远跑开，不再追来。它扭头的眼睛，似乎有委屈不解，有伤心。它不明白我为何突然这般决绝。

你吃屎了。我不能接受你。

我后来多次想到这件事。我一直不愿写出，只是，唯恐伤害人们对狗的感情。我不愿人们对狗这样一种动物有污浊的看法。

但这是我遇到的确真之事。我无法释怀。今夜我再次想到此事，我想，这事也像极了时代中的污秽。我对这时代爱憎交加。但即便整个时代示好，邀请我……

我也绝不接受。不附和。不对恶心赞美。我连沉默都做不到。

已夜晚十时。我在山顶，抽烟，喝茶，手机写字，饮一壶1987年的老酒。看不远处城市灯火，这苍凉的人间烟火，仿佛在瘟疫中颤抖，在颤抖中惧怕熄灭。愚钝、麻木的平民，官员及其中的正直者，昼夜轮班的警察和环卫工，医生，怀春的少女，猎艳的男子，剧烈咳嗽的老人，学网课的少年，所有人等，均在煎熬中。一场灾难并不一定人人能熬过去，一场灾难，未必能够帮助人们成长。

但这一刻我拥有这座山，我一个人的荒山。我并不孤独。此刻，山与我仿佛一体。我即山，山即我。所谓托体同山阿，这也算是吧。

在这荒山，我度过一生最特殊的一个生日。大疫之中，生死之门在眼前开合不定，同时可见。我一人，一座山。今日我遇见了飞鸟，狗，杂树林，山阴肮脏的残雪。我凌乱想到一些人，包括诀别的一些。我没有想到任何一个我憎恨的人，他们不配。

再一小时，这一日就过去。

3.

昨夜采来的一束丁香，今午案上郁郁。

“深巷明朝卖杏花。”宋人风雅，得日常审美之况味。诗句中可知，杏花是在城市街巷里出售的，处处可见，平常倒像我们今日所见的菜摊。

杏花如此，那么桃花、梨花、梅花、菊花、荷花，四季之花……

花红易衰。人们恰是欣赏其盛极而衰的过程，参悟生命，参与生命。

日常的审美，从未像现在这样没落过。鄙俗侵蚀了人的心智。一颗颗心只是下意识地判断事和物有用没用。

时间前进，人心却未必随之进步。我们回不到杏花在深巷叫卖的时代了。我们只买菜。

我也有鄙俗的实用主义。比如，总觉得果木的花才配叫树花，或者干脆，人家就是专业开花不间断的那种，比如欧本月季。又或者像洋槐那种，一身满不在乎的花串，来，你随便折去，做拨烂子吃到满嘴芳香。吃完你再来折，我的枝条很快又长满，明年更多。

不喜玉兰那种。每年开一次就没用了。然后站着，装树，一装就是一年。那么占地方，太可惜了。我是不会种的。

窗外樱桃树已太高。年年等它开花，它已十二岁。我在二楼坐书桌前，它在窗前高于我，白天黑夜的看我，用浑身上下雪白的花束盯我。看什么看?! 一个丑陋大老爷们，写点字而已，把你夸得美呢。

它招来许多蜜蜂采蜜。窗户开着，隔了纱窗。我在寂静的深处一惊，听到嗡嗡声。就仿佛少年时在水库潜水，听到岸上隔了深水的人声，像来自另一世界。

一只蜜蜂嗅到丁香的浓郁香气，不停地撞玻璃想进来。我在窗前看它，它停止撞击，不甘心，换了姿态，用脑袋往玻璃上钻，它还会来回挪地方试。

这一日，武汉解禁。但我以为，至少一两年里，人类得不到以往哪怕鄙俗的日常了。

这一年的四月，充斥了惊恐、痛苦、绝望、不安的等待，以及不能再等待的死亡。一颗颗没有着落的心忽忽悠悠，不知时岁向何处去。

但仍然写下日常中的美。哪怕明天人类灭亡。记取、写下所经历的日常，也是尊严一种。在至暗时刻，我们仍有从容，沉浸于这颗星球精微的细节。

4.

儿子小臭每天拿个喷壶，准时早上十点多上来，唰唰唰。有时听见他在花台上哼哧哼哧，一忽儿路过书桌时我拽住他，臭小子一头汗，一扭就跑了。

他照顾他的花。精力过剩总搞破坏，于是和他商量，有一盆花归他管理。他高兴地答应了。他是一盆花的主人，从此很有派的感觉。他想让他那盆花长得最好，于是破坏旁边一盆一人多高的蓝雪。我批评他这是不对的，这个叫嫉妒心理，而人不能这样。要竞争，但对胜过自己的，嫉恨、破坏，是很不好很丢人的事。他低着头不吭气。我知道他明白这道理了。

有天晚上睡觉，他突然自言自语说："一下子开很多花，多好啊！"我听到他开心地嘎嘎笑出来。再看已经睡着了。

不知是不是做梦。

今天下午，阴天。我拉着帘子。我不喜欢灰秋秋的天，宁愿当是黑夜。他在花台上大叫："快来看啊，哈哈，我把花养得有花苞啦！好多好多，这儿，这儿，这儿还有，还有！"伴随着拍手声，咚咚声，那是他跳起来手舞足蹈。

果然，这盆搭了小架的花长满了花苞，约莫估了一下，有五十左右了。

小臭兴奋地看着我，那表情分明是说："看！我厉害吧！"

他说："花喜欢太阳，每天我给它挪，让太阳照着它，它的叶子就绿绿的，它的枝条就长出来好长，还有好高的，力气很大很有劲。它一下子就比我长得高呢！"

那是个七加仑的花盆，二三十斤。拉着挪动，要费点劲儿的。

他兴奋得走路都有点癫。吃晚饭时特别听话，哗啦啦吃得干净，和以往大不同。他总等着说他的花，又问我花的知识。我说这个花是你的，开了花就叫它臭蛋花吧？

他有点扭捏，说，花叫臭蛋，不好听吧？臭蛋是我的名字，不能是花的名字。

他认真地问我，花刚种上，是不是不能浇水？

我说，不对。花初种，一定要浇水，浇桶里放过两三天的水最好。初种的花，土要压实，然后浇水浇够，要浇到底盘里渗出水才行。这个水叫定根水，因为一浇水，土和根就连在一起了。不浇水一定不行。有人养不活花，是因为拿回去种时就种坏了，花长不好，慢慢就死了。

他瞪着眼睛听，点着头。那样子，是一下子牢牢记住的样子。

我下意识想了一下。我现在所为，也是在做定根的事……

我说，再种花时，你跟我一起，我教你，好不好？以后你就会种了。就能种活了，就开许多许多花。

他连连点头说好，嗯！那个“嗯”字，很用力很诚恳。他说，我不嫌麻烦，不嫌累，不怕它长得慢。它很快呢！

臭蛋的第一盆花，是铁线莲幻紫。我在培养一个花童。我有了一个叫臭蛋的种花弟子。

这个因疫情不能上幼儿园的孩子，在沉闷的时间里，多了一样种花的本事。他成堆的兵器、汽车玩具里，有了一盆柔弱的花。他关于英雄、冒险的梦，多了无边无际的花朵。我觉得好。

5.

清明至，集蔷薇香枝，焚所著二册于其上，以祭故旧亲友。

白一问玄武曰："噫！汝迷信乎，忤唯物乎，信鬼神乎？"

玄武曰："人生也苦短。以宇宙之大，人之一生，不过忽然之间。其萌也茫，其没也茫。以短暂之时，中人之智，吾不能知之事，多于漫漫尘沙。友亲故者所往之处，不知。昨日所逝之处，不知。明天所生之事，不知。哀从何来，不知。喜寂灭处，不知。玄子无知若此，故畏也，敬也。独坐室内，无异于孤兽处穴，为洞外万物围困。

"吾不能知之事，之物，之人，之时，皆可称鬼神。吾亦不能自知。敢不畏乎！"

白一大笑曰："切！嗟。荒辞振振，何益皮囊。腹饥欲鸣，食肥肠面可乎？汝海碗三，足乎？"

6.

老虎小恙。出门时说老虎你等着，你老子给你买药，一会儿就回来，嗯？

它站着看我，眨巴一下眼睛。它病了，拉肚子，我每问它，它自己好像不好意思，对自己生病愧疚似的。它似乎也认为自己该是百病不侵、不惧黑夜与寒冷的一头兽。这厮看着吓人，一百多斤，与我仿佛，实则是温柔的野兽。喂药我是让它张开嘴巴，把药塞进喉咙里。最近学坏了。喉咙里的药它愣是能一点一点逼出来，吧嗒一声吐地上。喝令它吃了，它不吭气，翻着眼睛。只能再扒开它嘴巴。它倒是听话，张嘴。再后来它看到我拿药出来，一扭头就钻进窝，不肯出来。我在门口骗它，说老虎给你骨头，喊老虎，走。听到它在窝里吹气，声音很大。像是说，哼，想骗我，没门儿。以往它听到一个走字，浑身是条件反射一般绷紧的，尤其不能见打开车后备厢。它发出一种哇唔哇唔的大声，要坐车。

这阵子，老虎明显瘦了许多。

久不出门。几日来大降温，天冷得附了鬼似的。今日回暖一点。暮晚将夜，街上人穿得乱七八糟。一个黑乎乎的汉子，穿个大背心急急地走。有穿羽绒衣的，哈，还有穿翻毛领大棉袄的。有的戴口罩有的不戴，戴的人意思意思，口罩斜在下巴下。比如摆摊的就那样，两眼呆滞，摊前顾客寥寥。

一溜饭店走过，隔窗见空无一人。小的店有，有人在吃面还是什么粉，如同往常那样。热气蒸着他的脸，他一边吃一边低头玩手机。普通人要讨生活，大老远来到城市。他们在这里没有家，避不开吃饭的场景。

遇见一棵桐树，居然开花了。桐树是我爱的树，像一个身体高大的野汉子，目若朗星，肌肉暴绽，浑身荷尔蒙气息，开花使不完的气力，嗯，对女人又好，它的花一边开，一边吧嗒吧嗒落，好得没完没了。芳香的紫，大朵大朵，无穷无尽。桐花未落枣叶长也罢，桐花万里路也罢，它其实也不在乎人类怎么看，看不看。它自己玩得开心。鸟儿跟它好。它们一个原地戳着不动，一个想去哪就去哪。

我在路上驻车，随意写下句子。我走在庚子年春天的深处。我喜欢随性而为的语言状态，它们仿佛是在春天长出来。我认为这样就是好的。不用讲究，做作，弄个架子，一颗心放得展展的，怎样都可以，怎样都是舒畅的，气息通的。一块巨石放在山顶上，也不突兀，它原本就那个样子。我如果写我此时想大吼一声，写我吼了一声，也是好的。那是我自己乐意。

给老虎买到了药。宠物店的人们不错。我喜欢善待动物的人。人并不比动物高级，是随着年长越来越意识到、越来越确定的事。你看一切生命皆美不可言，你也就渐渐成了它们，和它们一起，融入它们，懂得它们的语言，领略它们的美。甚至，具有它们的美。

五月具香气的光芒

要开作一枝白色花——

因为我要这样宣告，我们无罪，然后我们凋谢。

——阿垅《无题》，1944

1.

一点琐屑事困扰。但五月是一年最奢侈的季节，终日只赏花摘花插花种花，也是好的。

我这里，暖温带黄土高原的五月，相当于江南的人间四月天。啊，漫长的五月，细腻的五月，不辨昼夜的五月……

有时夜里望弯月、圆月，看月亮照着的樱桃渐渐变红。有时提着灯盏，看各色花的蕾推开周围的黑暗，静静打开。花在夜里微亮，是具香气的光芒。

2.

每过一段，需要烧掉剪落的长满刺的枝条。不好拿，即便拿去垃圾桶，环卫工也扎得没法处理。只好烧，之后取其灰用。柴木草木灰拌园土加其他营养土，各三分之一，加沤熟的有机肥，种花上等。草木灰养根，兼有使植株健康功效。

盆花尤其需要营养。开花只靠盆里那点土，不像园中有自然的力，土不好不肥，它如何长得好，再开许多花。有香气的花尤其需要肥。许多人种花，买很贵的花，很贵的盆器，盆土却是抠抠搜搜舍不得花钱。大谬，几乎蠢。

种花不是到买回花为止，是配到好土为止，花所在位置的阳光、温度、通风、湿度适宜为止。

透气性极差的瓷花盆，种花最糟糕，几乎是花杀手。设计科学的塑料盆比它强太多。陶盆最好。

采集雨水浇花，是好得太多。雨水几乎是上等天然液肥。

3.

樱桃没有疏果，弄得太多，快长成葡萄了。

这天来了一只喜鹊，开启偷吃模式。麻雀，牛蜂，旋即跟上。吃吧吃吧。

果子快熟透的时候，凶狠的小鸟，只一两日，高处就给吃得不成样子。

初春买了网，每天犹豫，终于没忍心挂。我很怕看到鸟缠在网上死掉的样子。曾在大田里见过的，几十米长的网，挂满从冬天起到花开时的鸟，喜鹊，乌鸦，长尾雀，鹞鹰，猫头鹰，鹌鹑，斑鸠，野鸽子，太惨了。没有麻雀，没有白头鹎，那个网眼大，缠不住很小的鸟。

4.

摘一束龙沙宝石做案供。龙沙宝石在我这里表现不好，耐寒性差。圣阿尔班和卡德法尔兄弟、威基伍德、亚伯拉罕达比，自由精神最好，仅前两种，目前每棵开花至少在五千朵以上了。这几种复花性、耐寒性、花量、香气、花期长度、花型、花瓣繁复性等等，俱佳。

威基伍德一直到十二月还有花，啊，白的雪积上去，很牢固，在半开的花蕾的侧上一点点，仔细看可见积雪边缘的轮廓。风吹不散雪。花朵也不再打开，一直到色泽变暗。暗朽。春天了还在，三月，四月，到五月剪新花，才顾得剪掉去岁变硬变轻的花蕾。

5.

盆花纤弱，远不及地栽，但也开了。这一棵品种，好像是法国月季，记不确了。或者英月？

香气淡雅，不像老玫瑰那般浓烈。是手腕处香水洗过以后的气息，若有若无，但又知道一定有。

写过一则短文，就叫《诗人妻子》。

6.

没插花了。随手剪一二百朵回来，寻尽容器，花瓶，杯子，酒盏，茶盏，炖汤的小砂锅，酒坛，笔筒，高高低低，随意插满。大大小小的篮子，纸箱，空桌，以晾花瓣。

四时皆有，五月为盛。这才勉强堪称种花。大凡决定做一事，要尽力做好。如孩子，如狗，如读一书，如种一树，如饮一酒。如活一人，如爱一人，如绝一人。因为凝重，时刻每每停留，如画切换，有时晦暗阴沉；如微光闪动，有时火焰跃起；如马如鹰，如鱼影下沉。

我的理想，与几千年先祖们做的梦重叠：三亩地，造一个园子。这才真正堪称种花。有力抵抗一切非自然因素的威胁，世代不侵。

这千年之梦，千年不能抵达。千年，似乎很轻，不及一片花瓣之分量，之香气。

7.

一两的酒杯，放了几朵微小的花。一点清水，等它们开得满满当当。

它们等不得隔日，深夜就打开了。虽然安静，但看它们争先恐后地拥挤的样子，是很闹腾的啊。

8.

晾几篮鲜花瓣。

从不打药，不用化肥，完全有机品，与哼哧哼哧的写作一样实打实。花瓣届时夹入新书中，与天南地北的朋友分享一点花香，和自然的快乐。

今年的花瓣一定得晾透，保存时得想点办法，否则容易生虫子。

9.

小臭喜欢一种开放如菊又集群的玫瑰，自己拿园艺剪去摘了一篮，自己插好。被刺扎了几下手，连声说不疼。

他等快递送来儿童节礼物，一把玩具枪，要放在篮子右侧的空隙。一把史上最浪漫的枪。

结庐在人境

1.

阴雨，遇到路边卖的花。藕花亭亭高举，茉莉脉脉芬芳。只是我不能带。我是路人。

2.

一束高高的花。风动花摇，仿佛见其体态婀娜，仿佛听得到她们清脆的笑语。

3.

蛮不讲理，花枝开到路上。往来轻佻，在车脸上摸一把又摸一把。不许这样无赖，得剪掉了。

院内一枝沉甸甸的花束，遮住了一个砖雕关老爷的脸。

狗窝上的花骨朵，最香的杰基尔。粗略数一下，大约五百个花苞。

拙诗曰：

“我朴素如泥土，奢侈如十万朵花。

我依然平静如一千斤烈酒。”

4.

摘一枝花，含了夜雨晨露。

粉色花，是刚才写字敲键盘太用力晃动了桌子，从桌上瓶中落到我头上的。扑簌簌的声音，轻微而清晰而整齐。是两朵饱满的大花的花瓣，同时自枝头飞下，落在头颅之上，再滑落键盘、桌上和右臂。看花枝，其中两朵，全部泻落，不留一瓣。它们连抚慰也不留余地，用尽全部气力。

5.

以前种花，我说我种的品种，百分之九十以上山西没有。百分之六十以上五年内，山西还是没有。

有人会笑我吹牛。事实证明：一点也没有吹。十年过去，你看太原满大街就那一种叫光谱的黄色系月季就知道了。他们已经竭力做，种了花的，还是不惜代价所做的几条最主要的景观大街，比如汾河东西路，比如长风大街。其他地方连光谱都没有。

那个花太烂了，我是不种的。

你不要不承认，本市的外表和人们内心一样，就是这么颓败，沮丧，落后，腐朽愚蠢，而且心满意足。

一大早本市园林部门，拐弯抹角托了许多人，找到一个不太熟的朋友找到我，电话里说，想请我去指导正在弄的太原植物园……

我是个作家，本市不请我指导文学，让我去指导种花。这是贾谊同学两千年前遇过的夜半虚席只问鬼神的那类事吗？

我不喜欢和一些部门打交道。单说绿化，他们也是水性杨花，今天种了明天拔，全国各地无不如此。

但不好驳这朋友面子。答有空了再说吧，现在委实没空，本月内没空。下月也不一定。

我的园子不大，几乎是小得可怜。我想如果植物园的地皮是我的，或者我可以随便用，就好了。不过指导他们也是无所谓之事。给本市一些花香，百姓得其美，亦非坏事。许多人傻傻分不清月季玫瑰蔷薇，认为花店售的那种塑料般的红白花是玫瑰，几块钱一棵的长几片傻大花瓣的那种村里也有的是月季，月季廉价玫瑰似乎有品。我们的审美就是粗俗到这种地步。明清时人们爱花，专门为月季写过好些种花谱。某个时期全部被干掉，我们现在只能知道个名字。国产月季品种仅剩最烂俗的那几个，但今人连那些傻大姐般的几种国产月季都叫不上品种名字。

月季、蔷薇、玫瑰的区别是这样的：三者都是蔷薇科蔷薇属。英文是同一词，玫瑰同时指三者。法国约瑟芬皇后专门做个巨大的玫瑰园。约瑟芬之后，西方语境中的玫瑰，便不是只有一季开小花的玫瑰，而是指从古典月季到花色乱眼、花季漫长、单朵花瓣动辄一百以上多则三百的现代月季。

品种之间区别是极大的。耐寒性、抗病性、藤蔓性、花香的种类、生长速度、开花多少、花的形状和大小、花开的耐久性，复花性，等等。有类于三观不同的人，比较起来简直觉得对方不是人。我竭力认为都还是人。我每天要告诉自己许多次，默念咒语：大家都是人，大家都是人。大家真的都是人。

6.

一生培养出一颗心，让它对美的感触无比敏锐，无比丰富，无比细腻，无比深厚，无比广阔，甚至无比疼痛几乎要发狂，哪怕仅仅是迷恋一个女子之美……

啊，能够培养出这样一颗心，感触力超出木头一般的寻常人无数倍，也是一项伟大的事业。

7.

每次看到大家生气拿狗作喻侮辱狗，我都很羞愧。羞愧不已时，就又要给狗写诗文了。

某日在路边驻车，救了一条想从墙缝钻出却被卡住脖子又缩不回去的小狗。最下边缝稍宽，越上越窄，它却拼命往上挣头，眼看吠叫声都扭曲了。也不知多久了，我想路过的人们未必不想管，只是怕被咬。我救它时它也不停地张嘴要咬。

我蹲下和它说了一会儿话，它情绪安静一点了，望着我眼睛。它应该听懂了，知道我无恶意，但是眼睛里仍然是不信任。我作势伸手，它再次望空乱咬。

我观察墙缝，明白了。有胳膊脱臼经历的人都明白，接骨时必须迅速，用力，而且几乎是在你不甚察觉的当儿，猛地一下。是非人的疼痛，但一下就好了。若是慢条斯理一点一点来，你会疼得要死过去一般，那简直是折磨人的刑罚。

有时候真正的温柔和善意，和粗暴几乎是一致的。

我站起身，抬脚，向它的头迅速而用力地踩下去。踩，踩到底部，嘴摁在墙缝的地面上。它使劲一抽，哧溜一下不见了。

我扒着墙缝往里看，瞅不到它。它的朋友，一只小花狗，手足无措地站在那里。

写了一首诗，算是给看到骂狗和转发以狗骂恶世道的帖道歉吧。许多人是不如狗的。

提醒，救助遇险的狗，千万不能轻率用手。自己家的狗也不行。若伸手被咬，你不能怪狗。那是它作为动物的本能反应。

8.

夜深月明，案花成妖。天花板上，其影甚巨，其大如人。花枝微颤，跃跃欲下。

将吸我精血耶？将温存抚慰我耶？将破壁而遁入吾笔下耶？

9.

第一次见到。一对麻雀在空中交配，快乐地翻飞着，忘我地叽喳着，叫声里有高起的尖锐短音。它们在我面前不足一米处落地才分开。

如此高妙的技艺。真是望洋兴叹！

我看得目瞪口呆，几乎忘记出气。

微信里有朋友说："麻雀在空中翻个筋斗，就能完成传宗接代的大业。"

10.

一场秋雨数日，山楂红了。

每日路过观察。在雨前，一颗颗，一串串，尚是青的。微红的果粒，显然大了点。是眼睛触摸的直感，目力辨别不出的。

磊磊枣儿，也红了……

它们还硬，脆，此处我觉舍累累用磊磊恰当。繁，有石头毫无顾忌地层层叠加摞起来的样子。

日光、雨水、秋风的作用，可能是相同的。但雨水太大的话，枣儿容易开裂。今年看温州朋友微圈贴四月天气预报，整月只三两个上午或下午一会儿阴转晴，太阳露一下脸就不见了。若那样是万万不行的，枣儿全部完蛋。枣儿不行，习惯了暖温带高原的坐在枣树下的我，也会浑身长霉，发愁而死。

我常幻想，将植物们写得性感，像它们原本就有的样子那样性感，或者至少尽可能接近。它们在春天冒出嫩芽时的快乐的尖叫，在雨中尽情伸开的臂膀，它们周身的花朵，圆润、微凉、轻盈又沉甸甸的果实，在风中摇曳、簌簌作响的幸福，像圣人一般面对着天空冥想的幸福……

有时我觉得对果实而言，月光的力量更大。众生等了一年的月亮，明天就圆满了。有幸者不妨对着一棵树上的果子，观察它几个小时在月亮中的变化。

我是迷信的，认为满月浸透的果实，滋味会更好。它们仿佛有符咒的神秘之力，让人内心更为沉着。

11.

为保存物种多样性，我花掉一生积蓄，买下这块黑暗土地，连同其上肮脏的天空。我不得不抛弃一度需要、认为不可或缺的城市生活。我抛弃了许多书。在苛刻地挑选图书时，就像儿时在灯下甄别颗粒饱满的种子。

我在种子里继续挑选，扔掉其中一半。我的生命长度，读不了那么多书了。隐喻性地选择，因为我最多再活已经度过的岁月。

我造庐其间；引流水环绕，建鲜花长廊。我也留杂草丰茂、自生自灭的斜坡。我遵循上帝赐予的秩序，代施其规则。在无外物干扰的前提下，我以为它会是万物生发、收纳四季的乐园。诸物当相生相杀，却模拟宇宙的平衡。我希望宁静，和谐，与生命的蓬勃、性暴力一般的混乱并行不悖。

但是铺天盖地的乌鸦飞来，压垮了屋顶。野猪踏坏了流水，野兔造窝，杀死成片的树林。树林干枯着火，点燃屋子和兔子。风中飘散着灰烬，和动物们肉的焦香。

我被迫僭越权力，像造物主一样在黑暗土地上杀伐决断。我渐渐与万物为敌。我必须斩断星光，不让它穿透屋子的墙壁；必须取树林之木为柄造斧，以伐众木。必须引弓杀豹，以披其皮。第一次我很难过，它曾是我一生热爱的华丽大兽，却永远不能再奔跑。我取其骨安慰自己衰老的骨头。后来，很快，我忘记自己的难过。一切变得天经地义。

我渐成可耻的僭主，滥用权力，奴役黑暗土地上万物；万物渐以我为敌，结成组织。兽群鸟群，兼有统一的律令。

我制造矛盾，我制造仇恨。我杀戮羊而令羊仇恨豹，我利用狐狸的谄媚和狡猾。我也发展组织，它是草木鸟兽的综合体。它们被规则逼迫杀死同类。起初它们悲伤，像我有过的难过。后来它们杀戮父母兄弟，也毫不犹豫。有一次我看到，一匹野马杀死了自己的孩子，当众炫耀般地咬着它，吸食其血。它原本素食如僧。一众掌声雷鸣。我奖励它勋章，称它英雄。它激动地接受，伸出长长的脖子，眼中有感激的泪水。

奴役是一种惯性。奴性是一种惯性。一切已经建立，将延续千年。我心里明白，我已经成为堕落的天使加百列，模拟上帝建立黑暗秩序。我和我的子孙也进入这咒语般的序列，我将亡命于子孙，他们相互杀戮，永无怜悯和休止。

这是我在 2019 年 7 月 7 日凌晨的梦，和梦中之句。我醒来，如实记录了它。有一些已经遗忘，有一些被记忆扭曲，约三分之一，属于完整的梦句。

12.

如何写下一朵花，我殚精竭虑，仍然办不到。渐渐花大如巨兽，我如怯弱之女。

天然是最高之美。天然去雕饰，是减少、杜绝雕饰而非学习雕饰。一雕饰就完了。

13.

阴而沉闷，北方正暑。热气四下里翻腾而至，带着万物被烤焦的气息，有轻有重，有清有浊。铁栅栏及其上生锈的油漆，气息是滚烫而下沉的，它扑到脸上也仍有铁器的凶猛感。烈日暴晒的楼房，气息是刻板的，没有表情的，只是一股没有味道的热气，像官员假装热情的没有任何内容的讲话，也像一些诗人空洞的分行感叹——他们的书写，就是一阵随时散掉的空洞热气。

土的气息……是浊而辨识性极高的。那浊里有丰富的力，腐败的力，生长的力。河水浊，绝大多数河水的气息浊，几乎是凉热不定的死亡气息。溪水气息是清的。

花的气息轻。在这个季节轻得若有若无。但茉莉重而清。茉莉是我认为的最清澈的重香。相反栀子花的香气就混浊。瑞香之气尖锐而浊。

野草的气息重，还有绿色树液的气息。我爱那苦涩之味。少年时好奇，还有意砍开树干，看那绿色的血液析出。我记得尝过，分辨其不同，桐、枣、杨、榆、槐、桃、杏等。我喜欢刺槐的味道。刺槐和国槐又大不相同。

医院的气息是浊的。人的气息混杂，药水的气息冰冷难闻。我觉得使劲闻一阵就饱了。可以饱半天，不用吃东西。

露天躺在长椅上，胡乱写下这些。头顶绿叶婆娑，是森森然的绿意。李贺说“凄凉四月阑，千里一时绿”，他是真懂得绿意里的凄怆的，顺手写下那句子。我想他写作时的样子：浓重的眉毛，像绿色的枝条茂密生长一样结在一起，拧起来，叠加起来。

曾说过古诗的肌理是长在自然里的。每一首古诗，都像是大地里的原生植物。不懂自然不够爱自然去拨弄古诗，便只能是弄些两张皮的东西。隔玻璃亲嘴一般，看着是那么回事，但差得远呢。是零距离的隔绝。古诗有令人镇静的作用。它也几乎和自然一样，沉浸其中的人，得神奇的自愈能力。

只是蚊虫叮咬太甚。我择无人处享安静之乐，此时却又盼人来，替我分担些蚊子的嘴巴。三两人时就好很多，几乎不再觉皮痒。但是无人。

一个小男孩远远跑来，清脆地“嘿”一声，扑到我身上。我吓一跳，一下子坐起来。

他不好意思地看我，一边退开。说哎呀，不是你。

他看错人了。我说没事没事。我喜欢看他害羞地退开的模样，想起自己儿时有过的事。

但此时我想到的是五岁的儿子臭蛋。那男孩，正是臭蛋的年纪。我眼睛盯着他蹦蹦跳跳走远，有刹那间，我想是自己生了错觉。

花是吃肉的

1.

总有人说，不会养花。世上哪里有不会养花的人。你是懒，是自私，甚至是冷酷。你指望买一盆花欢天喜地端回去，戳在那里就不用管了，然后忘了。你还等它还你鲜花披离，往往等来的是一根光杆，一个空盆。

养花很简单。它是个生命。把植物当作动物，它饿了会死，渴了会死，病了不治也会死。若此，没有不会种花的，没有种不好的。

某次某人问我要花，后来我知道，她是活生生把那盆花干死了，干成了一根棍子。她还要，我每次笑笑，绝不可能再给她任何一棵。我一般两次之后，便再不应。

花是一条命，不是你的一把椅子、一套茶具、一个手上晃来晃去的镯子。视若性命，不是说把它看得跟你的命一样重要，只需要把花看便是一条命就足够。没有时间照顾，你就不要养。不愿意费时间照顾，也请不要养。

我是坚定的环保主义者。自制有机肥，自制酵素。不打药。室内种月季非常难，所有的花病都会生，白粉、红蜘蛛、黑斑、蚜虫等。

其他好说，红蜘蛛最难办，几乎是花杀手。常开的花容易虚脱，所以易病。健壮常有好肥的花不易病，另外要看品种，有的品种易病，比如有的月季品种简直是“白粉妹”，动不动就一头白粉。

室内怎么搞也是通风不好，主要还是通风不畅所致。我专门加了定时的换气扇也不能解决。花病了就用喷头冲。我在室内用一种最廉价的淋浴喷头，十块钱左右，出水细小，故而压力大，喷水有劲。花搬到卫生间换淋浴头喷它，花盆放倒，喷叶面背后。对红蜘蛛有大效果。红蜘蛛不及时治是致命的。你看夏天时刀豆角，一棵能爬一墙，那么长那么多的蔓，红蜘蛛一浪，它一颗豆角也结不上了。原本种得好的刀豆角，紫丢丢的满是，一棵陆续摘能摘五十斤左右豆角。

花浇水见干见湿。即浇水，花盆表层土干了才浇，最好用放过几天的自来水。我是阳台常放一桶。自来水含氟，对植物不好，放一放会好。浇要浇透，即花盆底部的托盘渗出水来。要注意的是买来的花往往盆土压不实，托盘渗出水也未必浇透了。

有一种花杀手是因为花主“手贱”。刚端回去的花，兴得每天浇喷，唰唰唰，看见就浇喷，唰唰唰，想起又浇喷一下，唰唰唰，喷壶的唰唰声成了世上最美妙的音乐。结果很好，花根沤烂了，花完蛋了。金边瑞香最易烂根，毫无迹象，一下子叶片全耷拉下去，已是无救。

春天了，种花季。随意一贴，生手可留意，老花友勿见笑。连棵花都种不好，奢谈亲近自然，是无能，是粗鄙。

2.

许多人种花，从花市拿回，几天就开始黄叶，掉蕾，花愁眉不展，要一命归西的样子。其实正常。花在窖中，温度湿度光照和风设置恒定，忽然变了环境，它需要适应，需要脱胎换骨。这个时候花容易死掉。缓过来才算养住了，才成为一家人。

许多人去花市购花，买那种满头苞的，其实傻，花苞耗尽植物营养，忽然换了不适的环境，就像全力拉弓的人被踹了一脚，不是狼狈的事，是很危险的。花远不如拉弓的人，往往就挂掉。

初拿回的花，为保证成活，妥当的方法是摘掉一些花苞。有时候甚至全部摘掉。它掉叶子，干巴枝条，过一阵，重新长出来的花苞，才是坚实的，有生命力的。

忽然想到茶花，在北方很难种。久前种过，死掉。不服气再来，每天看着它一点一点干巴掉。太沮丧了。问花市熟的人，他说，其实那个茶花，他们卖花的端回去也种不活。就在花窖里。

茶花生长需要的湿度、温度、温差，与北方室内环境相差太大了。无法可想。

有朋友问。北方种茶花不成，我认为是因为湿度和温差不够。实在想种的话，拿个加湿器每天对着它喷，或者用加了定时的那种开关，淘宝有售。这是我能想到的唯一解决办法。

二月最后一天，留给花吧。记。我微信里有很多种花高手，有自己可以开辟新物种的。他们是高手，比较起来我顶多是票友。希望他们看了不见笑。

花往复不已，人却如一季的草本花卉，去了不再来。辛丑年以来，又有几位远行，有非常值得纪念的人。那些对文明有反思有贡献的人啊，一人之命，胜过一个时代多数总和的分量。年龄越长，越觉得有些生命，活着是凑数的。多一个少一个没什么关系，太悲哀了，而哀是常态。但我们仍然尊重每一个生命，他无能，愚蠢，猥琐，怯懦，钻营，苟且，附庸为恶，并且意识不到这些，觉得必须那样，却也仍然是一个生命。

3.

说一说花肥。首先厘清一个概念，何为花。在我，那些长绿叶子的是绿植，给家里添点绿意，那不是花，不配叫作花。其次是肥的重要。盆花就那么点土，拘在盆中，你指望它靠那点土一直开花，怎么可能。生命力强的花，能把一盆土全部长成它的根，换盆时觉得花好可怜，像人拼命生长把牢房憋破的感觉。

一盆花端回去，只是种花开端，但对许多人来说，却是种花结束了。凡我的朋友，请不要那么粗鲁。

花说来话长，从开花一直到花败也不能说完。现在斩去所有枝蔓，只奔花肥。何以为肥？

我很讨厌工业肥，一般不用，用有机肥。肥因地制宜最好。这里不谈有机肥的沤制，只说简单的。厨余就很好，什么都可以，过期啤酒，过期牛奶，鸡蛋皮，鱼刺等等皆好。我母亲在老家，门口有块菜地，她都是把鸡蛋壳扔一个纸箱，多了捣碎下在菜地里。以前有鸡时是喂鸡补钙。

我的花是吃肉的。你不能总是给它吃粪。很显然它喜欢吃肉，还有果木，尤其果木。比如葡萄、樱桃之类。吃了肉的果木，果子好吃至极。不断有吃过我的果子的人说，原来这才是葡萄啊，原来这才是樱桃啊。当然有恭维之意，但似乎不全是。

我本人不忌荤腥，但对肉类也不是有多大兴趣。这是真的。老吃肉食我受不了。我是“面食动物”。一日无面便觉得没吃饭，山珍海味也视若无物。每日有面，才觉得一日无虚度。

连植物都吃肉，这让我想到一些佛理。我是也读点佛学书的，许多佛理得我心。但我不赞成现在佛教的戒荤腥。我知道的是从前，也不如此。宋初东京大相国寺的惠明和尚，擅长烧烤猪肉，一顿烤五斤。宋初名臣杨亿与他是哥们儿，说你这地方都被人叫作烧猪院，这样很好吗？改成“烧朱院”吧。于是相国寺的烧朱院就成了正式名称。

王全斌平蜀后来到一座僧寺，问住持要饭菜吃，住持说有肉无菜，直接给王全斌来了一道蒸猪头，十分美味。

我没有不尊敬或者颠覆现有佛学秩序的意思。凡素食的朋友，信佛的朋友，或者方丈或者居士，我尊重你的素食，你也须尊重我的杂食。不认为素食比杂食或肉食具有道德优势。我只是我行我素，也不戒杀生，只要不滥杀就行。于我而言那些是食物。我感谢食物，不浪费食物。许多年关注动植物，我所了解的是不光植物爱吃肉，连人们平素认为的素食动物也都多少吃肉。比如马是吃的，兔子也是吃的。我认为这样更符合世界的循环之道。是的，此堪为道。

植物吃的肉当然是腐肉，新鲜肉不行，发酵过程中产生热量，植物根须会烧烂。如何让肉发酵又无异味，则是另一话题，此处不谈。总之那些人类无用的肉类皆可，最好用的莫过于鱼肠鱼鳞之类。像葡萄，如果遇到死去的动物，猫狗之类，拿回来直接在根边下葬就好。注意离根要远，至少两尺。肥力极大，它很快变成绿森森的蔓子和沉甸甸的葡萄串，在夏夜的确能够听到葡萄蔓在架上向前爬动的窸窸窣窣声。我认为葡萄是最接近动物性质的果木，而且是猛兽。

我的花也接近动物气质，猛烈，持久，力大无穷，是我喜欢和希望的样子。冬天室内的花，我是天冷了要进室之前，给它们施有机肥，之后几天才入室。那营养够很长时间，但是持续不了一冬。有时候我给它们吃鸡蛋，简单，就是鸡蛋打开加水搅拌倒入花盆即可。越是开花勤而香的花越需要勤施肥，肥一次不要多，而是少量多施。如果你不想一次吃一个礼拜的饭然后一个礼拜不吃，那么也不要给花做那样有害的事。施肥有度，花前施，花后施，花盛开时若施花就谢得快。还有一日中何时施的问题，最好是下午或晚上。这个不能展开，否则就说太多了。

有时候我会给花吃油。少时村里有人种西瓜，别人种不过他，他的瓜就是好吃。我去偷他的瓜，被捉住，在瓜棚里听他跟亲戚说，他种瓜要在瓜籽的坑里滴一点棉花籽油，我于是牢牢记住。这个方法种花有用。我感觉最好是熟油，就是油在锅上热一下。多少随意，没把握就不要多。挖开盆土表层，油凉透了倒入，盖住表层土。结束。

花是信仰，是爱，是宽广，是丰富性，是忍耐，是力量，是专注投入，是世界细节，是生命要义。扎雷拉比说得好：

“你以为鸟是自由的。你错了，花才是。”

种花是小道，对许多人一生来说，是可有可无的点缀，有的连点缀都不是。但那些生命里植物摇曳、花朵绽开，此景不可离之须臾的人儿，他们多么幸运，其魂魄俱摇的幸福感不可转述。每一朵花里都住着神灵，他们是神灵环绕的人。种花是微不足道的小事，像吃饱了撑得没事干，花只是漫不经心、有意无意地，偶尔透露世界的密码，有时清晰，花影微动又匿去。

但这个世界，语言腐败早就开始了。世人钟爱玫瑰，当时修建柏林墙的秘密工程，代号就是：玫瑰。后来墙塌掉，人们纪念这一事件，每年去遗址献花，花海汹涌，就像用玫瑰埋葬它一样。世上的墙都要塌掉的，塌掉是墙的宿命。被玫瑰埋葬，也是墙的宿命。

茉莉纷纷开且落

1.

最爱茉莉香。茉莉最爱烈日。花期来袭，始捧入室。

去岁此时，京城，街上偶遇花市，一直记着。十数日后离去前，晨，特意去购来，放在车上，浇了水。下午五时许驾车回并，开车门，骇然。叶片大半枯掉。烈日灼车，车内温度多高？

回来剪枝，换土换盆，冬天在室内，红蜘蛛把叶片浪光了，我又不肯打药。种花我是彻底的环保主义者。于是只能放卫生间水冲，隔三岔五。

现在，它缓过来，开花甚茂。两加仑的小盆，花蕾过百，算还可以。此花愈晒愈香，愈热愈香。少时读武侠，见香妃之名，想入非非。若真有这般女子天生而香，则愿为茉莉之香。若有茉莉香气之女，则可以为之赴死矣。销个魂酥个骨，算得什么。

原有一盆树茉莉，养了近十年。夏日在院里，同时开花数百，夜晚微光之中，白花灼灼一树。它一棵花香，敌得过满院花。后来无端香消玉殒。现在想来，是秋冬之交入室迟，寒气入了花骨，折了花根。哀哉痛哉。

它原本在院里一个专门位置放，现在放了别花。每次望去，我总想起，那里原是它静立的地方，是静女其姝的样子。不作声，不弄态，唯清香盈盈，郁郁流动，似欲言又止，似兀自吐纳。它且绽且落，有时听得见花谢簌簌。在夏夜，在风吹树叶的飒飒声中，这声音也仍有很强的辨识度，“纷纷开且落”，在很长时间里，这诗句于我是指它。

2.

自制茶饮。市场茉莉茶多陈茶，色泽暗黑，香气来源不明。有种茉莉青饼普洱，饮来也不够味。

一小盆茉莉，日日夜夜，摘之饮之，花不能绝。花择初绽，蕾未破不香，花将谢亦不香。

茉莉遗我芳香，涤我口舌肠胃，也应当涌出笔头来。

而夏日已尽，即日立秋。庚子年之寒，之春，之夏，匆匆都已丢光。看上去秋冬也要丢，一眨眼就要没了。

而茉莉未尽，夜夜暗香浮动。是八月。

3.

何以解世忧，唯有茉莉香。今天热，开了许多。至少半月内，会日日夜夜开放。

茉莉其实花小，我手机拍得大。花开集群，一枝三到五朵。那么小的花，简直不像能发出那么迷人的清香，人的魂魄被它绑架了一般。嗅过茉莉，世间一切香淡去，“人间万事消磨尽，只有清香似旧时”。说的是梅，但梅香不能及它。它更像某种恒定人间的事物，不能移不能屈，千钧压顶不变。

茉莉开后，连一对叶片掐掉，很快分枝再开。

肥若得当，开花香气更郁，且持久，且复花性强，且复花的速度快。茉莉爱执拗的人。有些执拗，宛莱有大力，仿佛来自灵魂，仿佛构成灵魂。

养植物，培养人静气，持久而深入的关注力、耐心、悉心，和精微的观察与感触能力。综合人的一生来看，这些是极为重要的能力。

养动物，除了爱心之外，培养人的行动力。其实是养自己，动植物都是人与世界交会的神媒。动物气质会转移到人身上。

养动物植物，是人与世界最基本的交流，比人与人之间的交流重要得多。没有前者，人与人之间的交流也不过浮于浅表，像碎木在水面一颤一颤。

啊，是八月了。大半年已经散尽。庚子年像是一个假年啊。万事兵荒马乱而过。今夜，还是沉在茉莉的香气中吧。

细月和头颅上的花

高于六层楼的花树

远望巨大一棵花树，伸展到六层楼之上。

一会儿好好地过去，用力抱着它，细细地看一看它。

头颅上的花

这棵花，不知开在地下哪一颗头颅上，如此壮硕！

在树下坐了。我好想摸一摸那颗看不到的头颅。是壮汉，还是艳媚之骨？

跳舞的花枝

故乡屋后，正在跳舞的花枝。

我用力感触着杏花们的快乐。

夜花

夜跑遇桃花，灼灼若美人。

用力爱她会死掉的。

细月

月亮轻薄得像一根羽毛，微微荡在西边。盯着看了半天，几乎不敢相认。

我爱

我爱的是破败庙宇上照着的月光，安静而清朗。或铁枪在空中前伸时枪杆的弯曲。马不安的响鼻，花朵饱满的情欲，大鸟忽然起飞时用力的刹那，或者落地时的敛翅。或猫跃起的黑暗剪影，壮士之怒，文士平静而决绝的脸，以及泼墨僧人发狂一般的书写。也爱深夜泉水汩汩，鱼忽然跳起的泼刺一声。

《楚辞》在荒野，《诗经》在农田

香草美人，是原始丰饶之荒野的象征物。整部《九歌》缭绕在荒野之中，延伸的，具有原始生殖力的，也无限灵动的荒野。

在个人，《楚辞》的重要性远大于《诗经》，几不能并称。前者灵异，祖先的灵魂忽焉西东。后者秩序化，祖先的训斥回荡其中，孔先生的删节和编选把它弄得刻板化了，反文学精神了。真正是成也萧何，败也萧何。

一言以蔽之：《楚辞》在荒野，《诗经》在农田。

在荒野，在北方的春夜，一片片开满花朵的果木林宛若发光的女神，一群群林中女妖。暗夜里它们矜持而妖冶。我觉得在午夜，它们会一个个走动起来，舞动起来，嬉闹起来，整座树林会跳起无人可知的舞蹈，无人眼睛可以映现。能梦见这场景已经很不错了。春风会奏响未曾命名的器乐，人类久前就借这天籁之声模仿而成并呼为音乐，视为重大发明。而夜鸟在梦中会惊醒，发出不安的鸣叫，人类不能知其意义。

在清晨，我每每疑心，昨天仔细看过的某花树不在原来的位置。那位置上站立的可能是另一棵。似乎一样，又似乎不一样。人参会移动。或许昨夜整座树林的树也一起位移了。但人类之眼不能辨别。

山花

满山白色的花，在荒凉里开放。这些花……

似乎具有毁灭之力。它猝不及防地打击了我。此时心中，仿佛竟是悲怆的。

桐花

烟雨迷蒙，浸透雨水的桐花扑簌簌掉落。京城有几棵正在开花的桃树美极了。在闹市，一树明艳艳地忽然站着，周围洁净。空荡。无人。仿佛诸物震骇于其美，纷纷然避开去。太美的事物，总让人觉得不真实，不信任，几乎不敢盯着它看，又几乎担心眨一下眼睛它会消失。

在俗脂庸粉成堆的场合，忽见一美人，且仿佛一眼望见其心的高洁，大抵便是如此吧。其不可思议的美，更在于是在不可能出现的场合。

真正的美，往往是突兀的、超拔的。手机没电未拍到，缺失似乎更加剧了它的美。赶紧记下它，在文字里留住它。

花下的刺猬

夜十一点，我去找一找刺猬。该在花下出来了。不知它们藏身何处，白天就不见了。

刺猬咻咻的样子，很像小猪崽，是猪崽中可爱的那种、那只。

随时要变化的杏花

一座败敝的房子，一树杏花伸展腰肢，分开四面围拢的荒凉。一片片一束束一枝枝满枝满树亮晶晶的杏花，柔媚至极。它像是随时要变化的样子。

我就等着。等着天黑下来。夜晚一有动静，我就上去抓住她。

其实树化为女子，不算稀奇。我觉得道行深的，是女子变化为树。想想夜间，人皆睡了。那女子一样，不能脱做人的拘囿。但她的魂魄，袅袅而游。在深夜的旷野，忽然在某个气息相合的地方，往那里一站，成了树。她扭动着，伸展着，浑身开满了花朵。

一个女人，一生最动人的时刻，怕是梦中魂游，化为站在春夜恣意开放的一树花吧。

月照樱桃红

花在夜间，自带光芒。前年此时，我守着它开花。然而一年比一年繁忙，不及顾念，它愈来愈凶猛，是十一岁的樱桃树了。

我不知道自己今天做了什么，已是夜晚九时。其实近年，日日如此，恍若被某个看不见的怪物拖着飞奔。还有很多事要做而未做啊。

樱桃的花束，瓣乍打开，绿叶已展。尤爱它叶瘦花肥的豪奢。这一树花未到盛时，昨夜只有靠墙一枝开放，今下午已开少半树，靠树顶的部分仍在犹豫。但是太快，看不到它开放的过程，在院里一抬头，便见又开一片。或许明晨，就全开了啊。我像等待，又像希望它停住，因为渐渐追不上它了。歌德《浮士德》:“美啊，请停留一下！”

这句子我暗念过许多个暗夜。现在我想说的是：美啊，请再停留一下！

这一次望去，月亮已升在树间。是暗红色的月亮，缭绕在云层中。在一首诗中我曾说它是朽暗之镜。我多次拍过，穿云之月，像极了傅抱石《九歌》画作的氛围。变幻，诡异，皎洁，仿佛伴随了深邃而悲凉的楚乐。我一度认为，傅抱石绘九歌图，必定多次观察了夜月之变。

此时，月灭入厚的云层中。云朵被映亮的边缘也晦暗了。但是它奋力前行。现在云边再亮，月又出来了！

为何我期望它出现？是对光的渴望与呼唤，还是别的什么？

月照着一枝樱桃，已是雪白。不知何时，这满是骨朵的一枝樱桃花也暗暗地开了。夜风中涌动微苦的樱桃迷人香气。

如此观察一树樱桃，应被世人笑作痴傻。观察意义何在？停留意义何在？

但是，美，意义何在。人的生命，意义何在。

我呆坐在树下，为月光和樱桃花的微光映照。

我站着不动，忽然间，周身奋力披满花朵，芳香着，微微荡动。这个叫并州玄武的人，忍不住想发一声怪叫！

第三辑

每到天地之间，我便魂飞魄散

四季迅疾如电光迸溅

惊蛰

真快。北方昼来风吹面不寒，夜来大风呼啸。几日前行夜路，风一把摘下一个巨大的灯笼，掷在车前。急闪而过。

南方已经春雷滚动。

惊蛰前夜，七时许，雨骤然成巨。乘车中，车前窗玻璃视线难辨，司机行驶缓慢。路边仍见骑电动车披雨衣者奋力前行。如此疾行不避，无非所往者，家也。再破鄙也是家，人心中至重的温暖处所。

九时，撑伞出行。雨不见减小趋势，有殷雷滚滚，闪电驰骤。街上几无人。不到十分钟，裤鞋已被飘雨打湿。过一马路排档，一老人正收摊。伫步一望，内无他人。他转身见我，手中东西似要收，又似以为有客，拟放回原位开锅。

生计不易。心中恻然，无语离去。

杨絮

热了。热像是发自身体内部，不时一燥。

过路口，车风带得杨絮卷地而起，迎面三四尺扑来，片大而密集，像急雪回风。惊得一呆。来不及关窗，纷纷扬扬洒进车里。

日常之美，这也是吧。过目难忘，仿佛一生未遇，一生再不能遇到。

所谓好文章，这便是。我确定。

急雨

一阵急雨敲击屋顶，先轻后重，先缓后疾，犹马匹远驰而近。

写完这句话，马蹄声已是渐远。像一个人走近，又迅疾离开。

现在又来了。雨大起来。天地间已充满一个什么人来临的声音！只有这一种声音。令人生怖。

凌晨猫

凌晨三时的猫。忽然醒了，一阵后听见它叫。它何时站上窗台？

月正向西沉，夜明如雪。

重阳

李易安："佳节又重阳。"

黄昏路遇满山菊花。车行还路过一个山凹，雪白如溢，车窗上一闪而过。有返回去拍下来的冲动。在黄昏的暗影里，那在山谷里荡动的雪白，有着我行我素式的漫不经心，不羁而且傲慢。它使我内心震动了很久，直到新崭崭的弯月，显现在路边脱尽黄叶的白杨林树梢，一路随行——月焕然有光，白杨枝向上，简洁，利落，一切皆有锐意气象。或山顶驻车，漫天星光洒落头顶。一塔不知名巍巍然一侧，月与塔相对，人在其间而立，美不可言，不可言。

然后快乐地撒了一泡尿。一边仰头，满天星光坠在眼中，快乐得抖一抖。

寒衣节

地上该枯断的已枯断。北方万物赤裸，树，楼宇，平房，滞留不动的河面，均发寒冷之光，直面低俯而苍凉的天空，宛若皆有怒意。

儿时冬日之冷，可以脆断院里悬挂的镰刀。跳起来够铁丝上的湿衣，是硬的，一拽便成两半。因此挨过揍，巴掌打在后脑勺也硬而麻木，和夏日的火辣辣全然不同。

旧年的北方之冷，已是传说一般。我似乎仍存留动物性，每个漫长冬日里大脑运动缓慢，嗜睡，不著述，易怒，食量也大增。我不喜欢这个季节，但它可能是让我休息的季节。

有人喜欢冬。某年某越南女，说，我爱你们北方的冷。我们每年只有两天，下雨天，和不下雨天。

饮酒去，驻车匆匆记，在人间活了这么久。有时觉得自己仍是拖长鼻涕的赤子，有时觉得是僵卧自哀、余日无多的老汉。

人之一生，值留恋之物何其少。握拳赤身孤独而来，撒手孤独而去。一生一死皆孤独完成，没有人陪你。它们也像艺术品的完成，只有靠自己，靠个体。在入境的专注的大孤独中，偶尔我觉得，自己同时摸到了生与死之门。

小雪

午夜一时明月，时而为云层吞噬。室外无夜晚之感，反觉像黄昏时尚有暮光，所过道路，车的颜色，狗的颜色，树上稀疏了的叶片——甚至叶片是绿色还是发黄，等等诸物，一一可辨。

风莫名处起，飒飒声中已至脖颈。院里树叶且扫且落，是阔的大樱桃树叶。不是细碎的蔷薇科植物，它们固执，十二月，大雪中也仍然抱紧枝头，不肯下坠。直到来年春，被新嫩的芽头从树枝顶下来。

风已经冷硬，锐，疾，知道是初冬气象了。古时大弩触发时周遭劈开的气流，大致便可喻此。抬头望月，风中云朵如急奔，滔滔掩月向西而去。

心中凛凛，略无睡意。返室，举酒，拍月，草短章。

九个月亮

1. 午夜之光

多少年了，未见今夜凌晨一时天空之蓝。蓝深得惊人，像不可测的水成为黑蓝色。又广阔，转一周来看，八面天际无杂色，无一缕云。

赶回大狗老虎，它奔跑时猛烈撞击地面，像个装甲车，我总觉什么东西碎了。我想独自享用这午夜静安之美。

星辰不多，颗颗清晰丰满，我想起小时，和母亲灯下挑选来年播种用的豆粒。

月仍满，是椭圆状。在深广的天空中，它那么孤单，却依然发温润之光。它瞬间使我内心激烈的事物归于平和。我盯着月望，渐渐有渴望，仿佛欲发嘶吼。月何故幻化为女子温和的面庞？

诗作《无人得见的美》有句：

无人得见的美漫不经心
像不曾有过。像与人间无关

凝望今日之光吞噬昨日
我写下句子，再随手抹去

2. 浸在月光中的花

窗上皓月当空。伸展到空中的花枝，浸在月光中，积蓄着力量。花苞已累累，明晨起来看，花苞会增大许多。

3. 山月

云很低很浓，月满而不得出，将云朵映得微亮。天空因此具有了惊心动魄之美。萤火虫飞得很高，灯火里一闪，忽地就不见了。但可能又是我错觉，只是灯光映着的某种飞虫。

暗的夜光里，可见不远处山脚蒸腾的云气。雨不时落下，大家便回到屋子饮酒，白酒，或葡萄酒。那真是一个美妙的夜晚。

4. 满月与猫叫

月很亮，大，圆。但无云，一览无余，无甚可看。像无难度的写作，故事一路铺陈下去，见章节头可知尾，见两章已知结局。或翻结尾乃知开头中间会怎样，语言又干瘪松松垮垮，乏姿色风致。

猫在暗处叫春，发出小孩子憋足力气示威一般的那一声哭嚎，忽而变成刮锅声，铲子在锅里转圈刮出连续的不断的变调，忽而凄厉起来，像切割金属的刺啦刺啦的尖而高的噪声。它们只顾在暗黑里的销魂勾当，丝毫不考虑诸物的感触。我觉得树也受不了，但只能站着不动，连耳朵都不能捂。

我委实受不得猫叫。听得简直想躺到地上打滚。听得我像看到烂书有要吐的生理欲望。

入秋，天为之一变，凉气四下皆起。回吧。

5. 那些清澈的句子

品名诗人妻子的花有苞了。

品名初夜的花开了。

一对对青青的樱桃，多么迷人。微光中这一对青樱桃多么性感啊。又孤独又性感。它们就很快就要变红了，也仍然性感。

月从屋顶升了起来，在树间一晃一晃。

狗的眼睛，在暗中一闪一闪。手机电筒照过去，是两盏绿灯笼。

自然之美，会赐人自足，安静，和感恩的心态。一颗心如此，如镜湖之面，事物便得以清晰映照。

有人在月亮下面叹息：

“那些清澈的句子啊。”

树叶簌簌作响，微风把月光吹得在树杈间摇摆。

6. 半个月亮

只有半个月亮，却是清亮，似比满月更甚。也更清冷，有不可接近的气质。

无云，月映得天的蓝深且远。不像平素的夜，天和月和云是瘪的，平面的，一张孩子习作画一般。

一幢楼下有灯光。月在楼顶高高照着。有片刻我起了幻觉，误以为灯光是月辉所致。

月晃荡在树杈间，真是美极了。值得仰脖子十来分钟，被有些寒意的夜风梳理十来分钟。裤裆凉飕飕，没穿裤子一般。知道等不到月一点一点沉下去。何必看它沉呢。它也不像是一点一点沉。有次正好望见，明明还在那里，再抬头还来得及望见，它几乎是猛地掉落下去，仿佛有扑通一声响，不见了。我呆呆望它掉落处，一片漆黑，像等待一个落入水中的人再冒出头来。但是不会出现了。

7. 月如猛虎

整理图片，落向旧年的雪，很像浮世绘里一些画面。

那图景里，仿佛有杳杳钟声，或刚击响，或正消失。

披雪的树，有神灵的姿态。或者它们就是神祇本身。

啊，那些美得让人心柔软的树，那些美……

窗外月明如昼。天地银白，泛冰霜之寒。大风不知何时、何地，呼啸而起，或自天而落，又或者风暴便来自空中明月，是它的旋转和边缘的锋芒所致。云朵滔滔，月翻滚而去。

月明之夜，仿佛总有幻听。北地裸树如椠，风中起铁器击撞之声。安静下来的时候，宛有笛声遥遥而来，其曲高古，其音清越。空中停云忽然撕裂，月如猛虎一跃而出。

8. 河汾东

司马迁公所谓河汾东方百里之地，高速一拐，车已极少，就像儿时一折弯，踩上了回家的小路。

半个月亮砸到我眼睛上，不由然想失声大叫。这么深沉的月亮，却清晰。远处的暗里，诸物之影及安静的夜云，仿佛唐朝或更久远年代的事物，仿佛我伸手一抓按到纸上便成传世名画。

我的皮肤有说不上的舒适感，我的脑子像坏掉一般有时间停滞感，我觉得从身体内部不知何处发出芳香来，头顶温暖的热气霭霭上升，宛若月亮下面的低云。我仿佛看到有一个小我，比我五岁的儿子还小的小人儿，坐在月亮下面的泥土里面哭起来。啊，他若哭若笑，我分辨不出他的表情了。

9. 坚硬的冷风

黄昏时分，起了坚硬的冷风。连日来的暖冬一扫而空。伸手去抓室外的健身器材想倒立，冷得抓不住——是感觉手僵得抓不紧，抓不牢。

午夜，月亮很高。很少见到月亮这么高，就在头正上端。仰得脖子酸来看，云朵稀薄呈雾霭状，半透明，可见青蓝的天空底色。月急急行走，定睛看时快极了，是一头豹子全力奔跑时的样子。看得心中焦急，唯恐不见也似。看得我心中要发一声喊！

哦，写完抬头，月亮已在无云的深蓝天穹里。似乎慢下来，从容而行了。

找朋友

黄昏至并州北水沟，据说有棵大紫藤，寻来却是不见。

山峦近在眼前，其骨历历。落日滚动欲没，我若闻其声之巨。我所知而未能闻的《广陵散》《高山流水》，高渐离的筑，伍子胥月下的笛声或大唐李谟的笛声，秦王破阵，姚崇的羯鼓，西周战争冲锋时所用陷入癫狂状态的巫师击响的军鼓，师旷之琴，大抵可以比拟落日滚动之声。

这一世，前半生懵懂而愚蠢，时有人事违心觉不对、不正确，也不敢说出，因为唯恐和别人不一样。祖辈父辈们都说，你要随大流，不能不是一般人。

现在明白，那是怯懦，自私利己，猥琐，跪下去而且低头的听命哲学。它所造就的，是一代又一代表情麻木呆滞、内心单调仓皇不知所措、审美鄙俗思维僵化，除了衣着和习俗数代人几乎看不出区别的人民。人民如杂草一般强劲而茫然。

这一世后半生，要做觉醒的个人、独立不依附的个人，要做响当当的汉子，做真正丰富有内容的大丈夫。要把诗文写得如同玄铁铸就，坚硬而韧，缄默而沉。其简如傲，其迅如雷，其变如蛟，不变如山，其悯如恨，其号如啸，其悲如咒。犹钱塘江潮之烈，犹陌上花开之雅，犹弓鸣之劲声，犹夏云之壮丽。

这样活着的每一天，清醒的，理性的，诚挚的，无限打开的，变化探进的，勇于自纠和接纳的，才能算作生命。这样的每一天，才能算作活过。

我有隐秘的幸福感。这世上，读书种子，是有的；思考问题者，是有的；坚持，是有的；努力去做，是有的，不计多寡。

这已经足够了。我们生活在别处。有良知的基本判断，我们就永远不会迷失人性。我们的子孙，就有可能不再徒劳无益地活。一点坚持，每一个人的一点点坚持，都异常重要。

我不会软弱给某些东西看。绝不。

天已黑透，月缓缓升起。此时之月，不及山上月大。我想起旧年在山顶，在高山草甸，盯着满月升起，其大如磐，如健壮男婴呱呱落地时洪亮的一声哭。

何其幸运：我是认真去拜读日月之行轨迹的人。

每到天地之间，我便魂飞魄散

春晨

阳光很好，清晨完美得像一只毛茸茸的虫子——有造物赋予的精致，慵懒，似动非动，似乎要永远如此。

它忽然加速，嗖地不见。已是中午。已是下午。已是黑夜。已是又一个清晨。已是又一年清晨。已是又一年清晨消失。已是又一代的清晨。已是又一代的清晨不见了。

明日清晨，气温又会高一些，但未必有光。我的岁月从不静好。它们像一把刀，沉，也静，而凶猛。

丁香开着，又折一枝。明天未必枝头还有。上次的丁香在桌头枯了，叶片还昂昂然，是一个人仰了脖子走路的样子。斜斜插了新花，香气盈盈于室。但我不看，只握旧的枯花。我爱日常，不喜花店的生意气息和美的做作。我拍了很好的图，但不贴，不给看。有些美适合一人独对。如一人独对一座苍莽的大山像面对自己一生；如一人面向一条冰封的大河安坐不动；如一人明月之下穿过丛林。如此刻，我手持枯花，念想上一月攀树折花，满树花枝簌簌，惊喜微颤。室内，灯光之下，秀颀的花枝清晰映于壁上，毫纤可鉴。它像是从壁上正走下来的美人，人在眼前，裙裾和白壁尚未分离。

就这样坐着，一些字迹，一些诗行，像大地析盐一样自心中显现，渐渐清晰。饮完一盏茶，它们依旧，不再动，没有变幻。

我提笔，记下那些句子。

刺的猬，刺的槐

走到哪里，都能见到好朋友。所有路都有内容有故事，从来不是空荡荡。前几天见到的那刺猬是晋祠水母的宠物，这只刺猬的叫声是一口京腔。再向前，啊，夜深的路边灌木旁，我撞破两只刺猬的情爱。它们正交合在一起，忘我地发出咻咻声。无意间窥见别人隐私，我觉羞惭。屏住呼吸，蹑手蹑脚退开。让它们抓紧时间，在天地之间尽情地欢乐吧。

月是糊的，暧昧不清。树生了细芽，天色中毛茸茸的，岔开的枝条像一只只小兽。仔细看低处的叶片，是刺槐。过一阵它就开繁盛的肥硕的花串，一树一树雪白。旧年恰在当季时，每一个北方村子都是槐花的甜香气息，黄昏入夜更浓，微雨中则香烈。人们掰了花枝，做拨烂子吃。有人爱炒食，我爱蒸食，因更能吃着槐花的清香。春日北方的槐、椿、白蒿、念荠，其芽的实在价值，不亚于南方的明前茶，因是植物在严寒中积累一冬的营养集中爆发，我认为它们的养分高于明前茶，北方凛冬更冷，之后植物的芽更壮硕顽强。北方的人们，你们要知道。

槐花是我的。写槐，无人是我对手，因为我最懂它。有时觉得往那里一站，不动，我就化成了一棵槐树，向上举起浑身的手臂，手臂越伸越长。旧时春日，采槐花是我的事。我不惧它尖刺，那刺再密，伤不着我。脚尖勾树倒垂下来，我依然可采满一篮。槐叶的薄片可以吹响，但槐花开的时候叶不太好用，得长到深绿。槐叶，是苜蓿之外兔子最爱吃的东西，枝条的皮它也啃掉。旧时我喂的兔子，一只，两只，十只，三十只，它多到我后来做梦都发愁该怎么办，每一只都散发着槐叶的气息。有时街上看风吹槐叶，刹那间我觉得槐叶们，是一只只兔子所化。

雨夜麦田

这雨下得冷凄，坚硬。车灯下看雨线，竟是像雪霰。我赶八百里地，就为了淋一场雨。现在淋着了。有一阵雨急切起来，敲得篷布啪啦乱响。篷布像吹鼓的气球一样垂下来一块一块。有人拿了锥子跳起来戳洞，让雨水下泄，否则要塌掉了。

现在我开了屋门，对着庭院，听缓下来的雨声。像有人到来，像有人离去。来来往往，人们来去的路平行，近在眼前，永不碰面，互不相知。

每到天地之间，我便魂飞魄散，在故乡亦如此。飞为雪，为鸟，散为旷野之树，之枯黑的树干，为山崖、冰河，为羊群，为垂首缓慢行走的悲哀的牛，为它凌晨被杀前长长的哞吼。为硕大开花的桐树，为坟头之草，为小母猪，为嗡嗡飞动的蜜蜂，在此刻，为麦田被灯光照亮的一棵麦子，为最暗处默不作声的那棵，为路边被行人踩过又顽强长起来的那棵。为雨，急的，缓的，我的魂顺雨线或上或下，雨落在瓦上，落在挖开的坟里，落在准备长在坟头的草籽上，一滴雨包住了它。

被焚的树

太坏的农民，非要把一棵树活活烧死。树根一圈钢线，是围了自行车或小平车的烂车胎点燃。树根一圈的皮全烧光了，一片漆黑。

大概是嫌田里庄稼被遮了点光。是五十岁左右的树，上有鸟巢。

旧时有敬畏，人们是不敢随意毁坏自然生灵的。几十年里，那敬畏没有了，只有自私冷酷的现世利益。如果有人看到，说他，他还会生气，是真心生气。他会说："关你什么事？我又没碍着你。吃饱了撑的。"

一般人看到，也不会劝阻。是真心想：

"哎，关我什么事啊，我管好我自己就行啦。操那些白白的心做什么，与我又没一毛钱关系。"

种花

插棍扶正了小树。它一挺腰，长得比我高出一截。黄昏做这事总是恍惚。少年时在田里遇见一棵杏苗，挖出捧回来，趁着暗下来的天光种下，也是这样。只是不再焦灼，慌急，而是安然享受过程。人对待自己只有一生的命，该这样。

渡

我一定是会死的。以赴死的勇气度过每一天。不可使时日变得轻佻虚浮无意义。毕竟，你是模糊知道什么是意义并且努力向意义靠拢的人。

天地虽大，不过呼吸之间

1.

过天水，想起是老杜待过的地方。我于他又觉亲近又觉疏远，他像个过于严肃的固执不通融的大哥。在天水别人送他点米面他也认真地写首诗。当然战乱时米面的意义，大不一般。实话说这些写得很好，因为诚恳。

李贺像个有自闭症的小弟。他的眉毛吓人，长在一起，双目灼灼，坐在一起时也仿佛不在场。他自己玩自己手，指爪很长，细，苍白，举在灯光里，可见清晰的毛细血管。他也不好玩。

李白舒服，但气场太大。而且玩起来自己不能放开，因他必醉，需要招呼一下。李商隐古灵精怪，眼神飘移。这人啥都懂点，但心思主要在美女身上。他有天赋，看他和美女对视一眼，便知他俩啥都不用说了。

又想到子昂。若和他同行，总觉和一匹罕见的马在一起，看马的眼睛，奔跑，长尾，鬃毛，看哪里都想流泪。

他们从未死去。又想起王维，他总是坐着。他像一棵坐着的树，树叶摇动，自鸣天籁。母亲是他的佛，妻子是他的佛，辋川和裴秀才都是他的佛，但皇帝老儿和朝廷不是，玉真公主也从来不是他的佛。

2.

天地虽大，不过呼吸之间。

3.

来了只会叫的蚂蚱，在南瓜藤那边。它应该是在南瓜花上，蚂蚱爱吃它。

想捉住给臭蛋玩。我们小时候，是用麦秸编个笼子装它的。走近，它不叫了。烈日下翻叶子寻一阵，没有见到。

回屋很久，不闻它叫。我怀疑我翻叶子时，无意间脚底下踩死了它。

4.

深夜的豆荚蔓子。无风，它在空中向左探，向右探，寻找附着物。它似乎想攀到我车上去，但还远。

时短，约一分半钟，肉眼可见。

何其幸运：我是这神迹一般的奇迹的见证者。

手机电筒灭了。再亮起时，它已经又长出一小截。是的，一小截！

5.

葬一只猫，而无器具。它死在路上，身体完整未模糊。后身有车辙印，细，应不是汽车所致，当是摩托车或电动车。

提它后腿，吃一惊。超出十斤了。少见这般大猫，惜乎命尽于今日。手臂传来轻微的断裂感——就是觉得它有一截下坠分离，而皮毛连着。

当是后身断了。

把它从路边悬崖放下去。下边是深厚的高草，沼泽。

没办法，强过在路上被呼啸的车辆碾碎碾没吧。

6.

一面蔷薇墙。高三四米，长十几米。可以想见春天它盛花时的样子，暖风欲熏，香气盈盈。

在陌生城市，看到熟悉的植物，像重返故地，像遇到故人。

7.

深夜闭合、清晨打开的朝颜。

无星月，天空接近地平线处是锈红色。

夜空很亮，像刚黑下来未黑透的傍晚。我怀疑目力变得好起来了。一只老鼠不知从哪里出来，路上斜穿而过，歪歪扭扭跑进灌木丛。是从体积大小和感觉它拖着细尾巴来判断是一只鼠的。它跑得慢，不知是因为不着急还是胖。

处处虫鸣。夜凉。又是一年秋天气象了。每天有那么多人死去，认识的，不识的，知道的，不知道的。感谢我还活着。

8.

夜间仍热，但湖边风动。湖心有亭，通往之路有杆阻挡，上写维修禁入。

正合我意，若进则无人相扰，遂跃入。路折曲逶迤，抵湖心，坐亭下。静寂唯我一人，四面湖风涌至，清凉而爽。湖波粼粼，半月在天，影落湖中尽碎。夜蝉仍在鸣叫，是单调无起伏的鸣叫。时有鱼跳起的泼剌声，凝神望去，望不到，别处鱼跃之声又起。

独享这午夜之美，直欲大叫。但大叫是不行的。乃裸衣以奔，凡三匝。在野外，衣服丑陋而多余。唯裸裎，方觉似可融入。

良久，月沉沦不见，乃归。过草地，心微悸，赤足着拖鞋，担心踩到蛇。白昼车过农庄，误压一蛇。蛇微红，出血未死，尚扭动不已。有人以树枝挑起，置放路边草丛中。司机一直不安。

9.

燕山黄昏。“天命玄鸟，降而生商。”商时斯地有燕部落。燕，金文和甲骨文写为：妟。西周封宗室于此，遂有燕国。

至少两千五百年以前，燕国一公主，嫁往三千里之外司马公未记载的、与晋国同时或早于晋国的我家乡的霸国。古时山河纵横，荆棘遍地，昼夜熊咆虎啸。

在这样的黄昏，在迢迢路上，那公主眼里是悲伤，还是向往？

人类时间何等渺茫。千余年后是唐，燕山也唤作军都山。盘踞于此的突厥就要灭亡。

在这样一个黄昏，黑压压的燕群遮住了天空，——然后，满天的燕子忽然停滞不动，满天的飞鸟，像无穷尽的石子笔直地坠落下来。

唐书惊悚地记载了这一怪象。在这样一个黄昏，灾象被一个并州书生莫名其妙地想起，他坐在被雨水冲刷侵蚀的石头上，不知意义地重述了故事。

10.

书生意气是高贵的气息。

我们总不能活得怎么样都行、怎么样都变通，活似个流氓一般。不行就是不行。

绿虫子（3 章）

偷梨

外地街上，遇到一只狗，皮毛古怪，像是某种名犬的串种。

它形态有点像我家老虎。我蹲下，它跑过来示好。但我不想摸它，我一会儿还想去偷梨吃——梨太好吃了啊。非常巨大的梨，不是糖水那样的甜，是我爱的微酸泛甜。

我站起来，那狗依然渴望着，想蹭我。我转身离开，感觉它背后跟着几步，然后停下。扭头，看到它望我，眼神里似有哀伤。

树上果子的招摇，是最让人心痒的。它们比果摊上的不知好吃多少倍。我还是去偷了几颗梨，啊哈。向梨主人致歉，我看不到你不能付钱，无零钱只有微信，也不能砖头压几块钱。我只是想重温一下小时偷果子的激动，紧张，兴奋，成就感，以及擦一擦就吃到嘴里的甜。

带回一颗。五岁的小儿臭蛋双手捧着梨，神情有点呆。他说：“太大了，怎么这么大呀？我从来没有见过这么大的梨。爸爸，它是真的吗，能吃吗？”

我看着臭蛋吃梨，不知何故，眼前闪回那条想和我亲近的狗。我想着它有点哀伤的眼睛。它可能觉得，我和它心意相通，它觉得我可能懂它。它很难见到能与它心意相通的人类。然而我想偷梨，吝啬到不肯去抚摸一把它古怪的皮毛。

这则小短文写得我有点难过了。微信里有朋友，家中十一年的狗此夜亡故，我想是他的情绪感染了我。很多时候，陪伴我们的动物，我们是把它当作人来看的。它对人的慰藉作用有时超过人。它只是不会说话而已。

西汉古镜

天雨阴。少昊临。
分羊角。待子衿。
素衣起。玄酒斟。
杀秋气。望霜沉。

——旧作《杀秋》

古体诗中三言形式，灵动如跳珠，滴溜溜乱转。四言凝重如众人正装盛典。多一字成五言，便多了动感和不确定性，像八月豆角蔓伸出的绿芽在空中晃悠。六言又慢下来，塘水一般，活水也看不出流动。古人试过，多半放弃了。七言，苍苍之气回荡缭绕。骚体，如峨冠徐行，于荒野，于高冈，飙风忽焉左右。秋日宜诵骚体！

文言诗，到七字已是顶峰，再不可多。偶然歌行体出现九字句，如异军突起，以斜出，以唐突，以破，只是个例。以“君不见”开头的九字句到晚清仍用，几乎成了语气词一般的东西，烂了。

爱四言。但不爱《诗经》。《诗经》过于规矩，拘谨。四言诗孟德所为，至爱，其风直追五言的古诗十九首。

破损的，残缺的，断句一般的四言，每有大力。先秦典籍，残碑，器皿，时或一现。偶见西汉古镜，上有八字铭文：

“见日之光，长毋相忘。”

乍见如遭雷击。镜为陪葬品，悬于墓室。而破土见光，当忆主人。八字铭文，如摄人心魄的咒语，如人类穿越死生的深情呼喊。看到镜，看到字，那数千年沉寂的声音又活过来了，为呻吟，为爱语，为听不清也不用听清的呢喃耳语……

又可为对誓。以今日语境来解，可为：

“你不要忘记爱我。你要记得，我一直爱着你。”

绿虫子

空中难能的晴朗，云白得发亮。机窗上有一只翠绿的虫子。小，大约只是人指甲上的肉刺那么大。看它在窗玻璃上爬行，指爪细细的样子，这么小的东西，浑身零件齐全。用手碰一下，啊哈，它会跳！一下子蹦那么高，碰到我又弹回去，吓我一跳。

指头轻抹它一下，也就碎了。

默默换算一下，以它体重，按比例与我自己相比，再严重打折，那么它跳的高度，至少相当于我在十层楼的高度跃下跳上。真是惊叹。是只不寻常的虫好汉呢。

心微动。不必杀它了。无害，已是秋天，它又不在其位，不在草丛里。它时日不多了。由它在光里玩吧。或许下一趟乘客来，它就不在了。

我与这虫子，好歹也有两个小时，以及一段文字的缘。我不认虫类，连它学名也不知道。当然，它一定不能认得我——无非是个不知雌雄的鸟人罢。

下机时忽然想它，暗念道别。扭头看玻璃，它没了。

于它，大概已历一世。

快点转生，成只狐狸，或什么物种，再幻作善跃的绿衣女子来魅我吧。来吧来吧。

忽然又想，一生遇到过的那些想法做法完全不同、根本无法沟通的人。即便朝夕相处，也如陌路，陌路宽广如青天。于我，他们像是生活在不同空间的另外的物种。各做各的，没必要也不会交叉。于我，他们不如这虫亲切。我一生不会为他们写一颗字。连批评，谩骂，指责，都不配有。不发生任何关系。

许多时候，我宁愿从一条虫子、一只狗、一棵树、一座山，寻求自己渴望亲近的某种品质。当然，也会有一棵树般的人们。但人性多面，不像诸物单纯。你发现一棵树般的人时，有一天也发现他旁边的臭水沟。

但他有一棵树的品质。臭水沟，就忍了吧。我不是树，身边也有臭水沟呢。

其实大家每一人，大抵也都作如是想，都有类似感慨。只是没有表达罢了。

一树红柿映在雪中，是美的

1.

青柿已经很大，应该不再长。像小孩长个子一般，不知从哪夜起，它在月光中晃着，决定不再生长。

是前夜，大前夜，还在昨夜雨中？总之应该在晚上。白天不像是树能做决定的时候，夜晚，树的灵才醒，才能够思考。

但或许不是青柿做的决定，也不是柿树。是某种律的决定，它也决定天空，决定人，决定一个族的愚蠢，或明智，或死胡同忽然塌掉。决定天气这么热，决定山中火焰前往的方向。这律看不到，不代表它不存在。不代表你能够不敬畏。你敬畏也没啥用，骂它也没啥用，但得敬畏。

日影已斜，长，停的车子，前面楼房的阴影已经能全部遮住车子，开车不再烫屁股。以前我计算过日光在时间推移中的倾斜度。冬天的时候，室内书桌的椅子要正好晒到屁股而不及脸和电脑，否则刺眼，不舒服。

凉风浩浩地吹，晴云已高，是北方秋天的气象了。这里的山和天都没遮拦，风没遮拦，不像南方许多机巧，好吧，还有美。不过这没遮拦，自是别一种大美。

柿子们还等着，要挂霜，要柔软，要到透心凉。要宽大油亮厚实的叶片脱尽，雪斜斜地落上苍黑皲裂的树枝，轻轻披在彤红的柿子上面。一树红柿映在雪中，是美的。一树树。我在山中遇过此景，大雪中无人收采的一树树柿子。它值得绕树大叫，值得在林中抛掉全部衣物狂奔，值得躺在积雪中打滚，值得打开五斤的酒壶，喝上一斤。但饮酒是不可以吃柿子的，会死人。

最爱的美食之一，是柿子和在面里做成的油蛤蟆。年节回乡，到了哪家，熟悉的亲人也还记得我爱吃这个，说，等着，我给你热油蛤蟆，我给你做油蛤蟆。

这样的亲人，已是好几个不在了，快没有了。他们躺在积雪之下，在树根的缠绕之中。

柿叶大概是最厚实的叶片之一。从前农人干活，累了去地头喝瓦罐的水，瓦罐会泡蒲公英草，或柏蒿，或别的，但我只知这两种可以饮用。有三个农人喝完水，比赛谁的前列腺好。一个说，我能打穿桐树叶。他撒尿，打穿了。又一个说，我能打穿杨树叶。他也打穿了。最后一个说，看我的。

他拽柿树叶，强劲地戳穿了。

前二人拜服。很快人们都知道，他是全村前列腺最好的人。

2.

柿子熬红了。草的汁液熬得很干了，但还未枯。再过一阵，风呼啸而至，便直接折断。又是一年。

柿子们，拍照拍不到桃子那样性感。它长得便不性感，没有办法。

若能称水果，它是我在世界上最早熟悉的水果，多到无边无际，随手随地都是。

枝头的青柿，轻轻折断连柿的枝条，要有一点巧劲，折断却还连着，不致坠落，柿子就慢慢在枝头变软。但经常忘记去摘，直到有一天看到被鸟掏空。

也可用了瓦罐加水，在长年不熄的炕火边煨，两夜后青柿经发酵便可以吃了。有的树上，柿子会好吃一点，原因不知，也不去探究，也不言语，只是我自己知道哪几棵而已。

也可用缸加水做柿醋。醋未好的时候，柿子便可以吃，叫醋柿。曾爱此物，应该吃过五百斤以上。之后四十年再不吃，也不想念。

也可做柿酒，方法不知。知道方法的老人，现在早已长成坟头树上的柿子了吧。哪一颗柿子是他？

荆条编的筐，装满柿子，放在瓦屋顶的阳面斜坡上。硬的柿子，等着变软。雪落上去，它就更红。一眼望去，那便是软得发嫩的红。咬一口，带着冰碴，甜沁到心尖上去，在其上颤。吃多了会腹痛，咳嗽，但偷着吃的小孩子，很难不吃多。

像欧洲孩子听《格林童话》一般，我们的故事说不要招惹狐狸，不要招惹黄鼠狼。故事里有个猎人，把一串柿子掏空，填入一咬就炸的炸药，挂在野外矮树枝上，杀了一只小狐狸，剥其皮晾在院里。这种猎法狐皮完整，没有枪砂眼，卖得好价钱。

老狐狸寻仇报复。有一天猎人发现，挂在野外的假柿子不见了。他预感不祥，赶紧回家。在家门口听到一声爆响。是狐狸把柿枝衔回，挂在他家门闩上，炸死了猎人孩子。

逃离与背叛

行车三百余公里，沿途全是绵延的山、无边际的草原，很难遇到一棵树。路是直的，没弯，一眼而见没入云霄里去。

当地人说山没名字，全叫昆仑山。——其实名字是藏族人民起的，咯溜拐弯很长，汉人记不住。对汉人来说相当于无名。

这是青海，几日来一位张姓朋友开车陪伴。他以前在玉树做过某局局长。他说他提拔后就立马请求退休，理由是：这辈子愧对妻子，一直两地分居，女儿也是妻子带大。他说自己就想余生好好陪伴妻子。我很感动。这个直爽的汉子，提起女儿时声音一下子柔软了。

张先生谈到他下乡去藏族人民家里，说藏族人民淳朴，去了他们把炕让出来自己一家住地上。

张先生说他在西藏下乡，最多待过四十七天。四十七天天天吃肉，后来他实在受不了了，最后一天自己悄悄爬到山上，挖一种野草——当地叫野葱。他说，中午他亲自动手，用野葱炒牛排做了一道菜。他说，啊，那是我这辈子吃过的最香的一顿饭。

我对他提到的一事不能忘怀，时常念及。他说磕长头朝圣的人，他开车遇到都要停车，车上吃的给留一些，有烟就留一包。他说他敬重这些人，他们有的人这样得走三年。有的人在路上就死掉了。

死掉也就死掉了。

人们活在隔开的世界。虽在同世，却往往绝不能彼此渗透。我想那样的举止，汉人是无法理解的。同样，藏族人民恐怕也不能理解汉人，怎么那么傻，不停地畜生一般干活，弄到点东西赶紧拿回家里去？

有藏族朋友说到藏族人民取笑汉人，藏族人民说我们老了，该吃肉吃肉，该喝酒喝酒，站起来想跳就跳，想唱就唱。你们汉人呢，农村人老了缩在墙角晒太阳，城里人坐轮椅。

我喜欢看到各种人不一样的活法。它让人重新考虑生命的意义。我们上班下班，勤勉工作，老老实实，并非唯一活法。并非唯一正确的活法。可能也未必是正确的活法。只是因对未知事物的恐惧，我们宁愿龟缩在已经熟悉的环境中，并竭尽全力扭曲自己，来适应局部溃塌而对自己造成的挤压。

群居动物的共性都如此，约翰·缪尔谈到熊来时的羊群，它们一声不吭往里挤，每次都会挤死几只羊。

我时常反省我自己身上群居动物这种恶心的共性，我受不得许多人不以为意的浊臭之气。我始终警惕人群。我一生一再努力，试图把某种恶心的共性祛除出去。只是做而已，未必做得到。

在青年时代，在某个供职单位，我看不见任何个人心智得到增长的可能。大家都按部就班，等待或者忍耐。我有意观察许多人一段，大家似乎认为，人就应该如此，这样无可厚非。而我对可能到来的期待的结果也渐渐失望。

在一个黄昏或是清晨，我忽然感到铺天盖地而来的恐惧：从家到单位，骑单车十五分钟，我就要这么在一条单调的路上，重复走过一生。这和一个农民在三亩地里走来走去地劳作，老去后再埋回地里，并无不同。

那一刻我不假思索地决定逃离。逃离，它像是不负责任，不道德，像不顾死活的冒险，像对常规的冒犯。但它更是生命力和勇气的释放。一个人必须背离家乡，背叛父亲，怀疑一切常规秩序，之后他重新建立和持护的一切，才可能更为牢固。

啊，逃离，今夜我如此怀念那样的逃离，或者背叛……我仍然需要以这样的怀念，来警惕人群。

第四辑

不灭对善良、温暖和光的信任

汉语和女孩

去一个朋友家有事，他正好接高一的女儿回来。一段时间不见，女孩子一下子长那么高，和我差不多高了。我很吃惊，这么快！

但我更吃惊的是她的样子。腰微微弯着，眼神躲闪不敢看我。走路两手并拢在两侧，头低低的。她规矩拘谨得让我心里难过。

她是从小我看着长大的。这哪里还有小时候动不动来找我玩，妙语如珠，叽叽喳喳的机灵样子？她的灵哪里去了？她们还是同一个人吗？

我向来反对对孩子的管教过于严格、严厉。反对太多规矩。反对给孩子施压。反对孩子没有自己的空间。反对把孩子当成自己的附属品。反对戕害他们，还可耻地打着爱他们为他们好的名义！我下意识不喜欢孩子在学校太拔尖。一方面拔尖太累，一方面拔尖的孩子，没时间玩（玩对孩子太重要了，是自由、自然的释放），必然是最规矩、思维最容易受局限的孩子。一般而言，他们创造力严重受损。

孩子，必须首先是独立的自尊的个人。我想到许多别处的孩子，有的只是小学生。他们的演讲词，即是生动的文本。因为有生命的尊严，有关于生活、家、国、天下的无意识理念。他们真实无妄，整个人的状态是舒展的。演讲词里没有各种套话的禁锢，他们没有禁锢造成的行为拘谨与内心阴影，他们的人站在那里，肢体，笑容，无不自在。

和朋友说完事，闲话谈到她家丫头。丫头在跟前坐着。我跟她说：

"你坐直，别驼腰！平时要有意直起腰！抬头，看我时盯着我看，不要眼光躲闪！对，就是这样。在学校对同学、老师，都要这样子！至于考试，考好考坏，没什么大不了。你努力考了就是！重要的是你告诉自己，我尽力去做了。也的确做到了无愧于心。就这样。"

一个人缺乏信心，自卑，压力大，就会有上面孩子外表呈现出的样子。要一点一点改变孩子。内心有变化，外表自然变化。但是我也认为，外表的强力有意识的改变，也能带来内心的改变。两者是相辅相成的。

和她父母聊了许多关于孩子的事。看上去一些话他们听进去了。一些方法，我看那母亲还拿纸笔记了下来。

很多事道理是相通的。今晚我仍在写作。停下的当儿，又想到我从事的写作。我所在的时代，人们的内心是严重猥琐了。人普遍缺乏血性，缺乏良知和对良知的坚持。人们已经认为，混浊不清是人间原本就应该的状态。

我用尽气力，努力恢复汉字的血性。张力。清洁精神。简。速度。开阔性。精微。如刀破竹，看上去容易被误读为暴力的锋利的力量。每一颗汉字，都应当承载良知和悲悯，是像阿佛洛狄忒一样，在海水中沐浴得童真的，是在良心的天平上称过的。是发自肺腑的，是为丹田的真气所驱使。

我对汉语寄予了太多指望，以致每一颗汉字，都像一座小而庄严的神庙。我知道很难，但我一直在努力。我对自己的要求也是，我确保我是尽力在做，其他不管。

人的内心，和我们的语言，两者之间也是互相影响，相辅相成的。文与人互映，各自生光，或者各自黯淡。

两手捧着花苗的老人

一个刚搬来不久的老太太，小区偶然遇见，远远就打招呼，有事没事搭话——其实一直没事。她开口就是夸你儿子机灵之类。我走路魂不守舍，我不在场，我只是在游走。总被她打断，免不了回问几句。我以为她六十多、七十，却原来八十多了。

她抽烟。递一根过去，我说您好身体啊。

她说，不行啦浑身疼。几年前我还在地里种菜呢。

她耳朵好，只是方言重，听不太懂。她眼睛真好！她说，你院里那蓝花可真好看啊。我不敢靠近，你家狗好大。我站院门口外面，远远地看，看了好几次。

我不吭气。

她说，你那个花，剪个枝能插活不能？

我笑。我插的，春天全死光光了。

她泄气。开始说她搬来地方的事。她说北 ×× 拆迁，院子不算面积，不给补偿，人们气不过，也没办法。一个六十多岁的女人，从楼上跳下来，当场死了。

我吃惊。人们活得杂草一般听天由命。

老太太不甘心还在说：你那蓝花花真好看啊……她眯着眼睛说方言，侧着身子望向我院门，我看不到她的脸了。听声音，是几乎要流口水的感觉。

这么老的老人了，迷恋一枝花。

我说，你等着，花下面有冒出来的苗，我带根挖一棵给你。

老太太眼睛放光，整张脸皱起来，皱纹深处仿佛都有光。她连说好好，我不敢进去，怕狗，我等着，我等着。

我觅来一只小钢铲，开挖，崩一脸土。老太太心疼花，在外面喊，你浇点水，带点细根根……

挖出来了。捏了原土团在根部，递给外面老太太。老太太是早早伸长了手，两只手来捧。她的手好干硬啊，像田野里被刨出来露在外面晒蔫了的树根。

她捧着小苗快快地回去，之所以快，是怕手烫着苗，苗要尽快种下。我想不到她跑得那么轻盈。她捧着的动作小心翼翼，我熟悉。我想起小时在野外挖起一棵小杏苗捧着回家的感觉。杏苗从杏核里长出，核裂开两瓣，杏仁里伸出白白的人腿一样的细根，随着人碎步行走的颤悠，根部的细土从指缝里滑落，暴露出嫩的根须，颤颤悠悠。有时候就折断了，沮丧地扔下，挎篮子回家去。我只种活过一棵，但没有吃到杏，少年时那个房子卖掉了。我看到过那棵树长得高大，满枝的青杏微风里晃悠，呆呆望了很久。

老太太要种蓝雪花的地方，是她家用拆迁款买的我一个朋友的房子。她说，拆迁没办法，欺负人，憋屈啊，受气啊。她郁闷，难过，但至少这个下午，这一刻，她得到一点快乐，可以追溯到我自己童年的一点快乐。我们的童年，都是从土里生出。我们都是放在这地上的物。又被时间拘拿，而她，很快就要回去了。

天黑前，我又移栽了三棵。如果她那棵不活，我再送她。

（有天告诉小臭，那个老奶奶好多次在门外看这个蓝雪花，为了搭话就总是夸你机灵。说当时她移了一棵，当时我说如果不活我再给她一棵。结果有次老人说，挪的那棵没活。

让小臭捧着一盆分出并开过花的蓝雪花，送去老人家里。

小臭回来说，老奶奶不在家，家里人说老人病了，住医院了。他放下花，回来了。）

这样的人万里无一

1. 草木悲欢

五月山楂，粉花褪，子离离。

四岁半的儿子臭蛋指着旁边一棵叶子狭长的植物仰头问："爸爸，这是柳树吗？"

告诉他是枸杞。爱园艺的邻居土木工程师老周，种在院门口。我没有告诉臭蛋的是，小时抱过他的健壮的老周，两年前已经不在人间。

小家伙晓得认植物了。他喜欢柳树新生的狭长叶片。昨天下午他想没下班的妈妈，就撒泼趴地上哭喊，手里仍然捏一片柳叶。他说要送给妈妈。果然，他见到他妈妈，立刻就伸出右手，手里攥着的柳叶已经对折。

臭蛋他们这一代，不再以吹响各种叶片为乐，不懂折枝去叶取完整的一截树皮，钻孔制成一件管笛乐器，也不会斫坚韧的荆条刮去尖刺制弓。改天教教臭蛋吧。

草木曾给一代代少年带去欢乐。它们风中的萧萧之声，似乎都在安慰、回应人的灵魂。尖梢和周身叶片，若有所思般地摇动着，渐渐把这一世摇晃进它们以为背景的天光之中。

院里玫瑰未开，新叶才顶出来。和臭蛋剪枝，他可以打酱油了。院外来了位不认识的人站着看。他大概见到许多花刺，于是问："你种的全是花椒？长这么高，到秋天可不好摘啊。"见我拍照，他害羞，扭头走了。

又想起某年花开，邻居告诉我的事。他说来一群人围着你院子转，其中一人肯定地说："这户人家挂了一院子假花。"

我就此写了首诗。同一组诗刊出。

天黑前弄完了花。小臭在折腾，空气醺暖，鹧鸪在深沉地低鸣，咕咕——咕。数年了一代一代鹧鸪，我始终没找到它们窝，也总觉是最早见到的那只或那一对。它们常来，每次见到它或它们，我都有第一次见到时的惊喜。现在它的叫声变了，是：咕咕——咕咕。不像之前的若有所思般的闲适，而有点急促，像催促回家似的。我不能知它们叫声的含义，大狗老虎或许知道。

诗作《五行·木篇》有句：

> 云朵之下，
> 我的幻影高过群山。

俯下身去
轻抚每棵树颤抖的尖梢。
我听见鸟鸣掠过，
和在母腹中听到的一样。
河水在旁边妩媚流动。

2. 五月初的园子

天阴。事多，心不宁，如万蕾随风沉浮不定。我园子不大，只不到六十平方米，但说一春十万朵花，是写实不是夸张。我才懒得夸张。

索性扔了茶盏烟卷来看花。花开几乎是炫耀性的，荷尔蒙的，雄性（或雌性）勃发的，与我初衷无关。我更爱“涧户寂无人，纷纷开且落”那样自发自灭的美，如拙诗《无人得见之美》所述。

但这一园花，多半是我一人独赏。是悦己。或晨或夜，或黄昏月出，或雨中飘零。我随时可端坐于花蕊之中——其实也不能够随时。总在忙碌。却也总有时刻心一动站起身来。那些都是命定的时刻，来自花的召唤，她们命令我望向她们，眼睛映现她们的美，出笔记下她们的美。所谓妙手偶得。美自现，我只是幸运者遇见罢了。

还有一个幸运者，是大狗老虎。它比我更知花性。狗的嗅觉听觉，是人的三十倍。劣等所谓诗句，说什么听花开的声音。这只是小资矫情胡扯。花开哪来声音人堪耳闻。但老虎可以。

若明日晴暖，黄昏时分风一吹，有某一刻，趴着懒洋洋的老虎会忽然站起。他听到什么动静，炸雷般吼叫一声，植株的叶片簌簌抖动。但不对，是老虎听到了花开的声音——十万朵花唰地开了！花的微光闪动，黄昏亮了一点，而气流掺了花香，稍稍沉重，但又不均匀，有点像夏夜池塘，浸入水中的身体，觉出水流一阵阵的忽暖忽凉。

舍去拟人化，狗许多地方比人强。就目前所知，它对自然的感知能力，人望尘莫及。它懂主人的程度远胜主人懂它。它还是一种有赤心、不改初衷的兽。人类中大多，不能够与它相比。

我可以。所以老虎是我的兄弟，成了我的家人。有时儿子臭蛋又认为是他弟弟，虽然臭蛋总觉得老虎个头大，应该做哥。

3. 毛桃子

春天乱糟糟闹哄哄。街上一瞥，好几只流浪狗肚子都大了。有只杂色的混种，近于边牧，肚皮都快垂地了。它走得吃力，在垃圾箱边找东西吃。

唉。生命啊。那驱动万物，使之躁动不息的……

要么不养动物，养了就要负责。那些不善待动物、养而弃之的，是极为不道德的人。我相信他们会遭报应。

路过一棵桃树，结了小小的毛桃子。我还记得她开花的样子。我看到她开花的那一整天，都是欢愉的。我觉得被她媚住了一般。但她是棵很小的桃树，法力尚浅。

4. 这样的人万里无一

实用主义在本时代根深蒂固，几成下意识。美在常规下是被蔑视的，“没用”“这有什么用”，人毫不犹豫牺牲美换取利益。美不是必要的。是随时可以抛弃的。为美牺牲利益则为鲜见。在得到资源后人们认为有了生活质量，这质量大多是财富挥霍，与美何干？与市侩倒有直接关系。

在拥有大批土地的乡村也是这样。城市人迷恋乡野自然，乡村人只想赚钱。几千年人们积累的朴素美感已经崩溃。在乡村，人们也只种植所谓有用之物，有可能卖钱之物，可食用之物，鲜花的美好是可有可无随时可以舍弃的。甚至是不必有。

我路过一村一户人家不由得吃一惊。驻车来拍。这户人家门前，整齐地划了一块土地，种满花草——全是各种花，没有种一棵菜。

这人家大概觉得，花之美，比菜之可食的实用性更为重要。很极端，几乎像是审美洁癖不容混杂。

在黄昏柔和的飞光中，我有类似感动的情绪，有想找主人攀谈的欲望。在三十万人的北方小县，这样的人万里无一。我很想知道这人家何等样的背景，或与他探讨一些关于植物的愉悦话题。

我举着相机，在门外抽了五支烟，烟盒空了。捏瘪，放入裤兜。开车离开。

与陌生人搭讪，不是我擅长的事。我有凶狠的眼睛，和桀骜不驯写于其上的一张脸，也唯恐因此打扰了他人安宁。

5. 夜宿历山

十三年前在此住一夜，也是这个时节。今夜又在此。而且，是同一个房间。

山中有豹。饭店的老板娘说，村里牛有时被豹子祸害。比如去年。老板娘说她见过豹子，在村里一崖下卧着。她说那豹子应该是有病，要不然不会大白天到村里。

一个胆大的男人爬上崖，从上面推落一块大石头。豹子被砸死了。

饭店男人也说到二十多年的事，一河南老汉来为动物园捕豹子，说来时七十多了。披羊皮每天在山里爬，学羊叫。后来抓住一头豹子——“这么长，”他伸开双臂比画。他说老汉力气大，轿车发动，老汉车后面一拽，车踩油门也走不了。

那老汉我知道，河南济源人，活了一百多一点。已经死了。据说 20 世纪 50 年代，全国动物园老虎豹子有一半是他徒手捕捉。我一直疑心真实性，今天看来，是真的。

饭店男人说，豹子不祸害人，和狼不同。山上野猪多。野兔野鸡多。男人说，以前有时夹子打到獾，有时是 mi 子。他说 mi 子和獾几乎一样，只是尾巴长。mi 子肉比獾肉好吃，没土腥味。

我还是想象不出 mi 子的样子。是狗獾吗？现在没有，要到秋天。

山鸡咕哇咕哇地叫。河水在屋后，水鸣溅溅。此地就唤作大河。此时夜十一时，月光明亮，满空乱飞。被它吵得从床上爬起，站在院里。大山既深且重，月亮照着光屁股。

6. 大雨将至的四月末

杨林，杨絮将林中空地铺得一片片白，再被风卷到路边，为枯草挂阻。如为春作殇。

五月将至。今年的春是尽了。午后被风声惊醒，风之猛烈，院里的白蜡树几乎要折断一般，呼啸声中似乎传来尖利的哀求声。故乡大雨将至。

雨后便是长夏。

年少时惜春，为愁作愁。年过四十始知，我们是何等深爱这无时无刻不在流失的时光。白雪就在前方，而我们必往。

7. 隐含有自矜和骄傲的风景

我常在微信中下载收藏一些朋友拍的风景。在那样的风景里，隐含了一种自矜和骄傲。

而我猜测拍它的人的自矜和骄傲。这人的内心是丰盈的，自足的。所有物象的显现均非偶然，你心中有，方映入眼中。你心动，物才动。

某日，微信中见某友拍的一组山景。山脉楼阁，气宇轩昂。不颓，不衰。不猥琐，不苟且，不油腻。如英气勃勃之少年。

人与景物都是有气的。气不一，则貌迥异。话说许久不见大好少年了，亦不见美好从容如开放之春花的好少女。所见世人多有晦气，馊气，窝囊之气，铜臭之气，权柄的恶浊之气。一张张矫饰又遮掩不住的脸，一张张寄人篱下的脸，一张张被欲念占有的脸，一张张被欺辱又似乎不甘心的脸。

诗作《它站在山崖前，仿佛随时跌倒》有句：

看啊，那孤孤地
旁若无人开着的杏花！
它站在山崖前，仿佛随时跌倒
它仿佛率领着身后奔腾的群山。

8. 旁若无人的悲伤

2017年11月初，我与诗人朵渔、平面设计师叫兽离开洞头，在温州待机。飞机晚点数小时，大家大厅外抽烟。我自带装二斤水泡了岩茶的大杯，天热，边抽烟边喝。忽然觉不对——叫兽在咽口水。我问：你们看我喝茶是不是很愤怒？朵渔哀怨地说：你又是喝又是去尿，我们没喝的，尿都没有……

大家大笑去找地方喝咖啡。这时我忽然看见坐在我们旁边一人，一个三十多岁的男子，衣冠周正，张着嘴哭。太阳明晃晃的，他坐着，打着手机说什么，鼻涕眼泪满脸，一个个瞬间，我看到他咧大了嘴巴，哭不出声，说不出话。

我眼睛转开不再看。不是不忍，是觉得看人家是不道德的事。

他遇到了何等样的事，如此悲恸？

大家去喝咖啡，我一饮而尽又出来。那人已经不在。我咬着烟卷，举头望天。人间茫茫然，所有事大抵都会如此吧。那一刻我仿佛记起了一生所历所有的悲伤。我也望到了所有悲伤散尽。

9. 生命逃亡中的驻足

送给小区前排女邻居一棵山楂。她后来把房子卖掉，买主开了一家幼儿园。

山楂树一直在。

发小胖子，哼哧哼哧从三百多公里外的老家弄来的。山楂是很皮实的植物。但我种在自己院里的山楂，竟然被一棵叫圣阿尔班的花杀死了。地盘太小，诸物拼命长争夺阳光，根在极为有限的土地下面死生搏杀。那真是一场场看不见听不到的残酷战斗。

山楂惨败，送了性命，纳了头颅。——它的头颅当不是冠，而是土下之根。植物们都是一头扎进土里，在黑暗中睁开眼睛。

圣阿尔班开黄颜色的花。大朵，成簇，香。发许多枝条，粗如小臂。它学着装树，不是花草文雅的样子了。已经高于一层楼，它还在噌噌往上蹿。我在二楼桌前写作，偶尔一瞥窗外，它与我视线平行了。

楼下院中，看不到它的花了。植物都是顶端优势，顶端开花。摘花是没法子的。有数次，拿了树剪，搬了梯子，绕树三匝，望而兴叹。遍处是刺，毫无办法。我若扑跌进去，就有的好看了。啊，那可真会是乱箭穿身的好味道。

我总觉它顶端摇曳的花，带有嚣张跋扈、嘲弄、炫耀的意味。它高高在上，仿佛以为自己是生命的胜利者。

一想骇一跳，这花十岁了啊。

那么幼儿园那山楂树，也十岁了呢。它长这么高大，纷披繁茂，晃动周身一串串的红果子。它有青年的轩昂样子了。

我不禁上前，抱了抱树身。当时邻居种时，只有一米长，中指粗细。我记得春日暖阳之下，拿把铁锨教邻居种它，挖多深的树洞，如何下羊粪作底肥，上面覆土，如何将根部的土夯实，如何浇水——第一次的水一定要浇透，唤作定根水。

它能够识别出我来吗？它能感知和我的亲缘关系吗？

我觉得它能够察觉我的欣喜，和不可遏制的亲切感。只是人类还不能掌握与植物的交流之道。它的表情，话语，我们不能懂。人对与人类密切的狗，也所知甚少呢。狗的嗅觉是人的三十倍，它能嗅见多少气息！

植物的嗅觉、视觉、情绪、愿望……

我偶尔在魂魄恍惚之间，似乎走近了与万物沟通的隐秘通道。我的魂魄在枝头上晃悠着，像鸟，像树枝，像顶开坚硬的树皮、即将冒出的芽。

在这样一个朴素而陈旧的地方，与土如此亲近，与自然如此亲近，有时我想，我如何能够这般幸运。我一生仓促，唯在这里十年，能够从容感受诸物四时之变，能够感受一个个与人类不同的生命，能够亲眼看见有生命之物稍微长久的变化和壮大。许多人是无缘看到和感触到的。环境其次，人们的心始终处于忙乱中，定不下来。生命如乱世，人们是仓皇的逃亡者。

而我无意中承袭了几千年以来沉淀、几乎成为原始记忆与灵魂渴望的一种东西。我有表述它的使命感。我的幸运还在于：我被诸物选定，为它们说出自在的美和想要表达的话语。

范老师

每说起老师，我都本能想起一人：范老师。我不是有意讳其名，而是的确一直这么叫她，从没想过她叫什么名字。直到这一年，才觉得应该问问母亲。

我在乡村旧关庙改成的学校念完小学，范老师带我课到三年级。我上学早一年，个子又小。母亲送我去学校，范老师叫她到一边去，不知嘀咕什么。后来我知道范老师问我母亲的话。她疑惑地说：你娃尿裤子吗，会不会给尿到课堂上？

升二年级，同学们排队领新课本，最后才轮到我。范老师手里拿着课本，像是递给我，又像要缩回去。她说，你先回去问问你妈吧，看让不让你升二年级。你记住我原话说给你妈：按学习成绩你可以升级，可是你太小。让你妈拿主意。

我一字一字记下。我记得放学路上，我心里一字一字地念范老师的话，飞跑着回家告诉母亲。我太想要新课本了。母亲说：没事，那就升二年级！

范老师瘦弱，大约一米五的样子，今天想来她体重也就八十多斤，而今天我知道当年她如何宠我。每到期末考试，需到五里地之外的大村会考。范老师骑二八梁的自行车，脚够不着脚蹬，需用脚尖来够。她让其他同学步行抄小路，唯我坐在她自行车前梁上。她就那样用脚尖钩着自行车脚蹬，吃力地驮我五里地去参加考试。我记得有次母亲看见了，大呼小叫说范老师你让他走上啊，驮他那么远的路那么累。范老师笑笑说，路远，走去太乏就考不好了。我还就指望他给学校拿个好成绩呢。

我小时嘎，我想我愿意学习和后来愿意学习，部分是因为范老师。在少年幻想中，在干坏事挨了母亲打时，我曾没出息地遗憾，范老师为何不是我妈妈呢。我记得魏巍写老师的文章，那真切的情感，真正是我于范老师。

大约三年级时，有一段我没来由地逆反。忘记做了什么坏事，范老师气极了，在教室一边批评一边举手打在我肩膀上。我不躲，犟着脖子直勾勾盯着她看，她又打不疼我。教室高大阴暗，她那么小，从破开的纸窗斜射进来的阳光照在她脸上。她梳剪发头，有几缕头发不时滑过脸庞，别处仍然是暗和凉。这一幕留在记忆中，今日我犹清晰地想起。我直勾勾盯着她看，范老师突然停下手，我看见泪从她眼里涌出来，她哽咽着说，我还以为你能有点出息，你怎么能这样……

有什么东西猝不及防地击中我，我哇地哭了。

很长时间里我为羞愧折磨，觉得对不起范老师。但我不会说，不知如何表达；每晚睡前，我都想到范老师在阳光里涌溅的满脸泪。我想起她的教鞭总是被同学们折断她总发愁，好吧，这事难不倒我，爬树对我来说易如反掌。

我折来很多树枝，做了十几个教鞭。剥去树皮，刮得光溜溜，晾在屋后园里。小我四岁的弟弟偷一根玩，我打了他一顿。当然我又挨了家人一顿揍。挨揍时我也在想，范老师会喜欢哪一根教鞭呢。

我想做出最好的一根教鞭，终于出事。冬天笨拙手滑，又用力过猛，一刀砍在左手虎口，血喷出来。抓把土掩住，血很快洇湿又冲开土。惊慌甚于疼痛；我一路小跑回家去。天空晃动，坡路灰白。多少年后我记得那一幕：天空晃动着，高高低低的路灰白，我吃力地往家的方向跑，吹在脖颈的风又干又冷。

整个冬天这伤口折腾着我。化脓，然后冻肿。我需要经常在炉火上烤我的手。快好的时候，伤口那么痒，痒得人想尖叫。我就剥那死皮扔进火里，借火光出神地看长起的粉嫩的肉。几十年后的今日写下此文，写到这里，我低头看左手，虎口上还留着一个月牙形的约五厘米长的伤疤。

而我不知，我根本没有机会把教鞭送给范老师。我很快就要失去我的范老师。听母亲说，范老师丈夫患癌，脾气不好，老欺负范老师。有一天他就为了什么事来到我们学校。他高大，阴沉，不知厉声说什么，一下子就把范老师拽倒了。我矮小，挤在学生群里，我看到时范老师已一身土坐在地上哭。我记得我骂脏话往那男人身上冲，那些高大的男生，他们死死拽住我。

范老师再没来给我们上课。她就是我们村的，我家在村最西，她最东。好多次我攥了薄铁片磨成的刀子，夜晚去她家院外偷听，听有没范老师声音。我知道我矮小，打不过她丈夫，但我有刀。刀把多少次在我手心汗透。

我没有听到什么。没有看到什么。有人说她去城里陪丈夫看病。再后来她丈夫死了。从那以后，我再没见到范老师。听说她改嫁到别村。

而于写下此文的三四十年间，我再没见到我的范老师。

念故人史浩盛

浩盛死了。昨晚酒桌上得知，我吃惊地喊出了声，然而仍有点迷瞪。今晨醒来，再想，他的确死了。没有了。

微信中存着他的号，叫皮克，久无动静。查见和他最后一次联系是1月26日。他说一对夫妻辞职在内蒙古搞养殖业的事，又说聚聚去敦化坊吃饭。我年前恶忙，知道他不会介意，推托了。

若是去，大概就遇到他出事。酒毕，他站起来，倒下去。再不会像我们，在每个陈旧的清晨醒来。

我用了一个不恭的说法："他死了。"一般都不会这么讲，我也不这么讲。于他，我脱口而出"浩盛死了"。觉得亲近，这样喊出来，似乎能减轻一点猝不及防的刺痛。

二十年前他就是后来的样子，没怎么变化。笑笑地温和，慢吞吞地说话。他有慧心，人的质地好，属于始终保持朴真的一个人，知世态凉薄，而仍然温和对待。就文字水准而言，我认为他胜过我在报社时的许多同事，也胜过我在当下文学界的一些同人——太多人玩弄文字，或曰被玩弄。他们已经认为那样的模式便是文学。他们也拥有蒙昧状态下的善良，和善良之后的冷漠。

浩盛不然。他是早早开悟的人。他就像荒蛮的原野里裂开的巨石缝里忽然长出的花，虽然微弱，却是自由地飘摇着。他的天赋使他一眼就看淡许多事物。他认为那与价值无关。与喂养自己的心灵无关。他是一个有自由之心的人。这样的人，我这一世，并未多见。我有时叹息，这样好的悟性的人，这样看事明白的人，可惜底子稍薄。但他这样已够了。

他的文学审美能力也是好极。我委实时常觉得可惜。年龄愈长，愈觉得人最终是要看原本质地，后天只能加强原本具有的质地，厚者愈厚，奸者愈奸，混沌者愈混沌，有悟性的人愈是清醒。

浩盛是清醒的人。

他清醒而混世。

他体壮。力大。在城市我少见力大于我的人，他是。少见饭量大于我的人，他是。以前某次吹牛，他说十几岁时割了五斤猪肉，做红烧肉，他一个人慢慢吃完。我认为是真的。

他下象棋。特殊人才不计，一般人对弈，我认为可以显示其智力水平。他的棋厉害。以前常和他下，他人无可置喙，但是他赢得多。我十七八年不和他下棋了。后来我也下一点，而于今，有至少五年不碰棋。

再不能和他下了。

我最早觉察到他说话语速比以前更慢，也有点啰唆，是五年以前。大概是酒的原因。某次有外地朋友来并想去五台山，浩盛是五台人，于是约了他同去。夜间，酒后，他带我入南山寺。无月，但可见暗黑中台阶。四下静寂无人，有夜鸟呱呱叫着群飞而起。我们坐在石头上，像陷进石头里，成了石头的部分。他叨叨地说着什么，我漫无边际想着什么。忽然他说，我看到一张女人的脸，她在咱们旁边坐着。

我一惊，扭头，仿佛来得及捕捉那张人脸的消失。

我从不惧怕这些，但认为他是真的看到了。幽冥之事，不可度测。如昨日之事，人的寿数。如明日之事，世事前景。谁知道呢。

五台景区，人多芜杂，令人颇烦。他带我们绕山，去不在景区的佛光寺。山间遇数次微雨。庙门口大片的青草地，阳光细斜，将挑着雨滴的青草尖照得通彻。几头牛在那里，或卧或站吃草。

我记得心头涌动的感动。这样的场景，和寺中或站或卧了一千两百多年的雕塑，有着相同的性质。它像极了人能够具有的最安然最平和的梦境。我相信当年林徽因和梁思成来时，也感触到这样的祥和宁静。

我认为浩盛心中，常有这样的澄明境界。那是他的造化。

返回时长虹跨天，我们数次驻车，下来站在微雨中仰望。绮丽的虹桥下面，站着微小如芥的几个人。

我以后再望虹，浩盛已在虹上望我，或他已成虹的部分。他死了。四十五岁壮年。据说酗酒所致。古人豁达，常有不置产业者。浩盛是这样的人。无婚配，无子息。昨夜有老者引某艺人的话，说："去就去了吧。这人间，人活个几十年，又有什么意思？"

想想也是。活着的人仍要悼念先去的人，写下没有意义的话语，如我今日所为。

清明至时，浩盛，我为你烧一副象棋吧，酒酹其上。

我仍要行走一些年头。日后在山野遇到孤兀的树，突起的鸟兽，想必时常念你，想是你魂魄所寄。于我，你是人世间很不同的一个人。

不灭对善良、温暖和光的信任

高速躲一只喜鹊，惊出一身汗。它像块花布，斜斜地摇摆过车前方，急闪，眼睛余光瞥见它一只翅膀被车风刮得折曲。车瞬间走了S形，有轻微震动，指示灯闪一下。这款车的特点，急剧失去平衡可能翻车它会这样。这是五年里我第二次遇到。所幸我平素开快车，这样精神集中，而且快车可抛开尾随车辆。若是后面有车，不堪想。

没有撞到喜鹊。继续前驶，魂魄一时收不回。汗涔涔而下。光头不能挂住汗珠，直接冲入眼睛。镜片模糊了，眼睛蜇得睁不开。抓了绿帽子擦，片刻就湿透。我带了三顶绿帽子，两条红裤。帽子换顶绿的戴便是，红裤倒未必。汗不会灌进裤子里。回看父母，他们车上熟睡，浑然不知刚才的危险。我忽然想起儿时水库游泳差点淹死，灌一肚子泥水回去，中午吃不下饭端碗偷偷倒给猪。他们同样不知。我不能给狗，小时家里没，父亲讨厌狗。

女儿有次开车在高速遇险，是躲一只横贯而过的狗。她说吓得自己觉得脸都歪了。我郑重告诉她不可以这样，不可以躲。

然而这次，我自己竟不能做到。

忽然记起有次夜游，自本市南内环桥由西向东回来，那时我住市里。车快，过桥路面凹下去，冲上坡，车灯晃住一只黄猫在路中央。来不及了——

我咬牙把车头对准了猫加油冲过去。最后一眼，我望见那猫拱起背，浑身的毛似乎爹起来。

车向前开了一大截我才停车，下去看。腿软。奇迹还是发生了。那猫果然没压着，它好好的，直挺挺待在原地，一动不动。它吓傻了。我过去抱它，它僵着。在我手中，它失禁了，尿滋到我胳膊上。

轻轻把它放到路旁灌木边，它依然不动。猛一跺脚，它噩梦惊醒一般，唰一下消失了。始终没听到它叫一声。

我没有简单的怜悯，那样自危而且徒然是杀猫。猫是先天聪明的动物，但固执，骄傲，敏感，很难学到人教的知识。人无法教一只猫跟着过马路，而对狗可以。也常见车过时猫自作聪明躲，它在车下，往更暗的地方钻，往车轮下钻，于是死于非命。我的车高，将车头对准它开过去、加速开过去防止它乱钻，是对的。

我们都不能忍受动物无端死在自己手里。既不是作食物，又不是妨害到自己。我只以俗世论，因我本人不吃素，既非佛教徒又非居士。对于动物，不能爱它时也请避免伤害它。我见过一个寺庙苦修的女尼们昼夜步行，沿路为无辜死亡的动物收尸、超度下葬。我有泪下，有拜跪之心。这世间值得一跪的事物并不多。而对美好高尚之事、之人，若不能、不愿表达自己的敬意，我会感到羞耻。

我们一生，经常会遇到、路过甚至陷入黑暗，却仍然不灭对善良、温暖和光的信任。诸物与人也从来不是对立的。物在人中，人在物中。物丰富了人性。神性在物与人的诸多品质中自由穿梭。

令箭花

把虎皮令箭养开花，得意一下。此物不易开花。它有十岁，已经分出许多盆，是子女遍地了。

两天了。香气飘忽，时至，夜深尤烈。我一直弄不清什么物品香，下意识去闻手中茶杯，不是。我一般上午用绿茶，近午开始红茶或普洱，近日用大红袍，大红袍快喝完了有点不舍，但不是这些茶香。看酒杯，仍不是。

是好闻的木头香气。朴厚，不浮起来，相反有下沉感。我想起某年秋，在山间黄昏林中，忽然嗅到的某种香气，它仿佛带了光线柔和的斑驳，和林中潮而不湿的味道。还有秋天将暮的清气。是的，清气，下沉而清澈，而戁悦。应该是久远时光的记忆，那时我想，这应该也是我喜爱的女子的香气，她的质。

昨夜才发现香气之源。是远离书桌的这花，十五加仑大盆、七八十斤重的虎皮令箭。说它是花，有点名不副实，它是我偶尔嘲弄友人的那种：“你那不是花，是些叶子。”它属绿植，一般不开花。

却不料有这等的长而厚的香气。放在阳台上，我抽烟，最下面靠地面的窗户开着，香于是御风一阵阵潜来。哎呀，写到此处，又是一阵袭人的香。刚才我不禁停下，深深吸了几口。我不在书桌前吃早餐，担心乱了它的香。

上一次它的香已很久，记不得了。这盆花已有十岁以上高龄，随我搬过数次家。我还记得有次搬，初冬，工人抱怨着，说你的花就得拉一车，还这么重。我担心冻了，要他们用帆布蒙上，但又怕帆布压坏了花。也怕落下，就骑摩托车跟着，雨雪霏霏，泥浆飞溅，到时裤子下摆全湿了，竟不知冷。

这花分过十盆以上了。我已忘却给过什么人，在他人家，它过得如何。在我家它是力大无穷的，疯长，夏天小臭乱拽它叶子，后来我又剪掉一圈。它好像不生气，还很开心，我偶尔一瞥，它像忽然挺一挺胸，很精神的样子。

它给我世间看来微小，于我自己却是贴心的陪伴，快乐，和不能言说的、似乎悲欣兼有的感动。所历人事，也少有这般打动心灵。它重要。我让它的香，沾染、浸透这段文字。在这个秋日的清晨，我如此真切地，感触到它的灵与我这般靠近。

牵牛蔓缠绕的锨把与书间玫瑰

清晨拿狗窝边斜倚的铁锨，拿两次，不动。用力一挣，出来了。锨把上开着牵牛花。原来是被牵牛蔓缠住。才不到一周啊。

牵牛们的好光景，还剩一月。忽然的劲风，像情欲的涌动，不知何来何往。风一吹，牵牛们就委顿，枯干。进出大门，它总是从高处向衣领后面扬下些微小的东西——它的种子，微于小米粒，且轻。是一些小黑点。如果不清理大门顶端的藤蔓，它会一直扬到春天。到清明节，仍见门口地面一层层黑色的种子，似乎愈发多起来。阴影浓厚的时候，忽然不见了。

它轻绿的、柔嫩的、似乎一动就断的藤蔓，已拉得遍地都是，甚至缠到了爬山虎的蔓上，缠住院里的笤帚、簸箕，还试图抓住院里的梯子往上爬。

雨阴。记忆中北方每年的中秋，几乎都这样。雨意渐寒，上次雨得穿长袖，这次得加秋裤。雨下着就到了冬天，变成微薄的雪。

剪几束花。浸满雨水，花朵很重，我觉得大约是晴时五倍分量了。有的花朵一边剪，一边扑簌簌落下去，地面一层。花承受不住秋雨之重。

拔去瓶内原有之花，轻得不可思议。它们与体积不符，轻得像一页纸。——我有时想，本时代的文字，合计不敌一页纸的重量呢。

干花依然有馥郁的香气，尤其其中暗红的花。它是红色伊甸园，多呈杯状，蓓蕾状，不怎么打开，鲜时几乎无香。

我以前很讨厌玫瑰之刺，觉如此美艳却生刺，是造物不完善之处。每年秋冬整理园子，我浑身上下，都被刺出数百乃至上千小洞。敞开那么多火辣辣的小洞站立风中，那感觉真是爽呆了。某年春，天热，我赤着上身将一根满是尖刺的长约两米、粗达半个胳膊的枝条弯回去。不意手滑了一下，脸下意识躲——刺条唰地一下折回，抽在我脖子以下的皮肤上！

想想吧。想想吧。

但不知何时起，觉玫瑰若无刺，才是造物不完善。如此美艳，竟然无刺？嗯，想想吧。想想吧。

有次问园艺师天狼，玫瑰何以长刺，对植物起什么作用，养分储存，水分？他说没有。刺无用，也就是植物进化来的一种自我保护形态。

摘回的花，置于书架高处。朵沉，坠得花器微摇。担心跌落，又剪短枝条。它们会明艳一段时日，在我忘记的时候，一点一点变成干花。

那时便是冬季。阴霾垂地的时刻，我依然有室内盛开的玫瑰。深赭的结爱，或是雪白的耐心，或鹅黄的朱丽叶，或微紫的蓝色风暴。剪下，插入，让它们在群书间昂然，芳香。邻着它们的书籍有福了。

采山河之气

春雪之夜

无星月。但天很亮，天光是铁锈的红色。空中湿气重，无寒意，微风拂面几乎是温和的，不像腊月，风凶狠地试图扎进皮肤里，骨头里。

屋檐，葡萄架，雪扑簌簌跌落。不知谁家院落里的物什，雪砸上去发清脆一声响。静夜听来，袅袅不绝，直到被下一声落雪砸断。

过某院，灯仍亮着，听到房内人争吵什么。应是夫妻琐事。世间男女无论何等相爱，到最后日子多半过成这等龌龊样子。如此能相安一世，怕已是幸福。其他皆奢望。

心中仿佛想念着什么，但不确知。大多人独行时，大抵都如此吧。忽忆青壮时工作，数年后厌倦丛生，觉无长进，从单位到家走一辈子，和一个农民在三亩地转圈，并无不同。乃决然离去。只是觉那样下去，一眼可见自己几十年后的样子，非常可怕，毫无意义，因此毫无留恋。并不考虑利益。

世人多依赖生活惯性，恐惧脱离惯性轨道，仿佛那样会死一般。其实人总是要活的。无处无路不在。

现在我来在此刻，此地，夜间行走中。内心安然，坦荡，却似乎仍然期待某种不可能，希望创造某种不可能。

然而所经历的这世，实在太过平庸，猥琐，太过糟糕了。它漫长得让人生错觉，几乎认定人世从来便是如此，便该如此。我不屑相合，渐渐相抗都不屑。不配。不值当。

玉兰

阴，已是气寒天低时节。晨起不经意望到，路边玉兰树已满头苞蕾，一怔，仔细看。的确是苞蕾。

我所在的北地城市，玉兰花到春天三月中旬才开放。花的孕期，竟长达四个月，与虎豹孕期相当。花的生命的复杂程度，似乎不亚于兽类啊。

老鼠孕期百天，兔子九十天，猫狗六十天而已。玉兰花的绽放，比它们艰难。而且鼠兔一年可以几窝，玉兰每年只有一次绽放机会。

它已经准备着。等待迎接愈来凛冽的寒风、大雪以及三尽冰冻。然后缓缓地解冻。它隐忍而安详。天暖，它忽然就开了。在光秃秃的北方，它周身明艳的硕大的花朵，像齐声发出嘶吼一般震撼人心。如此壮丽。

北方的秋天，已经尽了。而玉兰已经在准备春天。它似乎在启示我，在悲哀的时间，某种潜伏的、等待的、积蓄的力，连寒冷也被吸纳，成就这力的部分，造就这力。

在此刻，我也被吸纳，汇入这力，成就力在春日里化成的辉煌之美。

因了清晨所见的玉兰苞蕾，这秋日已尽的时节里的阴寒，也变得美好。

三月东涧河

枣树坚硬，芽最迟缓，仍无发芽迹象。李颀："四月南风大麦黄，枣花未落桐阴长。……腹中贮书一万卷，不肯低头在草莽。……"

枣树上孤零零的葫芦，像悬空的心事。有一只葫芦发黑，应该是前年的了。还有去年懒得摘的丝瓜。还有玫瑰的果。

花椒的刺间，已有嫩小的绿尖。不走近细看，几乎不能察觉。

榆树远望，已起绿烟。近拍，是一串串的榆钱。旧年月是美餐，荒年月曾救人性命。小时听奶奶说，她是吃过榆树皮和玉米棒子的。

樱桃花

樱桃破蕾。

日常之美，不可方物。

诗在日常，在俯仰间，在一再喂养而变得强大的内心，而不在狗屁的远方。美是坚实的。那狗屁远方，是虚弱的，不堪推敲的。

梨花

“丰蒙梨花满，

春昏弄长啸。”

花岂仅有柔弱之美。亦有侠气、豪气、萧萧剑气。洋洋洒洒、抛离枝头，无反顾之念，决然犹如古之壮士。

人之为一事，亦当如此。

春夜空中的香气

夜空中涌荡着植物的香气。我能辨别的有桐花，看不到它在哪里。它的香气像其花串一样肥硕；山楂，我路过它，所有的蔷薇科果木花香都稍有些药香；土槐树树叶的香气是涩的，砂纸一般滑过嗅觉。路过枣树，它硬邦邦的，叶片细小油亮，拒人千里之外的样子。无味。摘叶片拧碎了嗅，有青枣子微甜的香气。路过两丛牡丹，它们是疯子，花香要淹死人一般。

夜里的蜘蛛国王

国王驾临。出现在园中同样的地方。去年见过，今年，我认出了它，就是它。

人说物老成精，有道理的。像这老国王，或许也认出了我。时间越久，它看到的人事、面孔，越多。我们不知道为衣食奔波忙碌之外，它还想些什么。

我恋旧，喜欢旧物件，它们留有往昔的气息、颜色，和情绪。但不喜欢这国王。

采山河之气

采气像一个虚词。在我，是石头一样坚硬而倨傲的实词。石头，可以破之，但不能改其硬。

采山河之气，望时代之气，养于诗文中，以为诗文之骨。

黄昏踏山，惜未带狗。罡风猎猎，以杀万物。满目新坟，花圈惊悚。我自安然，采此天地间金气。我也是北方冬季的部分。

恐惧与众不同

太多人渴望自己卓异，又恐惧与众不同。唯在人群中哪怕明知是愚蠢的人群中，他们才觉安全。

他们每天纠结，一生过去，也没有把道和理教给后人。

孤独而充实和强大，才是好的。不必去庸众中寻安慰，更不必俯就，使劲往下弯跟他人弄成一样。做自己认为对的有趣的有意义的就好。人群是对错糊在一起面目难辨的。

与庸俗保持距离。清醒最可贵。要么庸俗，要么孤独。一棵树要长高又怕长高，是行不通的。如果怕高了招来风，则只有把根扎得深些。

不讲情怀，不讲基本是非，不讲风骨，曾一度是学界和文学界、知识界的惯常做法。但，极小众的人群，依然铁一般坚硬。他们不会漂起来，时常人们看不到，但，他们存在。他们一直存在。

著述与庸众迅速拉开距离的，恰是这样的人们。

盲从时俗者，太过匆匆。

第五辑

鸟儿衔走我们的灵魂

刺猬兄弟

凌晨一时，遇到刺猬朋友。它是作息反常的我这一年遇到的最早出现的旷野之友。

刺猬跑起来看不到腿，嘟噜嘟噜还挺快。唯在手机电筒晃住它时停住，变作圆球状。

我蹲在它面前等着，它小嘴巴伸出来，又黑又巧，湿漉漉的鼻头一抽一抽。以对狗的经验，动物鼻头湿而亮，是健康的标志。

它等我手机电筒灭掉，然后忽然一跑。但是我偏不灭，看着它鼻头出来嗅。它有点着急了，看不到它眼睛，它鼻头上方的刺毛动了动，像是人烦了皱眉头。它大概在想：这个两条腿的家伙神经病啊。这个点儿两腿兽都睡得跟母猪似的。它搞什么搞?

有一刹那间我想捉住它，给小臭玩，就玩一上午，或就玩一下。我已经打算脱了坎肩来兜它。但是念头熄灭了。我不知它正要去哪里，干什么。或者它急匆匆去见约好了的情人，或者有小崽子等它喂食，或者，刺猬们也去开一个百无聊赖又迫不得已的会。缺席不太好，那么不要打扰它的生活节奏吧。

有个朋友喝多了，在那里哭，哭了很久。我想起有个操场，一个人在那里坐着放声大哭。他哭得悲哀，我觉得痛快，觉得他像是替我大哭一场，哭人之哀，哭美之丧，哭时之秽，哭我们无可奈何不可抗拒的轮回。他像是替我哭了一场，而我哭不出来。上一次他在操场上，是三十一年前了。

我又想起刺猬，它已经不见了。哭声吓着了它。

第二日清晨路过，又想起它。阳光轻轻打在青草上，小黄花小紫花，贴着地皮使了劲开。昨日还没，昨夜它们用了一夜气力。但是没有刺猬了。它仿佛生活在别一个时空，与这一个不交叉。它只是遇到一个闯入它所在时空的两脚兽。

我也正在变成生活在别一时空的人。看这一个时空的人和事，越来越无趣。可笑。腌臜。简直忍无可忍。

或行或止，或与人笑语晏晏，只是惯性在起作用，不用过脑。脑子里仍偶或想到那刺猬。昨日见老虎鼻头有血。它一定不是看到美女流鼻血了。我猜它是夜里遇到刺猬，被扎了一下。但是我没有见到那只。

伪装成鸟儿到来的死者

> 人们常在坟上撒下小米和罂粟的种子
> 喂着伪装成鸟儿到来的死者。
>
> ——米沃什

1.

一只喜鹊，飞来偷吃院里晾晒的核桃。出门正好看见它叼着一只核桃，斜斜地飞走了。它去找空旷有石头的地方，空中抛下去，啄食摔开的核桃。

不到十分钟，又来一只，眼睁睁看它飞落叼起一只核桃就飞走。它在地面几乎没有停顿，看上去是蓄谋已久，等待多时，瞅准机会，落点、起飞，叼哪一只核桃，向哪一个方向飞，行云流水，一气呵成，流畅至极。

这才想起，窗台上放着的砸开的核桃有七八个，没来得及吃，全都不见了。

计明说，你赶紧收了，装袋里，要不一会儿工夫，喜鹊就叼得不剩几个了。

把晾晒的核桃装袋收到房间。听见一只喜鹊嘎嘎地叫。门帘上看到，一只喜鹊落在原本晾晒的核桃之前的墙头。它大概在纳闷，发牢骚，刚才好多好吃的啊，怎么一下子啥都没了？

我就说一编织袋核桃，早晨一看怎么就少了那么多。这些个厮，至少叼走了七八十只核桃。

2.

见一大群天鹅，鸽子一般转圈绕头顶飞。最大的估摸有三十斤。

未带长焦，无法拉得更近。

此物完全不怕我，不躲避，不靠近，我行我素。仿佛知道我爱它们、由来对它们有善意——善意近于古老，从刚听说它们名字的时候起就开始了。

如果书圣看鹅是真，则我一直怀疑，王羲之看的鹅，是野生半野生未完全驯化过来的鹅，更可能是天鹅。天鹅姿态显然比家鹅更优美，更舒展，更自然，更似汉字“之”。但要下论断，需要研读鹅在中国的驯化史才能够，而且是读西人所著的书。当代中国那些乏见识不说，一手资料也提供不了，尽是抄资料，没有野外研究和实地考古为依托。读来徒然浪费时间，让人生气。

天鹅自然状态下，如果人类对它友好，它不惊恐，不躲避，在水边该干嘛干嘛，离人不过三米，日常从容观察，是做得到的。

现在一些地方自然保护好，人工倾倒许多玉米粒到水里喂天鹅，每年冬天如此。那样的鹅怡然自得的妙姿，我是亲见过的，玉米粒不敢拿手上，怕它火了或不小心用嘴巴拧我肉，就撒在脚前看它过来撅着屁股吃。

所以我敢这么说。物亲见，胜一切矫饰和想象。事亲为，胜一切花言巧语吹牛。

3.

院里一串葡萄自我保护，长进鸟笼。它紫黑的时候，倒是不会被鸟儿啄。

鸟笼悬空打开，挂在院里。它只是个象征物，表明有那么一个东西。我不喜欢把鸟儿关进笼中。偶尔探手，捉来一只什么鸟放笼里观察，一两日最多不超过三日，就放飞它。

一些鸟超过三日会死，比如麻雀，确定它是气死的。这么一个小子弹般灰不拉几、难看卑贱叽叽喳喳的东西，却是性格暴烈。它臭皮糖一样死皮赖脸，黏着人类起止，却是几千年绝不驯服，从未屈服。

人类感慨："燕雀安知鸿鹄之志。"麻雀们大概会说，我管你人类攻城略地、磨牙吮血的王霸之志，我只要自由自在飞翔，觅食，做爱，繁衍后代，这一点卑微的温情，便是尘世至要。

现在我连关鸟一日也不愿意了。

4.

这只戴胜，不知怎的惹下一只燕子。那燕子尖叫着围绕它盘旋，剪刀尾巴咔嚓咔嚓来回剪，恨不得剪碎它一般。

好多好多戴胜。不到十分钟看到五六只，或屋檐停歇，或急急赶路掠过。有一只在我头顶下落，大概要栖落上方的电线，冷不丁看到我，骇一跳——在空中往起一跳，拔高一截，快快地走了。它似乎连飞行的方向也作了随机修改。

喜欢戴胜神气的样子。它是鸟中最神气的，像李白是诗人中最神气的。人们不明白它为什么神气，同样弄不明白李白的神气，他为什么总是很神气呢？

今天，见到一向神气的鸟儿狼狈的样子，也是很好看。像个美女被撞破尴尬，失了矜持有点羞恼的样子，也是很好看。

5.

树林里，树下落叶未积的地方，白硬亮的痕迹综合交错。认得出哪里是斑鸠路，哪里是长尾蓝鹊，哪里是喜鹊，哪里是野鸡。偶尔也有兔路，不多。这里以斑鸠、长尾鹊和喜鹊等中小型“飞行器”为主，乌鸦也主要不在这里活动，它们要更偏僻一些，更荒蛮一些。

特别讨厌太干净的农田。干净到没有一丛荒草可供小动物藏匿，干净到果林没有一点枯枝交叉可供鸟类歇息，干净到荒凉没有生机，干净到吝啬，干净到贪婪，干净到凶狠不留死角，干净到愚蠢，干净到只剩作物追了化肥下了药傻乎乎地长。

经书曰：

“在你们的地收割庄稼，不可割尽田角，也不可拾取所遗落的。不可摘尽葡萄园的果子，也不可拾取葡萄园所掉的果子，要留给穷人和寄居的。”

6.

上午遇到斑鸠，不是珠颈斑鸠，不辨品种，有点脏兮兮的样子，却肥，不像缺吃的。一只，三只，七八只。与之觑觑相对，在老槐树间不过三四米远。很懒，屁股对着我半晌都不掉过头来，感觉疾奔几步一跃，就能抓住它尾巴——抓一手毛。

有的看急了它就想飞。只是想而已，假装掉头，它就又安然了。有一只飞落，却是更近，就在身侧地面蹲着发呆。一只狗跑来，看它一眼，没兴趣，彼此很熟的样子，熟得像没了感觉的夫妻，互不搡理。

一上午人声聒噪，尽无意义。想必很快忘光——此刻已经忘得差不离了，那么多面孔、声音、脚步。只是记得聒噪。倒是记住了这几只鸟。

7.

遇石鸡。

石鸡，与野鸡品种不同，同属于雉科。体重四百五十至五百八十克，雌雄区别不大。叫声嘎嘎，有方言称作嘎嘎鸡。百姓谚语：

“石鸡石鸡十两肉。”

幼时捉过小石鸡，在山沟里追上，扑住，双手合拢捧回去，开心自己有了一只鸟。养着，总是长不大。后来下学慌张，一脚跳进门槛踩死了。自己气得要爆炸。也时常奔跑时踩死院里老母鸡带的小鸡仔，也觉得可惜，但从来不生气。生气是大人的事。

死了小石鸡，体会到大人的生气。我觉得当时大人们好像挺满意。他们大概想：瞅瞅，让你不小心，这下你自己感受到了吧。

一直以为，小时捉过养过的是野鸡，原来一直错了。是石鸡。老家方言野鸡娃。

雉科动物，算是本领大的，能飞，短距离飞行爆发力快，飞得迅疾。石鸡是飞一下就歇，钻起来。常见是山坡上向对面坡下方飞。石鸡应该稍远距离飞行不及野鸡。遇到过一种叫红腹锦鸡的雄野鸡，在头顶的山谷之上翩跹飞过，目测距离有五六十米高。阳光照得它的华羽闪闪发光，它傲娇得像个小神仙。

雉科动物善于奔跑藏匿，奔跑起来，速度和灵活性不亚于野兔，比野兔强的一点是它上下坡都不减速，野兔下坡不行，翻跟斗。

雉科知道很多好吃的，冬虫夏草、灵芝之类。野兔大概也知道，但是野兔能抵达的范畴远不及雉科广阔。雉科能干掉许多毒虫，蝎子蜈蚣之类，于它是美食，是辣条。

雉科只是没有进化出游泳的能力。野兔是可以游的，游得很好，几乎是在深水里奔跑，是陆地奔跑的速度。登岸，速度不减，一跃一伏不见。

8.

北地开阔，大片大片荒地，人烟稀少，始有鹰隼这类猛禽。有它，自有兔子、狐狸、黄大仙之类，再大些有狍羊、山猪、獾狗子、金钱豹。有时有孤狼，狼很少，貌似比豹子都少，今年听一朋友说，他在五台山深处遇见一只独狼。季节：初秋。时间：傍晚。地点：荒僻少人的村庄外不远处庄稼地。

北人说少见鹰类，其实是因为人们很少抬头看天空，几乎失去了观察天空的习性。再者，鹰太快，又高。高处一个小黑点儿，孰知何物。诗人江河："像一个浮动的字。"

鹞鹰，鹞子，灵活迅疾，是鸽子、喜鹊等鸟类杀手，直接在空中捕捉。著名的鹞子翻身就是说它，是它在空中的经典动作。我在历山和翔山顶的岩石上都见过它，不止一只，用相机拉近不远处的岩壁，那里有凹进处像是它的巢穴。又去取了望远镜看，果然是，里面有小鹞子。很想攀上去看一看，苦于没带绳子，爬不上去。

鹰类中游隼最快最猛，无所畏惧，面对剧毒的蛇、胡兀鹫以及体重比它大得多、能够捕狼的金雕，都是主动出击，而且鲜有败绩。少年人，尤其男孩子应当多了解一点动物习性。

9.

乌鸦，智商极高、有仇必报的家伙。也是一绝。人间几十年，没敢惹过这东西。

小时候院里有一棵榆树，高耸入云。至今我以为是我见过的最高的榆树，再没有榆树能长那么高。黄昏时乌鸦绕树顶齐翔，昏暗的天空满是乌鸦叫声的碎片。许多年来一看到末日一词，这场景便立显眼前。

这棵榆树后来被伐掉，因为太高，伐时颇费周折。大人在紧张气氛里争执着算树的高度，算怎么让它落倒。树从院子的西南角栽倒在东北角，还是扫断了北房的角檐。我记得树下坠时带动的呼啸的空气，记得在屋檐下被风逼得瞬间出不上气的恐惧。

季节不能记得。好像是秋天。秋天的灰暗总能加深悲哀，或者悲哀之事总被归于秋天，使秋天一词的悲意更为浓重。伐树那天是空中乌鸦最多的一天，我后来几十年再没见过那么多乌鸦，估计余生也不能见到。这是一生中遇到的一件神异之事。树伐掉以后天一下子空了。乌鸦也无影无踪。人仿佛一下子长大，天与地之间的连接断裂，童年嗖地过去。

10.

好大风！满院的花瓣得忽然神力相助，一挣脱离母株，向上飞起来，犹如大雪上升，从大地返回天空，沸沸扬扬不绝。

一只飞向屋檐的麻雀，被吹得倒退，在空中打转，却又止不住脚。它用尽气力维持平衡，不让自己翻滚。仿佛施了千斤顶功夫，竭力向下。能觉出它是想直线下降的，但不能到设定的目标，它斜斜跌落到花丛中去了。咔嚓一声响，是什么铁质的东西被风撬断撞击到地面上的声音。像是纱窗边缘，或许就是我家的窗。

11.

乌鸦和喜鹊，合伙干掉一只斑鸠。只掉下几片羽毛，和一只风干的指爪，细得像春天刚生出、被折断剥去皮的嫩枝条，被风吹着，积在北檐下的墙角。

乌鸦和喜鹊以为，没有人知道。但是我看到了。我知道其中故事，并不写出来。那斑鸠应该是我的，虽然不是我养的。反正是我的。

12.

李白在黄山得隐士胡晖所赠之锦鸡，不是北方常见的野鸡，乃是白鹇。

他得到一对，不是雌雄各一只，是一对公的。胡晖以白鹇蛋由家鸡代孵出来，家养驯化而成。咕咕咕叫它，或喊白鹇来吃饭，它就过来吃东西。它可能有名字，比如胡小白、胡大白之类，跟了李白，当然不再姓胡了。

白鹇的叫声，是不是也是嘎嘎，很急的接连两声？

雄白鹇比雌的漂亮得多。李白只要公的不要母的，有点不鸟道，看来也不爱吃鸡蛋。白鹇，当世属二级保护动物。

有朋友在网上买了野鸡蛋，让家鸡孵化出来。是只母鸡，常能下蛋给他吃。他说有点残疾，一条腿不太好可能缺钙，经常是金鸡独立的样子。他得空就抱它出来给晒太阳。他养在书店后面，就那么散养着，不乱跑。

李白《赠黄山胡公求白鹇》：

请以双白璧，买君双白鹇。
白鹇白如锦，白雪耻容颜。
照影玉潭里，刷毛琪树间。
夜栖寒月静，朝步落花闲。
我愿得此鸟，玩之坐碧山。
胡公能辍赠，笼寄野人还。

李白写实的诗当真不好看，失了水准。不像杜甫，战乱中饿得不行问人要米，写首诗也是有味道。对方还没送来又写诗催，一催更有味道。

13.

夜里跑步，看到一只大野鸡，它钻在那么密的树杈里。头灯一晃，它不动，这么近也疑心看错了。捡块小石头扔过去，扑啦啦飞起，落向另一棵树。仍不放心，再起飞，这次不知飞的方向了。

野鸡几乎和树长在一起，是树另一条性命的形式。这只野鸡，我多次在同一处见到它，确定是同一只。它晨昏溜达的姿态，夜间栖息的树，遇危险飞走临时栖落的树，我都熟悉。我觉得它是我放养的一只宠物。

带过些小米玉米撒在林里，它栖息的树下，野鸡警惕心高，不吃。再去看时，小米玉米陷在泥里。带了些碎肉扔在那里，却是很快不见了。看来还是喜欢吃肉，能忍住玉米小米的诱惑，忍不住肉香的勾引。

很少有人这么关注野鸡，一场场有危险又若即若离的游戏。它可能觉得，我是它遇过的距离最近纠缠这么久的古怪人类。它很美，我看着就好，不需要伸手摸它，像抚弄一只猫。我不喜欢抚弄猫，除非它非要磨蹭，那么象征性拨拉一下，和弄乱人头发一样。

放生的一只石鸡，再没有露面。它不是本地的，不知和别的石鸡如何交流，是否加入了石鸡种群，是否有了伴侣，尊哪只石鸡为王。石鸡飞翔能力胜过野鸡，体形小于野鸡，大于斑鸠。我不能识别石鸡雌雄。

14.

有个南方朋友问我，你那里怎么那么多动物，又是刺猬又是斑鸠又是戴胜鸟又是黄鼠狼。我告诉她南方植被好，身边动物更多，但人只能看到想看到的事物，多少东西即便就在一辈子走来走去的上下班路上，它们也永远是陌生事物。即便在自己家门口，同样无缘。

许多东西，身边就有。若存了心，有这个珍贵的好奇心，去找，会有很多很多。家里有小朋友的同学，不妨试试，和孩子一起玩。至少，南北方，各自小区里绿化带，夏天都有刺猬。晚上九点半以后，人静下来，你拿手电，听到灌木丛窸窸窣窣响，八成就是它。手电照过去，它就不动，缩成圆球。近距离看一看就可以，不要伤害它。

15.

见到丘鹬。

鹬，读 yù，鹬蚌相争的鹬，没想到本地有此物。

近距离见过两次了，都在夜间，都在林中空地上。

呆萌，很肉，少见有这么肉的鸟类。就那么一蹦一蹦走路。长嘴用来吃蚯蚓等虫子。它的嘴插在泥土里能够弯曲。

16.

读古诗词，是要懂一点自然的。唐诗宋词里尽鹧鸪。词牌里有一个便叫“鹧鸪飞”。辛弃疾《菩萨蛮·书江西造口壁》：

“江晚正愁余，山深闻鹧鸪。”

便是此物。鹧鸪多见于长江以南，北方所无。看样子，不大分得清它和鹌鹑的区别。又像是母野鸡，不过鹧鸪要小，不足半斤。它沙哑的叫声，据说是在喊“行不得也哥哥”。南人离别诗词，唐宋一直到清，很难不写到它，几成套路。

17.

“日暮伯劳飞，风吹乌臼树。”

伯劳，凶猛小鸟，常将猎物叉在山楂树的尖刺上，欧洲又称屠夫鸟，觉邪恶，像巫婆作黑暗魔法弄献祭。

能捕食比它大的鸟，也是叉在刺上开始撕扯。从虫子、蚂蚱到老鼠、鸟，有时大卸八块晾干储存，形同人类制作腊肉。能模仿其他鸟的叫声以便诱捕。

中文语境里对它有好感。劳燕分飞的劳燕，也是一种伯劳。

18.

王维：

“屋上春鸠鸣，村边杏花白。”

李白：

“又闻子规啼夜月，愁空山。”

“杨花落尽子规啼。”

李商隐：

“望帝春心托杜鹃。”

苏轼：

“潇潇暮雨子规啼。”

子规、杜宇，其实就是杜鹃鸟。它也是古诗词中常客，诗人一哀愁，总祭出它来烘托气氛。只有王维写得不动声色。春鸠，也是指杜鹃。

杜鹃春末夏初时鸣叫热烈。北方人以为其声为布谷，故称布谷鸟。古人说它的叫声悲切，我觉浑厚，穿透力如斑鸠叫声，似无伤感之意啊。

鸠占鹊巢，是说布谷鸟借巢孵卵。它自己不孵卵，把蛋下到别的鸟窝里。雏鸟出来就争食，趁母鸟外出觅食，还把不是同族的雏鸟推出巢摔死。这的确是险恶之举，也是技术狠活，需要抓紧空当儿，说下蛋就下蛋，之后赶紧溜走。

布谷鸟产卵期下二十枚蛋左右，也就说它会找二十个宿主。为防止别的母鸟辨认出蛋，它会模仿宿主蛋的颜色和花纹来下看上去相似的蛋。布谷鸟能模仿的蛋多达一百多种，不过同一只杜鹃，一般只模仿被它盯上的某一种鸟，比如喜鹊蛋。会雌雄合作，雄鸟冲上去挑衅引开喜鹊，母鸟趁机入巢，迅速完成技术活然后离开。

杜鹃鸟卵破壳早，孵化仅需十天，一般都是鸟巢中最先孵出的鸟，占尽先机。杜鹃鸟并非下完蛋就了事，它们始终在附近观察、监控，若发现自己的卵被识破、推出巢摔烂，或雏鸟被识破弄死，它们会进行残忍报复，破坏宿主巢穴，捣烂鸟卵，杀死雏鸟。

这是最大不过二两多重的布谷鸟的行为。

布谷鸟称杜宇、蜀鸟，是说它是古蜀王杜宇所化。蜀道艰难，蜀独成天地，上古与中原无关。杜宇似乎是三星堆时代的人物了。说杜宇让王位给治水的人，后来又不如意，郁郁而死，化为杜鹃鸟昼夜啼血悲鸣。

除了远古神话中的禅让，古文化中始终贯穿着对权力的艳羡，和对丧失权力的人的同情，更多是编故事嘲讽。禅让后来是僭主们惯用的遮羞布，必须这么来一下，事主还要假装推辞三次以上。相对于此，玩二人转太小儿科了。

古文化中权力反人性吞噬人性，凡有同情心、同理心的举止，均被认为是“妇人之仁”。古文化中权力反个人爱好，迷恋小发明都是王的恶举。古文化自然也反爱情，祸水倾国之说，从夏桀一直延续至今。

人不能两次同时踏入同一条河流，赫拉克利特，公元前五六世纪人，主动放弃王位给弟弟。史中存留了他对权力的蔑视。他说：

“去做王，不如和一群孩子玩掷石子游戏。”

鸟儿衔走我们的灵魂

1. 自在如小鸟

清晨见一个辞去职务潜心写作的朋友发帖，说布拉格的鸟鸣，四点多就开始。我于是想中国南北方鸟鸣之别。北方清晨能听到的鸟鸣少，麻雀的聒噪盖过一切。偶或有斑鸠咕咕的叫声，然后是鸦科。乌鸦的叫声，像曳一根长长的大棒子划过天空，有时忍不住看天，仿佛怀疑它的叫声把天空划了一道伤。喜鹊的叫声也好不到哪里去。长尾鹊飞动时空灵，发音却也是一口北方方言，又直又愣又冲，像扑上去就是尖嘴巴一叼。

南方的鸟鸣千回百转，委婉得很。奇怪同样一个小舌头，怎的它们弄出那么多娇媚之声。怪不得江南之地吴侬软语，想必万物，果然是相通的。

我见到一只不认识的鸟，黑乎乎的，也不好看。起初它站在路上，见我过来，并不飞走，而是小碎步跑到一棵矮灌木下——它迈小碎步真是帅呆了。速度非常快非常流畅，几乎不见迈腿，不像乌鸦那样一跳一跳。我油然想到戏曲里的花旦舞着长袖，脚在长裙里快快地走，满台上行云流水一般地转。

它站在灌木下等我走过去，然后它还要接着干什么。但是我不走，要看它，拍它。我走近去，它不飞，绕着灌木转圈躲，反正就是不想让我看到它。我加快脚步，像小孩子玩捉人，忽然反方向追它，它扑棱着飞起来了，哈，似乎是叫了一声，像在骂我：

“干什么呀你这个人，讨厌不讨厌！”

它不飞远，落在枝头偏头看。我不理它，假装看别处。五六分钟时间，它落到地面上。现在是它好奇了：

这个人站在这里不走，他在干什么？

我感觉它在我背后，偏着黑色的小脑袋看我。

它已经安然了，不觉得我的存在是威胁。它在地上行云流水地走动，一点也不用翅膀。我看它挪来挪去，从树荫里站到了阳光下，有车过来的声音，它又往回躲一躲，仍在光中。它是要晒太阳啊。

另一只鸟儿飞来，落在草地里。我走过去，相距五六米。它根本不管我。屁股对着我撅得高高的，一翘一翘。头埋在草里。它吃嫩草，或草籽，或里面的小虫子。

鸟兽屁股对着你，专心做它的事，是完全不戒备的意思。中间它抬头扭过来看了我一下，小眼睛乌黑，阳光下一闪一闪。它唧地叫一声，继续埋头吃。我觉得它是对我说：

“耶！好吃着呢。反正你又不吃。”

它心目中与我之间的安全距离，大概与女人和男人之间的安全距离相仿。我走近到一米多点时，它头也不回哗啦啦飞起来了。我很是赞叹。它飞行的样子，很有一只鹰的气势！

它飞过我头顶，我才清晰地望到它的喙，呈嫩黄色。

虽然它们个头不小，却只是当年的雏鸟。它们好奇、单纯，有小孩一样的童心，愿意跟我交流，愿意跟我玩一会儿。那些老鸟就油腻得很了，已经养成许多下意识的习惯，比如提防和心机，比如说假话——假装出表示有某一种需求的叫声，比如匆忙奔波——不会有沉下来望世界的心。老鸟像内心混浊看不出颜色的油腻男女。

2. 学狗叫的野鸭子

黄昏时分，水边驯狗的老头。这么冷的天让狗下水叼棒子，如是者三，还挑选人多的地方炫耀。

我承认他狗驯得好，但难以接受他的残忍，和残忍的虚荣。

狗第五次下水时，实在看不下去，我起身离开了。

芦苇边，不小心拍到奇怪场景。这么冷的天，两只野鸭子全然不顾，在冰水中爱爱。

夜晚水边散步，忽然听到小狗的吠叫，——低沉有点沙哑，凶狠，是威胁又是警示。

黑乎乎的不辨，下意识看脚下，恐被咬。我怕小型犬，它们不讲狗理。但没有。初听声音是在水上，望去水面茫茫，不见有可落脚处，于是担心是哪只小狗被淹。

又叫了几声，很近，竟然是在我头顶。我吃惊极了。

抬头，苍黑的空中，有更黑的影子盘旋，望见时已在水面上。难道是它？暗中难识，有鹰翔之态。

水面露出的芦苇断掉的秆之间，有野鸭子的叫声，是在远去。我望不到它们。那叫声也是短促的低沉的嘎嘎声，我能识别出那是在警告同类："小心，有个两条腿的家伙来了。"

再看空中，那盘旋的鸟儿不见了。纳闷是什么鸟，难道和野鸭一伙？

我准备离开的时候，那鸟儿又出现了。展开翅膀很大，飞行不快，可知不是鹰类。它又发出一声短促的狗吠，就像小狗看到人离去、危险解除时的吼吼声，音低。然后，它发出了嘎嘎的鸭子鸣叫声！

是的。是一只很大的野鸭，承担夜间警戒任务。鸭中斥候。

野鸭子能发出狗叫声，我生平第一次遇到。

3. 一只麻雀，两三只麻雀

一只小麻雀，在栅栏上，与我视线平行稍低，随我步行的方向蹦蹦跳跳。我看它，它是出窝不久的雀，在荫翳的天空下依然黄灿灿，每一根羽毛都新崭崭。

我并不放慢脚步，一边走一边打量它，它随我步行的方向一蹦一蹦。觉察到我的目光，它害羞了，扑棱着飞起来，却是从我眼前横飞而过，不高于我头顶。它那么傲娇，肚皮下细细的小爪子，在我眼前一晃。距我不过一尺，哈，它几乎是擦我眼皮飞过去。

世界多么生动。我这么一直写下去，是写不完的。我一边写事情一边发生。世界聚汇如海，从笔尖的小隙挤压而出。

能够被世界的生动拥簇，一颗心随时随它荡动，随鸟儿飞舞，随花朵开放，随豹子杀戮，随大狗奔跑，随小童哭笑交加，随老者哀伤，随少女怀春，随义士愤怒，随狐狸眼珠子一转，是我幸福感的重要来源。

两三只麻雀，从我脚下掠起。它们灰黄地翻动着，贴着地面，不高飞，一点向上的势头都没，再落入低低的草丛。我并没有看它们，心里想着什么，还以为是风搅动，卷起了地下去年的落叶。

在时间中，生命的性质会模糊。园柳变鸣禽，落叶变麻雀，我也会站成一棵树，伸开臂膀栖满飞鸟。我也会流成一条河，随意将浑身的水滴溅起。

我认为那些写下来就像刻在石头上的句子，就是最好的文学，无论长短，哪怕只有一句。一句就够，就成立。它们还冒着刻打时微小的崩裂的火花。

一句即可以像劈开海水的力量，显露出水底多少年前淹没的城郭，以及淹没的河流——那像人最深处被搅动的、清晰地显露出来的记忆。甚至，会是人的原始记忆，祖辈世代遗传的记忆。

为什么要敷衍成章，弄成期刊上刀子切豆腐一般整齐的一块一块，五千字，八千字，一万字？期刊削足适履，作者稀释成性，由有然矣。多出那一句的，都是废品。是废物。

你会说大家都如此。大家，完全不能代表什么。而且可能相反。这许多年，大家一起做并以大家都这样来安慰自己的愚蠢的事，难道还少吗。

4. 女孩子的鸟

小时候得到一只鸟，忘记是怎么来的，反正它是属于我的。我把它两只爪子捆着，它飞，却飞不远，逃不掉。那么一直是我的。

后来它飞起来，一头撞到门上。撞死了。

…………

我给我的鸟下葬，在树下挖了个坑，把我的鸟埋到土里，弄了一个隆起的土堆，是我的鸟的坟。我用纸片做了一个墓碑，在上面写：啄木鸟之墓。

我不知道鸟的名字。那时候我唯一知道的鸟名，就是啄木鸟。

总下雨。一下雨我就惦记我的鸟儿的墓。雨停了我就去看。纸墓碑被雨水打得不见了，土堆也平了。找不到我的鸟儿的墓在哪里。

我就挖土，终于找见它。我把我的鸟儿挖出来，它浑身是土，嘴巴上也是泥。不会动，不会飞，真的死了。

我再把它埋到土里。每过一阵，就刨出来看看。

有一天，再刨出来，它终于没有了。它不再是鸟，是细细的小骨头。

5. 关关之声

空气中到处是鸟儿求偶的鸣叫声。它们相互嬉闹，追逐，召唤，飞到并不茂密的树叶间快乐地交欢，一边发出忘我地尖叫和呻吟。甚至能听到它们销魂时小翅膀抖动的声音。这些呆鸟，它们怎么可以判断我不懂？

坐在树下，我难免有点难为情。它们这么诱惑我，不顾忌我，一点也不在乎我的感触，还把腹部细小的软羽，嘲弄般地扔到我头上来。

它们什么时候就开始了？有点纳闷。已经有小小的各色鸟儿，笨笨地在隐蔽处学习飞行术。我注意到一只雏黄鹂鸟，往一根苇草上落。它没掌握好平衡，扑棱着小翅膀跌下去。它下坠的动作好狼狈啊。不知吓着了，还是觉得丢了脸，还是跌疼了，我听到它的叫声持续了好长时间。看不到它，它就在那里一直哭。

两只稍大的鸟急匆匆飞过去，几乎是在那根苇草边擦翅直接落下，消失在草丛里。它们的飞行轨迹堪称完美，就像用铁丝折成了一个直角。

应是小鸟的父母。小鸟儿得了安慰，或者得了一只虫子哄，不哭了，安静了。

树下来了俩老头，在谈论六味地黄丸的事。

我离开，没有等到鸟重新起飞。手机写到这里，一只雪白的大鸟在眼睛余光里掠过。抬头来得及捕捉到它消失在远处。我能想到的唯一的词是：惊鸿一瞥。这就是惊鸿一瞥。

如果此时你的心静若止水，你又正巧看到了它，那么它就像在池塘里投进了一块石头，水面要荡动一阵了。

6. 嫩燕子

燕子回来了。很嫩的小燕子，说话慢慢的，飞得也慢，只在高空笨笨地翻着小翅膀，像麻雀。

大燕子是上下翻飞，翕乎往来。丢下一连串呢喃，看见它飞走消失了，才来得及听到它的话。大燕子发声是干脆利落，不像小燕子带着粘音。

7. 来看我的戴胜鸟

两只戴胜鸟，飞在我身后不足五米远的栅栏上，看我蹲着干什么。不太惧生，反倒有点欺生。我回头时，一只还偏一下脑袋，头上的羽冠更神气，那意思像说：

“嘿，没带相机吧？就是让你拍不着。”

我往起一站，它们眼花缭乱得不见了。空气中振动的气流久久未散开，我在其中，等它们翅膀打开的气流，轻轻地一股一股绕过我头顶，脖子，脸，耳朵，把我手中的香烟升起的烟雾弄得凌乱。

8. 又一次写到麻雀

麻雀是高度警觉的小鸟——它算鸟吗？过于普通，遍地都是。

观察到黄昏时麻雀的栖落和飞行，都是成对的。两对麻雀，面对四个方向。那是刚刚落下，严阵以待，合作监视环境。稳定下来后，变成每一对监视一个方向。

有一对飞走了。剩下的一对麻雀立刻变成背对背，各朝一个方向。

有个美国人著一书《鸟的故事》，董继平兄翻译，他近年译了许多美国自然文学的著作。那是一册真正堪称讲述鸟类生活的书，不像国内书胡乱吹牛，名不副实。比如讲到麻雀的智力活动——有只雄麻雀捡到一根好看的羽毛，衔回窝里，得意得叽叽喳喳飞高飞低叫。像个农民发了财满村炫耀。它邻居一只母雀，羡慕得不行，它一飞走就飞进去偷出来。但并不衔回自己窝，而是飞到树上找浓密树叶藏起来。

一会儿雄雀回窝，羽毛不见了。气得暴跳如雷。它首先飞到邻居母雀窝里，看看羽毛在不在。没有。于是蹿高飞低叽叽喳喳，那是骂了，像个泼妇骂大街。

那只母雀在附近树上，假装没事人看热闹。

等那只雄雀安静了，又飞走了。母雀飞到藏羽毛处，衔着返回自己窝里。它多么开心啊！于是蹿高飞低，叽叽喳喳。那不是炫耀，是按捺不住的开心。

这作者花了多少时间，精力，来研究一只鸟儿的活动。麻雀——这么普通的简直不能称鸟的鸟儿——我们对它们一无所知。我们鄙俗，愚蠢，几代人也只有单调的表象化的知识，只知道它们叽叽喳喳。

9. 揍麻雀的燕子

一只麻雀占了燕子窝，燕子摁住揍它，在停驻的汽车边的地上，两个扑扑地在地上摔打。燕子是舍了命不要的节奏，旁边站着的人们，它根本不管不避。麻雀可怜地尖叫着，燕子鸽住它的头，死不松口。

但是支持燕子。

它的窝精致，做来辛苦，岂能随便让人。麻雀窝也就是屋檐下一个小窟窿，与燕窝不可同日而语。

最糟糕的是，麻雀是个惯偷，老家贼。这个事恐怕不止抢窝那么简单。燕子外出时，麻雀会偷偷进燕窝，把人家的蛋卵推出去摔碎。以前发生过这样的事。

10. 绿头鸭

苍茫水色中，两只绿头鸭的爱情，一两个月前拍。现在，它们的宝宝该成堆在芦苇丛中嬉戏了。

两天后，新生的芦苇丛中，果然见到了成群小鸭。它们快活得唧唧叫着，钻来钻去，那般敏捷。

11. 呆鸟

一只呆鸟，一动不动差不多一小时。这期间我一直沿一条假装的河或走或立。

疑心是假的。意念一动，它忽然飞起来。

是黑鹳。

12. 红嘴蓝鹊

一种配得上赞美的鸟儿。飞舞起来，像个仙女。

近年家乡，这种鸟多了起来。

太原的，不如家乡的好看。不知是否品种有异。

看见鸟儿，你不能盯着它，要假装漫不经心，看一下不看一下，或者眼睛余光瞥。如果盯着，它害羞，一下不见了。

它可能还有害怕。就好比一个美女好看，你目不转睛地看，她一定心里发毛。

嗯，我年轻时见到好看的人，是那个样子。鸟儿觉得你想抓住它似的。

李商隐诗“青鸟殷勤为探看”，可指此鸟？

13. 偷柿子的鸟

接近正午，一群长尾巴的鸟来偷柿子吃。看不到它们的样子，树丛中偶见长尾巴一闪。

我路过，不是有意打扰，或驱赶。一只最先看到我的鸟（我没有看到它），发出嘎的一声叫，飞起来走了。是长尾鹊。

它叫的时候我本能判别，它是示警。像大喊了一声：“有人来了，快跑啊！”这声音里有惊慌，有不满，“讨厌死了这个人打扰我们吃东西”，当然有恐惧，大概还有谩骂的意味。

我索性不走了，站在篱笆外看着里面的树抽烟。不大一棵柿子树，不到两米高，结许多果，正是熟的季节。长尾鹊很清楚哪颗好吃。嘴又尖长，它很会吃，樱桃熟的时候它能把一颗颗樱桃转圈吃，果肉吃尽，只剩一个小小的核，顶在细细的果茎尽头。好吃的东西，它们似乎懂得不浪费，仔细吃完。

我觉得树上的果是乐意被它吃的。都是地里生出的呢，鸟和树，它们相互偎依，它们是一回事，几乎有血缘的亲近感。对我则不然。人类经过树，我仿佛能感觉到树上的每一只果子，都紧张地收拢，像人因恐惧而绷紧了肌肉。

我在树边，一只长尾鹊凌空飞来，自西向东。它飞来的方向看不到我。发现有人，它在空中直接掉了个头，向来时的方向飞去不见了。

它的飞行术真是高明。麻雀似乎做不到。麻雀急慌，我见它们飞行时高低忽焉，集群或散开都显得混乱。

14. 白鸟

一只雪白的大鸟突然显现，从西向东，从屋檐下向斜上方翻飞，消逝不见。我从未见过这样的鸟路过我家。它好像惊动了我心中什么东西，又带走什么，久之令我恍惚。

我在二楼的视线，与院中樱桃树平行。我望见鸟的腹部，擦着在风中晃动的树的顶端而过。

它展开的翅膀仍在眼前忽闪。最早瞥见它的刹那我产生幻觉，以为是大风搅动致使日光刺白舞动。定睛再看，只有树的叶片，在风中不断翻晃白光。

这鸟来过吗？

15. 鸟儿衔走我们的灵魂

我们若有所思的时刻，很像鸟群掠过那些树——停留还是不顾而飞，唯在一念间。

灵魂如鸟，树是随时随处可有的栖息之所。飞鸟过树，翩然而逝，再不能见，也很像人的灵魂。我相信人有灵魂。

我们老家的说法，人殁后，魂魄七日乃散。所以有守灵、辞灵之民俗。古俗要在黄昏，登屋顶而呼魂归来兮，谓招魂。那些上升的飞散的飘忽的魂魄，会偶尔站在树木尖梢歇息和回望吗？曾写下诗句：

“鸟儿衔走我们的灵魂。”

16. 灵之雀

一大片、一大片又一大片的梨花，高高低低沿路边延伸开去。有时树遮住了，或遇崖忽然不见，心里急切，像少年望见倾慕已久的女子在眼前消失。赶紧看路那边，啊，她在那边更妩媚。赶紧前行，啊，前面还是她亭亭站立。多么幸运的女子，在少年心目中，美得像十万亩梨花开放！

我的心荡动不息，我的心像一群麻雀叽叽喳喳扑棱着飞起来，飞得也不高，不快，还不知落向哪里。我一辈子了不知麻雀叫声里的情绪，我猜几乎所有国人都不知道。但这次我确定，这是一群惊喜的麻雀发出的叫声。

好的，我的灵就是那雀，它轻轻站在梨树之巅，这棵，那棵，还有那棵，一排排过去。我的灵要像雀一样小，轻，风微微吹起它的羽毛，它不会压坏哪怕一瓣梨花。我行车很远了，我的灵还在那漫野的梨花之巅的枝条上荡动，这只雀，那只，一大群都是。

“她用委婉的叫声把时辰弄弯”

1.

在夜晚，旷野，万物突然都活了。

我的每一根毛发都活了，感触所有的物。声音，风，风中的雨意，低低的云朵的微光，马上就沉没的月亮。在草丛里窸窸窣窣的刺猬，它身上的尖刺，它潮湿的鼻头。蛛网的拂动，树叶的拂动，低鸣的夜鸟飞过时气流的拂动。泥土上升的腥气的拂动，虫子在草窠里的微动，它细细的腿抓住的草叶的颤动。但是我听着一首死去很久的歌，循环了很久，停止了，它仍然在心里循环，一颤一颤。

2.

一只麻雀，从三四米处迎面而来。它的飞行轨迹，像从地面拉起一根松松垮垮的直线。它径直向我扑来。我这里的麻雀都不怎么怕我。我原以为，这个小家伙是恶作剧逗我玩，要贴着我头顶一跃而过，把我骑在下面。

但是它玩砸了。它离我约一尺远的时候我心想坏了，已躲闪不及。它迎头撞在我脸上，砰的一声。

我的眼镜歪了，它直接扑落在我脚下，扑腾翅膀跳了几下，慌慌地歪歪扭扭地飞走了。

我还没有遇到过这样马虎的麻雀。后来想起，它很小，应该是刚学飞的小雀。取下眼镜擦镜片，上面沾着一根轻薄的细羽。

3.

白天我遇到一群燕子。哦，是一群又一群，干旱的、不足小腿高的玉米，营养不良像饥饿地区的孩子，热气蒸腾的正午，路两边全是这样的玉米，有时是裸露着赤红土层的崖壁。一群又一群燕子围着细长土路上行走的车，上下前后飞舞，我在车天窗可以看到它们的腹部，很低很低。我觉得伸出手去，它们有可能站满我的胳膊。我几乎能感觉到纤细的爪子扣在皮肤上的紧张和疼痛。我不知道它们追着车子，是要做什么。我心里是希望它们环绕着前行。

我们这里燕子不是鸟，麻雀不是鸟，野鸡不是鸟，猫头鹰不是鸟，鹞子也不是，乌鸦喜鹊这些都不是鸟。从我有为人的记忆开始，鸟这个词好像专指我们不认识的飞行动物。我幼年最重要的理想之一，是做一只鸟，哪怕一天也可以，哪怕白天不能飞，晚上飞一小会儿，就一个晚上。

诗人江河写：

“她用委婉的叫声把时辰弄弯，

鸟儿徒劳无益地梦见了她。”

车停下来的时候，庙门不开。我来看望一位古人。叩门很久，没有人。村人说，看门人下地去了。也可能我来时就路过他。看他在地里弯着的腰身，或者他抬头时也望到我的车子离开。

一群燕子也停下来，站在我头顶的电线上，大约七八只。我只能以仰望之姿与它们目谈。它们很安静，不惧，不鸣叫，不躲闪。有两只向下望，剪刀尾巴翘了几下，动作很慢，像猫伸懒腰。在庚子年的夏天的正午，我记录了与它们的邂逅，美好，真实，热腾腾。

4.

一个小孩子，用尿绕自己撒了个圈，骑上小自行车快快地跑了。另一个拿着玩具枪追。

夏日黄昏，属于孩子们。夏日黄昏，像是所有人有过的神迹。这样的自由和快乐，以后，一生，就少有了。

5.

希望写出诸物的神性，诸物的灵。神性自在，你的笔如何契合它。它赋汉字以意义和不可思议。汉字不是散乱的肢体，随意摆布而了无生气，不是人偶。它意气风发，山峦奔腾。或柔肠百转，像鸣叫了整个春天你却看不到的鸟儿们。

世界动荡，弦歌不辍。不是岁月静好，是闻道有欣。是让时日具备意义，是内心镇静，有庄严，乃见诸物的庄严法象，有的颓败，坍塌，渐渐隐没于荒凉之中，书写仅来得及抓住它们归于消亡的瞬间。

6.

在河北寺庙拍到一种燕。不似寻常家燕，更迅疾，集群，空中的轮廓锋利如刀。它们飞起来像战斗机群，是投放地狱导弹的那种无人机。它像是苏莱曼尼的定制版。

古籍中的胡燕，不知是不是指它。

7.

一个女人，当街坐在路口，脱光上衣，好像是换衣服。我看到背心领从头发里钻出到取下的整个过程。刺白的很大的乳房下垂，在阳光里颤动了几下。她泰然自若，目不旁视，仿佛在自己家卫生间或者卧室。

路过后回头，她已穿好衣服，在整理上衣下摆，仍是自如的样子。

有病？乞讨？有难处？

我想着返回去，站住。她坐着仰头看我。她面目不难看，甚至有点清秀。三十多四十岁的样子。我问：“你在这干吗？”

她问：“你干吗？”声音细声细气，不像是病人，很正常的答话。

我说：“你需要帮助吗，要钱吗？”

她说：“要。”

我说：“你怎么也没个牌子？人们不知道你要干吗啊。”

她说：“我没有微信，就是现金……”

我没有零钱。身上找半天，有个五块钱。递过去，说：“你去买点吃的吧。”

她说：“这么点钱？你要饿死我啊。”

我有点蒙，反应不过来。旁边过来行人，一个中年男子，说，算了，她还嫌少？不用理她了。

走开好一阵，我还是没整明白这个事。她赤着脚，鞋在一边。她有一个包，是小学生那种书包，粉色，她一边和我说话，一边从书包里取什么还是装什么。

8.

大门口狗窝上的花又开了。

此花种植第一年不开。第二年稀稀拉拉。三年四年，于是花开不断。可见自由之艰难。熬不过去的，苗就挂掉。

春季花量大，开到初冬。雪落上去，蓓蕾就打不开了，小拳头一般举向天空，向寒风擂一个冬天，昼夜呜呜作响。五月，群芳怒放而归，带来整个天地的生气和灵气。

此花谢时，整朵飞离枝头，决然如易水壮士，洋洋洒洒，一瓣不剩。有时是五朵、十朵、五十朵，风起，如约奔向虚空！

鲜花枝头一朵，可杀千般郁闷。一花可见云朵、雷车、月光、鸟鸣，可见流水，可见昼夜忽闪，一花见神灵。

9.

有一些人，已经不在人间，还在微信中。今天狠心清了。一个已停的微信，也有一些，十来个，但那个停掉的只能看不能发不能评论，也不能加人或减人。怔怔看一阵，有点迷瞪。

我们活过吗？活了些什么？

有著作等身的朋友，一边离开，一边名字就销声匿迹了。

……我们写了什么，能留下什么？

如果说价值，真是不能够直面来思考。以后说起，也只是说，是个读书人吧。能得到是读书人的评价，已经算很好很中肯了，至少，说明在思考，在努力开阔视野。在努力想安静下来，保持内心。尤其在读书毫无利益、十四亿众普遍不读书的时代。

看上世纪，有些彪炳的名字因贴了某种符，还在，还不断被提起，但只是僵直的工具，简单得像农民拿起的一把镰，像弯腰捡起的一块石头。作品早没人看了。

想远处似乎痴傻，至少我自己因此感到些许羞愧。人们只说现世利益，要赢在当下，要抓住现在，此刻。明天都来不及考虑。变数那么多，先活着再说吧。

10.

午夜的树，微光中神秘而昂扬，是一个人一生中最好的样子，自信、坦然、愉悦，还有一点看不透的神秘感。

待叶枯落，披了雪，入夜，我再来拍它。

九只鹰

1. 鹰中之虎

现存最大的鹰，又称鹰中之虎，食猴雕。展翅达 3 米，体重 6 公斤，体长近 1 米。发怒时发冠直立，唳声高亢。寿命 30 年，最长可达 60 年。

凶猛，因在丛林中常被猴子激怒，故捕到猴子后残忍对待。我怀疑猴子也干坏事，比如倾覆鹰巢，砸烂鹰卵。最近的研究表明，食猴雕杀死猴子但并不吃它。

食猴雕一夫一妻制，两年才产一两颗卵。它有异常孤独的性情，一生只求一侣，任何变故无法撼动。

产于菲律宾，为该国国鸟，又称菲律宾鹰。这是我们时代还有可能见到的物种，下一世怕是难了。菲律宾鹰现存不到 500 对，更严格的说法是 300。

地球上出现过的最大的鹰是阿根廷巨鹰，古生物学家根据化石还原，巨鹰张翅六七米宽，体重 70 公斤，据说可以捕食剑齿虎。它可以活 100 年。巨鹰生活在 600 万年前，有人认为 300 万年前仍然存在。它的灭绝是因为没有敌人。

巨鸟之影，闪回在人类模糊的记忆中。西亚神话中有一只巨鸟叫因度古，又称风暴之鸟，它甚至可以抓起大象。古印度有一种神鸟，它是地狱之蛇的克星，以巨翅挟持过月亮。我认为中国的鹏鸟，原型始于印度。

个人相信，人类见识过数不清的巨鸟。人类在它们的腹下一代一代生活，曾经惊恐地躲避它们在地上的投影。——然后，投影越来越少，几乎没了。

2. 最大的鹰

人类有明确记忆的最大的鹰，是哈斯特鹰，新西兰南岛在它们羽翅之下。哈斯特鹰的名字，意思是“长有捕猎用钩爪的鸟”。

它以今日早已消亡的恐鸟为食。恐鸟最高达 3.5 米，重 250 公斤。毛利人进入南岛之后，人与鹰发生冲突，鹰也以人类为食。它从高空以时速 80 公里的速度俯冲而下，一爪插裂人类头骨，或扭断人类颈椎。至于叼走儿童，则是寻常之事。它因此又被叫作杀人鹰。

毛利人的神话里，它们的出现便代表灭顶之灾。今日古生物学家研究，发现了哈斯特鹰食人的证据。

和动物界惯常的情形不太一样，哈斯特鹰和其他鹰类都保持着雌性大于雄性的特点。雌鹰最大张翅 3.5 米，体重 18 公斤，身高 1 米。它的体重几乎接近鸟类可以飞行的极限。双肢强健有力，一蹬腿一个跳跃即可起飞。

哈斯特鹰灭绝于食物短缺：人类屠尽了不能飞行的恐鸟。人类对鹰的攻击，也是次要原因。

大约 500 年前，人类能望到的天空，再没有出现过哈斯特鹰。十九世纪有探险家称在南岛，捕捉了两只巨大的鹰烤食，称其味甚美。若有此事，也可能夸大了鹰的体形。一般认为哈斯特鹰不可能存在了，否则无法解释几百年的断裂。

500 年前，是 1500 年左右。这一年建立第一个日不落帝国的西班牙国王卡洛斯一世出生。当年 3 月 9 日，葡萄牙航海家卡布拉尔率船队远征印度。中国是明朝弘治十三年。明孝宗朱祐樘在位。这位出身卑微、在万贵妃把持的宫廷中被藏起来才免于死亡的皇帝，在史上有不错的口碑，说他可与太祖成祖并提，而又比他们宽厚。孝宗仁心，几乎不像是出自朱氏一脉。纵观明朝 276 年，一直到歪脖子树上的那位，狠毒刻薄皆一以贯之。

但 1500 年的孝宗已进入晚年昏聩，或正从昏聩中惊醒和走出。他曾杀了一个玩弄权术的太监，这太监叫汉代名将的名字，李广。他派人去李广家搜寻天书——古代的皇帝老儿，一老就想长生不死，却只搜到李广作乱的证据。

历史留给他纠正错误的机会不多。再四年他就死了。国家仍然陷在宫廷内斗中，这要耗国家行政力量的六成成本。维系庞大帝国秩序则耗尽其他行政力量。没有人能预见帝国 130 多年后的崩溃。

同样，没有人对帝国之外的世界有什么兴趣，世界，对明朝人来说荒漠而荒凉，不值当涉足。这么大的国家这么短的人生，应付个人日常和各种层面的国家事务，已耗尽人们的全部气力。这是个丧失天真之力，丧失冒险精神和好奇心的国家，人民在童年之后就已经老了。

没有人知道天荒地老之处的大老鹰。连关心、好奇都不会，涉足前往，更绝无可能。你知道个鸟，有什么鸟意思?

到今天也仍然是这样。你知道个鸟，有什么鸟意思?

1500 年也有例外。当年，一个猎奇的人出生了。他后来在故事里进行了漫长的历险，其中写到一只金翅大鹏，还写到九个头的鸟儿。他叫吴承恩。

3. 角雕

哈比鹰，美洲角雕，名字源于希腊神话人面鹰身的怪物哈耳庇厄，它负责将死人带到冥王哈迪斯面前。哈耳庇厄一出现，所有的食物便发出恶臭。

哈比鹰长着人脸。雨林土著人忌惮它，不敢冒犯，因为担心被报复。印第安神话里，也有类似希腊神话那样的死者禁忌。

角雕是猛禽，最大的鹰之一，翅展 2 米，站立 1 米。雌性比雄性体重重一倍，接近 20 斤。除人类外没有天敌。

双爪握力达 200 斤，爪子可以包住成年男人的拳头。爪长 12 厘米，刺穿较厚的铁皮，不费吹灰之力。

这么大的鸟，飞动几乎没有声音。它的目力惊人，在 50 米空中可以分辨地上爬行的蚂蚁。

作为空中王者，一对成雕要统治 20 平方公里左右疆域的森林。雕把巢筑在 40 米左右高的树上。每次产两卵，150 天孵化。有一颗卵成功，它就放弃第二颗不要了。残忍而果决。大雕养孩子是很累的事。幼鸟四五岁才完全成熟呢。

巴拿马以哈比鹰为国鸟。有人觉得它呆萌，起名傻雕。

这种鸟现在也不多。生物学家观测到的野外巢穴，美洲仅 40 个。

4. 鹫

汉语模糊，一切空中猛禽皆呼为鹰，或雕，小一点叫隼。其实有许多不属于鹰。鹫是。俗语里的坐山雕便是指它，特指高山兀鹫。

一般而言，鹫头部无毛。鹫能飞到 11000 米高空，飞行能力可与之相匹的唯有天鹅。它的活动范围达数千平方公里，能够连续在空中飞行十小时。因太高，发生过秃鹫被飞机引擎吸入的事故。它在极高的空中，也常被人类误认作路过的飞机。鹫牺牲鸣管换来飞行高度，叫声只限于咕噜和嗞嗞声。所谓鹰唳九天，不属于鹫。

鹫食腐肉，是人类畏惧它的原因之一。它聚集在天葬台附近，终日等待着。曾有鹫因进食太多，以致飞不起来。

西语里鹫的名字，本意是撕裂者。它能够将庞大动物的尸体肢解开来。鹫很少主动猎食，专吃腐肉。它因此又被称作草原清道夫。当啄食尸体，它的面部和脖子会变得鲜红。在食物匮乏的时候，它也会捕食一些鸟类鼠类。

鹫做多巢备用。有说法称，是为了让巢中的细菌灭掉。鹫把巢穴弄得恶臭难闻，以为保护巢穴之道。它还排泄在自己腿上，用来取凉。

鹫生活在人迹罕至的荒凉地带，以及更为荒凉的天空。至今不能找到鹫的尸体。它死在哪里？

据说秃鹫预感到死亡临近，就朝高空飞去，向太阳翱翔，直到太阳和气流将身体消融。也有人指出，秃鹫死前会飞往很高的山峰，最终其他活着的同类吃掉其尸。

玛雅人遗留下来的文献，记载了对鹫的恐惧：当鹫的飞影遮住了人的影子，死亡就降临这个人。他们所指的鹫现在叫作王鹫，是一种羽毛鲜艳的鹫。玛雅人消亡很久了，飞在他们头顶的王鹫仍然飞在人类头顶。

鹫类比较特别的是胡兀鹫。古希腊悲剧作家埃斯库罗斯死于胡兀鹫。空中飞行的鹫以为他的光脑袋是石头，就把一只大龟精准地抛下来。埃斯库罗斯是个喜欢获奖的作家，一生在雅典诗赛中获过十三次头奖。

胡兀鹫因颏下有一绺黑须而得名。在鹫类中，唯它不愧猛禽的威名。胡兀鹫不食腐，不吃肉，专吃骨头。它会带着猎物高飞，摔碎，等其他食腐类动物吃干净，再去拾掇心爱的骨头。它的喉咙宽大，张开可达 8 厘米宽，可以轻松咽下骨块。胡兀鹫也吃其他小型哺乳动物，或昆虫、龟、蜥蜴。

胡兀鹫时常在高山地区，有意惊扰羊群或其他猎物，使它们跌落摔死，以取其骨。有过伤害儿童的记录。人们痛恨它，在欧洲，一度捕杀它。意大利的胡兀鹫 1987 年宣布灭绝。近年因为得力的环保，以及人类有组织放飞动物园胡兀鹫以丰其类，胡兀鹫又多起来。

胡兀鹫和金雕出于争食，或保护领地和巢穴幼崽，会空中厮杀。云南澜沧江护林员见过，一只金雕、一只胡兀鹫，撕打着从高空坠落在河冰上。胡兀鹫不得动弹，金雕也摔晕了，爬起来摇摇晃晃试图飞逃，被护林员捉住。

金雕基本无碍。胡兀鹫舌头出血，缺了一块。一只翅膀被啄伤。注射药物之后，数天得以恢复，与金雕次第被放飞。

我的时代对鹫的认知大抵如此。后人会印证其中谬误，斥之以妄吧。今日我们能读到的许多古代志怪书，我想作者当时都是一本正经，凝重书写。他们总结了他们时代对物种的认知。我一样。

5. 金雕

以一只金雕的视野掠过群山，该是何等地壮观！

2020年元月元日，徒步五台山，在北台顶，在身体极度的疲惫中，我望到过空中游弋的大鹰，两只。虽然高远渺茫，但就体形和飞行之姿来看，我确定它们是金雕。今日回想，又记起2019年在故乡的历山，高不可攀的悬崖上飞舞的鹰影，也是两只。它们应该也是金雕。

金雕占领北半球天空，盘旋在高山之中，草原戈壁之上。在海拔4000米以上仍有它的飞影。雪崩乍起之时，它以320公里的时速，展翅两米，冲破弥漫的雪雾而出。

金雕并非金色，因阳光照射泛出金光而得名。古代，金是神圣尊贵之色。金雕的名字，已含有古人的至高赞美。

金雕有很多谱系，一般最大13公斤，体长可达1米，腿爪全部覆有羽毛。

它在高山峭壁之巅，以及空旷处的高大树上歇息，或在荒山坡、墓地、灌木丛捕食。一般独猎，或一对夹击，偶见20只左右的大群聚捕较大的猎物。

运载能力一般不高，捕到较大的猎物时，就在地面上肢解，先吃掉好肉和心、肝、肺等内脏部分，再将剩余分批带回栖宿处。

雕巢由枯树枝堆积成盘状，结构庞大，外径近两米，高达一米。人说狡兔三窟，鹰巢更多，备用巢最多竟有12个，间距一公里左右。它是在最接近天庭的地方，构筑豪奢的宫殿。

金雕的寿命，不过 20 年。驯养的略长。所谓鹰四十年一涅槃，拔羽凿爪，重新生出，不过是杜撰胡扯。

金雕食谱丰富。它有自然界的制空权，空中地上，除了猛虎，无物可以敌它。它在空中击乱鹤阵，擒杀丹顶鹤，白羽纷纷在身后飘零，疾如一阵落花。它在喜马拉雅山堵截越山迁移的候鸟，甚至自尼罗河而来的天鹅。虽然唯我独尊，所幸并不贪婪，果腹而已。顶多是在它的多个巢穴里储备一点。

孵化出的幼鸟，雕带回食物喂养，但首先喂最强壮的一个。这是雕界严酷的自然法。偶或发生壮幼雕杀死弱幼雕的情况。

雕能捕杀许多远大于它的走兽，包括一些猛兽。杀羊，在山崖上抓住羊扔下摔死，杀狐，它从空中带着加速度直冲而下，一爪就抓碎了狐狸头骨。杀狼，常有大狼毙于其爪下，有一只金雕，曾猎杀 14 头狼。

金雕偶有伤人记录。2017 年 7 月 19 日报道，吉尔吉斯斯坦某女童与父母出席传统活动，被一只金雕误为猎物，险被挟走。

当鹰巢被倾覆，鹰雏失窃，金雕有不共戴天的复仇意识。仇恨加深记忆，不可磨灭，唯死方休。

2018 年黑龙江农民吴永田遭金雕空袭，被抓伤头皮和手臂，额头撕下一块肉，肉绽骨出，缝了 40 针。他不知金雕下一次什么时候来。这已是第三次遭遇捕杀了。起因只是他在鹰巢捉了一只雕雏。死了，他又把它做汤吃掉。

在最极端的情况，失雏的金雕甚至捕杀一只豹。以锋利的爪子和喙在树上肢解，啄食。我见到过这样一个视频。

在古巴比伦和罗马，金雕皆为王者象征。中国北方民族有驯养金雕的传统，用以捕猎，护羊群，也用以战争。据说金雕猎鹰始于公元940年，但显然不止，唐朝军队里已有巨大的鹰存在，只不知是否有金雕这一品种。个人认为突厥、吐谷浑、吐蕃这些部族，都当训有金雕，唐的鹰类泰半自少数民族而来。

在新疆阿合奇县，一位柯尔克孜族驯鹰老人说："在古代，驯养一只好金雕捕猎，可以养活一家人。"目前哈萨克族金雕狩猎者仅存约400人。驯养金雕，成为艰难无法维系即将消亡的传统。

金雕是人类冷兵器时代伟大的传奇，它与奔马一起，把天空和大地合二为一。时间忽然加速，所向披靡。

今日世界，意大利的巴里机场，为了驱赶狐狸等动物侵扰机场跑道，以及乌鸦等鸟类在空中的干扰，启用过一只金雕做"带刀侍卫"，它名叫夏延。夏延是德国鸟，有一丝不苟的敬业精神。自它到来，机场鸟兽纷纷然逃回森林。它仅6个月大，已可抓起重达约18.2公斤的物体，相当于自身体重的三倍。

6. 鹞子

鹞鹰曾经盘旋一代代人的村庄上空，不止以千年计。我生活的时代，不过40余年，它几乎已在所有村庄上空消失。这样的事，人们反应是冷漠的。

我也想到想象的重要性。人类望着鹞鹰的飞影，发呆几千年。于是终于有了飞机，有了命名鹞鹰的战斗机……

鹞就是鹞子，鹞鹰。和苍鹰很难分辨，只是体形小，仅相当于苍鹰的一半多一点。两者皆在森林空地活动。就凶猛程度而言，不相上下。

鹞子善于捕食飞鸟，故又称雀鹰。麻雀，比它大得多的乌鸦和喜鹊，鸭子，鸡，鸽子，斑鸠，都是菜。

鹞子有虎的捕食特点，潜伏，袭击，迅疾，一击致命。每小时可飞数百公里。连续 1000 多公里不间断。飞行有力而灵巧，鼓翼与滑翔相间，能巧妙穿梭于树丛。

鹞独行于天空，有时成双狩猎。这是一种因天赋而孤独，并享受自己孤独的物种。它在空中欢喜起来，舞蹈起来，一飞冲天，陡然翻身俯冲。见到的人为之心醉神迷，一个名叫鹞子翻身的武术动作出现了。

鹞并不常在天空深处，而是在树丛里。它能紧贴田野低空飞行，拢翅穿越篱笆上的空隙而过，不减其速，直奔猎物。它向下消失，再起飞时爪下已有一只鼠。

对于大的猎物，比如乌鸦，它的进食方式残忍，直接摁在地上拔毛。凶猛和勇敢很难分辨，就像我的时代，人们常把勇敢与凶暴混为一谈，把懦弱与善良混为一谈。我要特别指出的是，大善若勇。因善良而勇敢，是真正的勇者。

我看到一个喜鹊遇难的视频，喜鹊嘎嘎叫着。鹞鹰站在它身上，一下又一下地啄毛，很快一地鹊毛乱飞，喜鹊的叫声仍未停止。是腹下的软羽，我猜度那只喜鹊具有的疼痛，但没有谁救它。喜鹊来了几只，飞落前后，只能起到稍微的干扰作用，无法援手。另一个视频里，鹞鹰捉到一只乌鸦，如法炮制。来了一大群乌鸦，黑压压摞上去。乌鸦得救了。

这情况很少。难能有雀在鹞鹰爪下逃生。

老鹰捉小鸡，捉鸡的很多是鹞鹰，而且不是小鸡是成鸡。鸡存留着对鹞鹰恐惧的原始记忆，鹞影在阳光下闪过，鸡便惊慌失措，有时吓得傻掉，原地瘫痪不能动弹。鸡瘫在那里，只遗下粪便。

人类驯养鹞鹰狩猎，或传递军事情报，由来已久。唐太宗有一次嬉戏心爱的鹞鹰，耿直哥魏征来了。太宗惧怕魏征写谏书，赶紧把鹞子拢在袖里。魏征假装不知，喋喋不休说了很久的话。他走后太宗拿出鹞子，已经闷死。

可惜了好鸟。不过我对驯鸟没有太多好感。鹞子，它本应该就是不驯的。

鹞鹰太快，很少有人有机会近距离观察到它。当代有那么多国画画鹰，我猜许多画家，一生都没有研究过一只鹞鹰。

我有幸切近观察到一只鹞子。它停留在 9 岁的昏暗记忆里，顽强不退，一日清晰过一日。是大雨黄昏，鹞子视线模糊，捕捉院里铁丝网中的鸡，爪子被缠住了。它原来这么小，雨淋湿后更小得可怜。它扭头看我，目光清澈，凌厉，桀骜，穿透时光而来。

写下这句话，我再一次感知到被那只鹞子的目光逼视。场景中有一只鲜血淋漓的手，背部被撕开，见了白骨。是伸手去捉的我的母亲。她当时比我现在年轻。

鹞子是一个少年。坚忍，野性，敏捷，自然，不驯服。它穿过一生，在渐渐朽坏的皮囊之中，绝不改变。

2018 年，2019 年，春天，正当此时的花开时节。我连续见到鹞子，在果园的铁丝网上。已经风干，凭借羽毛和勾喙，利爪，我还是一眼认出它。黄昏的风吹动，花瓣纷纷，羽毛拂动，仿佛依然活着。

它让我心魂摇动，肝胆若裂。连续一周，眼前不时出现这画面。

然而它的神不死。它的天空和行程，不可能永久被网格化。绝不会。鹞子代代相传。鹞子是不死少年。

7. 苍鹰

光天化日，苍鹰一击而擒杀夜枭。没有打斗，白天活动不便的猫头鹰毫无反抗之力，懵懂中已丧命。意识消失之时，它可能本能地丢出一串黑暗中的笑声一般的鸣叫。几千年以来，人们都认为那是可怕的声音，闻者不祥。

鹰爪粗壮，强健，精准，一爪可插入猎物心脏，或击碎头颅。苍鹰与鹞子的分别，除体形差异，便在爪子。后者像铁丝，前者则是钢筋。苍鹰的尖喙锋利，啄的最高速度是每秒 22.5 米。一爪刺穿胸膛，另一爪剖开猎物之腹，拔毛，饱食鲜嫩的心、肝、肺，剔除不能食用之处，带回巢穴。有说法称苍鹰是爱洁净的猛禽，可能是见到它把稍大的猎物摁到水里淹死。它甚至淹死水禽。

捕猎技能全面，集力量、速度和敏捷于一身，爆发力强，飞行中陡然加速。它在空中截杀飞鸟，在地面生撕雉鸡，在水面叼起游鱼，追赶和杀死见鹰影而拼命奔跑逃窜的强壮野兔，也徒步在灌木丛追鼠。

苍鹰鸣叫尖厉，高亢，洪亮，匹配荒原秋风的肃杀。一般所说的鹰唳，便是苍鹰。汉语境所称的鹰，老鹰，大老鹰，一般便指苍鹰。老有尊意，比如老虎，老师，比如自称老子，老娘。

苍鹰是森林猛禽，善于隐蔽，除了迁徙季节，人少能见到它。它穿行于丛林如庖丁解牛。九天翱翔也罕见，那不是它喜欢的行为。高飞鸣叫，往往出于交合之乐。这么凶猛的鸟，交配只在几秒内结束，想来令人耷然若丧。

苍鹰枯树，是画境，也近实境。苍鹰常在树间。目光炯然，洞若观火。它振翅刹那，便有生灵定大限。出爪几无落空，狐狸，野鸡，兔，鼠，或者鸦科，也在广阔水面擒走野鸭。

斑鸠振翅，发出哗啦啦声响，苍鹰起飞几乎没有声音。张翅 1.5 米，测试中轻而易举穿过两人中的间隙。

左牵黄右擎苍，苏轼的苍当然是指苍鹰。苍是青黑的颜色。

苍鹰青壮时又称黄鹰，再长色泽变深，称青鹰。雌鹰比雄鹰颜色深。

苍鹰寿命达40年。阅历极深的鸟，有可能积累并传递智慧。

汉语里对苍鹰极尽赞美。它背负青天而俯瞰人间。鹰唯有在与犬连用时产生强烈贬义，仿佛有对不问良知的残忍凶狠举止的切齿之声。

新疆，青海，西藏，皆有苍鹰亚种。苍鹰全世界10个亚种，中国有其五。

南方的苍鹰，4月下旬迁往东北亚。群鹰的迁徙是庄丽的行程。

庚子年，无比艰难的春天终于来临。关关雎鸠，鹰求偶的季节到了。

8. 游隼

游隼鲜有失手，鲜有败绩。游隼捕捉了一只乌鸦，站在其上摁住拔毛。吃痛的乌鸦挣扎，居然翻身压住游隼。鸦似乎愣了一下，赶紧逃跑了。

游隼翻过身来，没有追击。默默在地上站了一会儿。我们发现，它残疾，只有一条腿。

眨一下眼，它不见了。

游隼是空中游侠，所向披靡。它仿佛专为天空而生。但游隼是个不大点的鸟儿，寿命也不比苍鹰，只16年。

它天马行空，无所畏惧，独来独往。酷爱逆风飞翔，形同炫技。

游隼快如闪电，人类极少看到它，更看不到它捕猎经过。有一只绿头鸭正在玩耍，忽然倒地毙命。摄影师放慢 50 倍速度才看到，一只游隼掠过，在绿头鸭头上拍了一爪。

鸭头碎了。

游隼和鹞子、苍鹰相像，体形大于鹞子，小于苍鹰。但后两者不属于隼类。

游隼是世界上俯冲速度最快的鸟，达到 389 公里的时速。垂直速度远大于直升机，直升机一般在 250 公里左右。游隼因此又被称为动物界的空中子弹。

游隼结束俯冲时所承受的压力可达 25 倍重力，是动物中最大值。

游隼脑袋灰黑色，从眼睛向下有一条粗黑髭纹垂直，头至后颈一体，如戴黑盔。翅长而尖，呈三角。战斗机模拟了它的翅膀。

游隼是鸟类噩梦。全球 10000 多种鸟，2000 多种是它猎物，包括同科小型隼。发现猎物时它快速升空，占领制高点，锁定目标，将翅膀收拢，自由落体之姿，从上至下，循螺旋线状向猎物俯冲。它还在下坠的空中扇动翅膀加速！

它一小时内进行四次战斗，四战四捷。在高空一连两脚，把两只体形数倍于它的鹈鹕踹下天庭。鹈鹕垂直落下，跌向海滩，一踹已致命。第三次，它呼唤伴侣杀向一只金雕，巢穴在附近，不容他物威胁。那么大的金雕毫无办法，只能依靠飞行本领闪避，在游隼斜冲伸爪时陡然翻身，腹部向上，躲开一击。它保持腹部向上平行飞了一段，翻身逃离。第四战，一条蛇靠近巢穴，穴中有幼鸟。这逃不过远处刚结束战斗的游隼犀利的眼睛，它赶回，一爪捣烂蛇头。那么长的蛇，它一点一点吞下。蛇尾还在尖喙边晃动的时候，它仰直脖子，脖子向上，垂直，再向后仰。它保持不动之姿有 30 秒钟，像人类被食物卡住。它吃得太快了。

游隼还有自然界罕见的才能，便是传授雏鸟捕食技法。它是为了飞行进化到完美的鸟儿，但没有进化出适应农药剧毒的能力。

文明世界的鸟类研究机构，在包括游隼在内的许多猛禽脑部血液里，检测出微量农药。

有毒的化学物积累到猎物体内，再被游隼摄入，使它们卵壳变薄，孵化过程中极易破碎，最终导致游隼不育，雏鸟畸形，成鸟和雏鸟大量死亡。

一个视频，录下了卵壳逐一破裂时游隼的表情。它像是难以置信，偏着脑袋怔怔看。它踱了几步，发出惨叫。它飞起来，空中盘旋，一阵阵的惨叫回旋。那是接近人类哭天抢地的一种声音。意思大概是说：这是怎么回事啊？怎么可以这样子啊！

9. 猫头鹰

几千年里，猫头鹰的叫声，是人一生的深刻记忆。临死的恍惚中，仿佛又听到鸣叫，于是知道可以死了。

很少有人在山野见到它。见没见过，有什么关系？好吧，的确与饭碗没关系。

也绝少再有人听到它鸣叫。它渐渐走入书本之中。在中国，它其实一直以书中的标本，一代一代以讹传讹。固化的社会，排斥求知精神的文化结构形态，使人远离科学精神。无人对猫头鹰这一物种进行研究。

《诗经》说玄鸟是商人的始祖，所谓天命玄鸟降而生商。何为玄鸟？有人说是燕子，后来又说是凤凰，代表人物有郭沫若、闻一多等。最近的研究结果，倾向于认为玄鸟是猫头鹰。妇好墓出土大量玉饰，唤作玉鸱鸮。鸱鸮是猫头鹰的名字。

猫头鹰又叫夜枭，古人也称之为怪鸱、鬼车、魑魂或流离。先秦时它有不好的名声，庄子设喻就提到它。西汉起它完全成为邪恶的象征，著名的人物是通鬼神之道的贾谊，一个怀才不遇早死的文士。从他的事迹和文章来看，这个人的确是有才能的。即便不能说是人中之鹰，他也是人中之猫头鹰。

魏晋文学家陆机著《毛诗草木鸟兽虫鱼疏》，胡扯猫头鹰长大后食其母，这在强调孝道的千年时间里，为猫头鹰一语定性。一直到明代，李时珍著本草，仍然一本正经地写下对猫头鹰的惊恐。

我不知重述古人谬误，有什么意思。那么算了，打住吧。

猫头鹰昼伏夜出，飞行几乎无声。人对它畏惧，因为人是惧怕黑夜的动物。猫头鹰是鸟类，却长着人脸，人们由此想到怪物。作为一只鸟，它在黑暗里发出人一样似笑非笑的鸣叫，难免让人毛骨悚然。

乡俗中，听到猫头鹰笑会死人，似乎的确如此。又说晚笑老，早笑少。现在认为，人死前会散发某种人所不觉的气息，恰恰猫头鹰可以嗅到，于是鸣叫。须知猫头鹰的叫声并非只有笑声，唯有在求偶或其他兴奋时刻才如此发声。

最爱放声大笑的一种，就叫笑猫头鹰。它已于 1914 年灭绝。最后看到它的人是南坎特伯雷的布鲁科科夫。

猫头鹰现有 130 多种。大到雕鸮，小到仓鸮鬼鸮。仓鸮长着惨白的脸，的确吓人。雕鸮白昼也活动，凶猛不怕人类，当幼鸟被骚扰时会发起攻击。它也猎食雪鸮，有时吃农场的鸡及狗。

一般所说的猫头鹰，主要捕鼠。最多一夜可捕六七只。一只猫头鹰每年捉 1000 多只老鼠。

猫头鹰是色盲，牺牲对颜色的分辨来换取夜视能力。脸部羽毛成放射状，形成一张大大的人脸，那些羽毛帮助它搜集声呐信息。

猫头鹰的大眼睛固定在眼窝里，双目向前，不能转动。它依靠转头来观察事物，头部可转 270 度。两目视区重叠，有助于精准分辨距离。

猫头鹰白天偶尔捕食，但显然不及夜晚敏捷。白天休息时，睁一只眼闭一只眼。一只猫头鹰被几只乌鸦大白天逼住，只能自保而已。它在树枝上栖息，竟被苍鹰捕杀。另外的视频里，猫头鹰夜晚捕杀了一只乌鸦。它不断掠过白头鹰的巢穴，啄它一把就跑。白头鹰一脸懵懂，不能辨别攻击的来源，不能防备，只是疼痛尖叫。它多么盼望天亮啊。

《周公解梦》称，梦见猫头鹰会丢孩子。未婚男子梦见，会娶一个好斗的妻子。莎士比亚的《尤利乌斯·恺撒》和《马克白》中，猫头鹰叫声预示死亡。据说恺撒在听到猫头鹰叫声后，说自己希望突然而死。今天见到一本叫《遗言图书馆》的书，一个医生给自己量脉搏时死亡，死前说："停了。"

与死亡和厄运联系在一起的猫头鹰，其实是可以亲近人类的有爱的小家伙。有只猫头鹰被救放生，多年一直坚持给恩人送死老鼠。

鲁迅则说：

"爱人赠我百蝶巾；

回她什么：猫头鹰。"

那些不知何故，在黑暗中发笑的夜枭啊，我也应当为它作一首诗。

我亲见过一只猫头鹰，不止一次，或午或日暮。那个我像另一人，一个与我现在无关的少年。猫头鹰蹲在村落之间荒僻土路边的树上。树很矮，记得是松树。我只有一次鼓起勇气抬头看它。它的确是睁一只眼闭一只眼。一路硬着头皮走下去，脖子凉凉的。

春天啊，万物如此饱满

清晨的天空中，布满了斑鸠的鸣叫声。我一直奇怪它如何发出低沉却极具穿透力的声音，咕咕——咕。家乡的叫法是：老婆儿拔谷。斑鸠鸣叫的时节，正好谷子要间苗。但斑鸠的色泽，与春天北方田野的灰黄混为一体，鲜能发现和看清它。

这一次我亲见它如何发出鸣叫声。站着，伸长了脖子，脖子呈弧度弯曲下去，到接近爪子的地方，才吐出三个咕字。抬头，再伸长脖子，如此往复。

它费这么大劲叫，是要干吗？显然不是为娱乐。这是一种庄重的叫法。我想斑鸠不会一边飞一边叫的，起码我未亲见过。它的叫声几乎是用尽力气，需要站住，抓紧栖落之处，连爪子也要发力。

很快有了答案。又飞来一只斑鸠，两只几乎重叠在一起。我简直担心它们跌落——各种复杂动作快得看不清，像人类亲吻的动作，挥动翅膀的抚摸，眼花缭乱的动静轻微却高难度的舞蹈——比如不飞，只舞动翅膀停留在空中，还伸出喙去梳理对方羽毛。我想到夏加尔的一幅画，一对情侣飞在空中，一方伸长脖子扭回去吻另一方。有时他会画一头温柔的白牛。牛是见证者。那么对斑鸠来说，我现在是那头牛。

但是斜斜又来一只斑鸠，直接插在两只之间。片刻混乱，有两只飞走了。剩一只呆呆站在栅栏上，像房顶上永远不动的瓦鸟。我朝它挥手吓唬，它不理我，不动。这是一只万念俱灰的鸟吗？是否刚才瞬间已错位，最后飞来的鸟领着情侣中一只远走高飞？这可真是光天化日之下的私奔啊。更何况，我还看着，老虎也跟我看着。当着两个见证者，它们居然如此。

但也许，待着不动的是雌鸟？它等待那两只雄鸟的对决。胜者为它的王。

我不能辨雌雄。又或者是最后飞来想横刀夺爱的那位。过度的自信惩罚了它。它悻头悻脑地站着，羽毛愈发灰了，肥嘟嘟的身体仿佛也缩了一圈。

我没有等到看结果，出门。沿路发现好几次斑鸠，又有两次，是见到三只斑鸠的情感纠葛。也总是两只飞走，一只灰溜溜站着不动。它那么沮丧，我看它连觅食的欲望都没有了。

春天啊，万物如此饱满。万物有生之欲。然而，从来是术业有专攻。我不如那只胜鸟。

诸物之美

媳妇妈

老家方言，叫麻雀：媳妇妈。

它轻俏麻利的样子，倒真的像个眼尖嘴快的小媳妇——不对，它可以教年轻的小媳妇。

不可小觑此物。它居于人类檐下，低头却不失自尊。逐人群而居，又不失自由。被捉的麻雀往往暴躁而死，难养活。很多动物的很多品质，人类所不能及。

据长期观察，媳妇妈群体有报警制度，有斥候打探情报。它们有奇怪分工，但不能详。雀误食有药的食物致死，其他麻雀便不再碰那食物。

天冷下来的十月初，我在檐下清晰听到了雏鸟的啾啾声，像是召唤、催促父母拿回食物。抬头看了很久，看不到它们。有一缕羽毛、干草等物合在一起而成的长长的丝状物，从檐下的小洞垂出，微微晃动，像人的丝巾一般。那洞该是雀窝。

小牵牛

亲爱的清晨，一朵小牵牛花也可以这么可人。细蔓的阴影映在上面，仍在攀爬，人面感觉不到的秋气中蔓微微晃动，但辨不出是风，还是它生长的动静。这小东西抓紧不多的时光，尽力伸展腰肢，彰显其美。

再一次得一年。但它已准备好了。地上落满它黑色的圆球状的籽，微如米粒大小，有时沾在老虎的毛发里。

老虎不喜欢这些种籽。有次见它在地上舔一下，开始不断吐舌头，龇牙咧嘴。应该是舌头牙齿口腔全是籽了。

摘一串紫黑的豆角，午时做伟大的焖面。把一堆原始材料变成美味之物，总觉是神奇之事。虽然我并不太能变化诸物，但偶或乐意为之。

螳螂歌

太快了。整理春夜短文时，已是秋雨连绵。一场秋雨一场凉，隆冬也就降至。北国有分明的四季，想来是好的。可以伤春，可以悲秋。四季变换，皆入人心，一一清晰映照。

早晨，小臭的宠物螳螂死了。他有点伤心，忍着眼泪问我，为什么螳螂会死。我只好告诉他埋到土里，夏天地里会生出很多螳螂。他认真办了。然后要求我，给他画螳螂，但我不会。他说那你写一个螳螂吧，就是我这只螳螂，不是别的。

只好照办。代他写一首诗，为《小臭的螳螂之歌》。

古语螳臂挡车，这小家伙有凶猛的习性，发起飙来不管不顾，比如捕蝉时。当然，它也不管黄雀。

很多关于动物的古语是有道理的，只是人生存的环境渐渐远离自然，不知其意。那些古语也就形同死亡。比如，守株待兔，也有道理。兔子慌张，跑得又快，经常就撞死到树上。

兔子胆小。带狗捕猎的朋友说，追兔子，兔子不动了，是因为心肺裂开。

狐假虎威也是有的。但老虎已经没了，死无对证。

狡兔三窟，是对的。小时找兔子窝堵兔子，完全没用。它有好几个出口。

兔死狐悲也是对的。

兔子不吃窝边草也是对的，连黄鼠狼、狐狸都懂此理。我小时姥姥家的废窑洞里，一窝黄鼠狼，有只母鸡逃蛋，每天进去下蛋，黄鼠狼不吃它。发现时是那母鸡领一窝小鸡出来了。

窑洞后来堵死，留一小口。我姥爷用烟熏，黄鼠狼灭了。

绵软花

唐人迷恋园艺之道和奇花异草。很多人花重金买别墅造园。王维有《辋川别业》，但我不知他会不会种花。《辛夷坞》那些，应该不是他有意种的。白居易曾买做过相的关老爷后人关播的大宅子。关播政绩平平。白公爱花更爱胡风，居然在院里撑两顶蓝顶大帐篷宴宾客。

宰相李德裕酷爱园艺，在园子里广种蔷薇类，诗人皮日休写诗讽刺他弄得到处是刺。唐时气候温暖，长安城里是可以种橘子的。适合植物生长，又有时尚，奇花异草于是遍及贵人平民。

其他民族史料，也有相关信息。有的令人大跌眼镜。比如阿拉伯人一则记载，说唐朝贵族的花园里种一种花，绵软，雪白，皇室贵胄视若珍宝。

什么花绵软，雪白？原来种的是：棉花。

唐人把绵软雪白之花当宝贝，事出阿拉伯人苏莱曼《中亚游记》。在秋夜，我拍下路边一朵带雨露的棉花，它的确也有剔透之美。

斑鸠鸣

我这里有一窝斑鸠，已多年，分不清代际。见人不飞，见车回来不躲，车到跟前它们才扑棱翅膀，车前窗一阵让人眼花头晕的翻飞，然后消失不见，像未出现过。

经常回来如此。它们像是在专门等待着举行一场仪式，欢迎我回来。它们像是我散养的了。

古人与鸥鸟不动心机时之物我两忘，料亦如此乎。

有时我见到它（分不清是它们哪只，是斑鸠娃还是斑鸠爹或妈，反正都胖乎乎，叫声是咕咕——咕。声音有穿透力，有时夜里传来，我猜鸟也说梦话，和老虎梦里呜咽一个道理），在狗窝前咕咕咕踱步。老虎安详地卧着，打个哈欠。我很想知道它们交流什么。

车祸记

出行遇车祸。北中环桥下，窄路，无人行道，一女忽然急奔而出。刹车踩到死，仍听到车刺耳的向前滑动声，然后砰的一声。心里想，坏了。那人向车前方一扑，车上看不到了。

赶紧驻车下去，她已爬起。一只鞋掉了。拾起放她脚下。扶她，她躲一下。我说慢点咱先到路边，这里还有车。再扶，她跟着走了。她耳机掉在地上，我返回去捡起。

她满脸疼痛状。是左腿左胳膊。我说你卷起衣服看看。有伤，血洇出。我说快走，咱们去医院。我脑子迅速想了一下让人送钱。我只带了手机，医院怕是不能微信结账。

她却说不用。这是个善良的胖姑娘，二十出头，她大概觉得是自己的问题，压根没想讹人。我说，怕骨头出问题啊，她说，我能走，皮外伤。你走吧。

我怎么能走。我说姑娘你去哪里？要不我送你。她犹豫一下说行。于是扶她上车。车上我说，先去包扎一下吧。

然后到了诊所。医生说无大碍。不能裹，只是消毒处理。我坚持送她回她妈妈那里。车上她电话打给家中，车到时她妈妈已在楼下等着。

她妈妈胖胖的脸，善良的人。问女儿情况，连声道谢。我听到姑娘喊我叔叔，觉得刹那间自己老下去。我说我留点钱，她们再三不肯。我说那你留我电话，万一有问题就打电话。

出来惊魂未定。酒是不去喝了，抱歉。刚碰到人时心里一沉，想今天作孽了。平生高速遇猫狗鸟都急躲，不想竟撞了人。好在无大碍。姑娘也说幸亏你刹车快要不我人就完了。

今天不顺，不再办事。但感谢菩萨。肚子饿得要命。菩萨恕罪，鄙人不能戒荤。街边推开一家羊汤店，大碗羊杂加半斤肉再三个饼，先安慰受了惊吓瘪掉的肚子再说。

又想，五年前，我必不能如此，若遇同类事，肯定是见能省事起身就走了，不会像现在。但是从未遇过，这是首次。

今天为自己遇事而无大错幸运，也为自己数年有点长进、不为内心不安之事感到快慰。

夏日美

一只蜘蛛，结了美丽的网。它非常勤奋，我恶作剧给网戳个洞，它警惕地藏到网边上去。一会儿再用手机电筒来照，它正奋力修网，已经快修好了。

夏日万物皆美。花与瓜果，月与流水，火一样吞吐迅疾的云朵，刹那间裂开长空的闪电，蜘蛛，女士，高草，攀丝线自树上垂下的虫子，青色的蛇，无一不美得精致。它们在夏日隆重出场。我只是诸物之一。我注意到它们，但很可能我为它们忽略。我对它们不重要。

老鼠吃掉我家许多葡萄。小臭有次抬头大叫：“爸爸我发现一只好、大、的，老鼠！”我跑来时，葡萄叶一阵乱响。小臭疑惑地说：“我还以为是只老鼠，我看错了吧？”

老鼠早跑了。

窗户开着。深夜一阵阵老虎猛烈的打鼾声，像十个胖男人同时打鼾。我已经习惯了。它鼾声的穿透力惊人，隔一堵墙也能清晰而来。

鼾声的间歇，是葡萄架上叶片唰啦啦的声响。老鼠们欢快地在架上奔跑。早晨，紫黑的葡萄落了一地，都是被咬烂的。用纸袋裹住的葡萄串也不能免。

两位狗

晨光中，两位狗。

人类美好男女，亦不过如此。

看黄河

去找黄河，天色已晚。歧道丛生。月亮却是美极。

少有这样的傻货，夜半迢迢，弃了车步行，翻墙，来看黄河吧。

但八百冷娃跳下去的地方，一定要拜一拜。

在此难免饮一杯。另一杯倾河中，为祭。

再一杯，再倾河中，祀河伯。拉什迪：“水才是人间唯一的君王。”

天地河木一人独享之美。月时有时无，水中有微火，盯着半天不解何故，抬头，头顶有星。

大河流经之地，均天地辽阔。风时或激烈地吹动树叶，所有树叶。我想象中筑的声响，节奏，该有树叶那样的律动。我感触到亘古不息的天地之壮，秋天之壮。

找到最辽阔之地。发呆。未带相机，每一分钟都自恨不已。

无一人。一灯。一车。唯很多树叶在响，很多虫子在鸣，星闪，云动，水波荡。乃裸衣，狂奔，凡二十分钟。

继之，手忙脚乱、气急败坏觅右袜，凡二十分钟。

大脑山中的荒牡丹

2018 年

来看荒山牡丹，未遇一人。一山牡丹仍然属我。枯草高于头顶，个别地方，差不多是我两倍身高。是去年的蒿草，也无野火烧掉它们。有野兽踏倒的痕迹，我看了看，猜是野猪。另有一处，发现野兔粪便。

山中多处沟壑已被填平。眼看这座山也快消失了。它要变成楼群吗？

正是黄昏，漫山草木晃动。草木每年一度返回青春，我不如一棵树矣。

所过之处，时有野鸟惊起，辨出其中有鹌鹑、戴胜、野鸡、乌鸦和蓝尾鹊。近几年蓝尾鹊明显多了起来。我因此骗自己，无论如何生态是好转了。

这么想的当儿，一只鸟影掠过头顶。它的飞行几乎是凶猛的，我没有看到确切的样子它就消失了。从脑中留下的片刻印记判断，该是一只鹰隼，不大，当是鹞鹰。我忽然记起刚才，麻雀们四面八方，往我附近山崖上的酸枣灌木丛里钻。它们惊慌的叫声，我起初以为是在骂我侵犯它们的地界，一边骂一边逃跑。长满短刺的酸枣丛，是它们天然的保护伞。大一些的禽类兽类，均望之却步。鹞鹰也不例外。

初生嫩叶的白杨树上，两只蓝尾鹊作高明的舞蹈。它们站在树最顶端向上伸展的枝梢上，天光中清晰得如同专场演出。观众只我一人，或许还有其他蓝尾鹊，但我看不到它们，只能听到鸣叫，那鸣叫大概便是掌声。杨树顶的蓝尾鹊，像武侠中的高人凌空而立。嫩枝条是不够坚硬的，不能支撑它身体，它需要以拍翅的动作减轻压力，才能够保持在树顶。这正是一种高超的分寸拿捏。另一只蓝尾鹊在稍低一点的枝条上，作同样的蹈舞，像比赛，又像是相互取悦。忽然，低一些枝条上的蓝尾鹊笔直地落下去。我骇一跳，以为它站不住跌落，却原来它垂直下降一段，竟九十度折弯，与地面平行，疾疾向我飞来。

它落在我旁边一棵槐树上。其上有硕大鸟窝，原来是它家。它站在窝边缘，翘一下尾，看不到了。这蓝尾鹊在不远处树顶已鸣叫了许久。此时大概觉出我无恶意，放心地回了自己家。

牡丹愈发荒败。有硕大骨朵，但不到开放时节。我是知道的，只因挂念，前来探看。我爱这不规则，不讲究，不在乎，恣意，放纵。公园或花圃那种整齐饱满，是不能与它们比的。它们的气息扑入我笔下，支撑我的审美。每见它们或与之相类的事物，我都觉平添气力。

在此附近已居多年，每年一度两度来看。此间山川草木，人民的面庞，一一映照在行文间。

几千年前，人的梦想无非是：几间屋子，一个安静的院子，人可以种花，坐在阳光下喝茶，读书，打瞌睡。没有太多的压力，人可以富可以穷，穷也不失自尊，院子屋子是洁净的，阳光是洁净的，井水是洁净的。人多半只是梦一梦想一想。

2019 年

一只燕子，在我头顶二尺处掠过，仰头看时，它叫了一声，其音自呼其名。发音柔软，是正当年的小燕。我甚至望见它眼睛一翻，觉得瞬间伸手，可以摸见它雪白而柔软的腹部。它的体温应不及我高，隔了细羽，会是微凉。我记得小时捉住雏鸟，两手捧着回家去。那几乎是捧着自己的心，手不敢拢得太紧，怕它受伤；不敢太松，怕它拨拉开指缝飞了。也不敢走快，怕在手里颠死。

但是回到家它就蔫了。妈妈说，你的手把它烫着了。它活不了。

它也不吃东西。孤单的叫声，慢慢停息了。

要有很长一段伤心，直到忘记。

但从来没有捉过燕子。乡村的教育，燕子，乌鸦，喜鹊，坟前的供品，这些都不可以动。

这地方人迹罕至，唯我每年一度前来。那只燕子大概是好奇，来我头顶看了好几次，看我干什么。

这荒山，它的荒凉大于我年龄。荒了起码五十年吧。

我来这荒山，看无人光顾的一山牡丹，和芍药。是某任官员的政绩工程。已经多年无人再管。我眼见它们一年一年荒败下去。今年所见，异常萧条。唯有稀稀拉拉几朵在开。杂草遍地，一人多高，在下午的逆光中一阵阵汹涌。仍是去年甚至前年枯掉的草。估计顶多再有五年，牡丹就全部灭了。

在这样时间里，真正的文字成为孤高的事业。你的心要像牡丹一样娇嫩华美，还要有杂草的生命力那样的坚忍不拔。你不可与泥同污，变为污泥的部分，助长它的强大。你不能离开污泥，要不顾一切地吸取它的养分。如若养分太大，你会烧死，所以你得忍受，必要的时刻要稍稍避离可怕的肥力。你，我说的就是你，你要去以牡丹一般奔腾的华美，去占领一座座人心的荒山，让无边无际的群山在美之下颤抖。

命里家乡

1.

有故乡的人，内心会丰富一个层次。如果故乡是乡村，那么至少相当于丰富六个层次：与自然的几乎是本能的联系，接近一种通感；对中国底层苦难的认知；固执的方言；方言一样固执的胃，胃是有记忆的；如果恰巧你是一个好人或努力学好的人，那么还会因有故乡而有悲悯心；你还会坚忍顽强。

故乡和童年，就是人类的伊甸园。故乡就是神话中能够无限生长的神奇之土壤。不管是美是丑，是憎恶还是热爱，你心里时刻总得装着它。一生走得再远，它也在你的命里。

2.

故乡天长万里，桐花万里。

在夜间，诸物灵动。

有一片树林，几乎是在扭动跳起来。

3.

月在故乡，可轻盈如春燕尾，可锋利如鱼肠剑。可清丽如少女之浅笑，可苍冷如高士之白眼。

4.

终于拍到燕子。激动不已。它们太快了，快得像灵机一动，像忽然击中你的惊喜，像恶作剧念头一闪。

5.

一树梨花，开他人檐下，兀自尊贵，雍容，器宇轩昂，并无半分不志气。

6.

美就在身边。不知惜，不能见，造物会罚你的。

7.

安静的林子。落叶在脚下，鸟鸣在头顶。树的繁花高举，一边开一边谢。花香和阳光筛洒下来。细细的香气更为悠长。

我想着落叶秋天翻飞飘落的样子。人间退去。葬礼的唢呐声在远处，若有若无传来。

8.

草木深。行道树交柯错叶，觉苦香苦香的草木气息直接渗入臂膀和腿的皮肤里。我喜天体不是没来由的，皮肤也需呼吸。奈何此地不能。

槐花谢落遍地，淡淡的黄色一层层铺陈远去，竟有奢华之意象。

有时恍然，觉得自己也不过是一株草木。有些东西譬如一些原则，是不能随意挪动的，只能越扎越深，宛如草木之根。

9.

一只斑鸠看到我，拍屁股就跑。远一点又站住，看我。一边还不放心，扭头看后面有什么。

鸟飞的动作，真的只能用拍屁股来形容。怀疑拍屁股这一词原本是说鸟用，人借来说人了。

我不理它。假装躲起来。它开始在墙上优雅地漫步。它很淑女——我潜意识认定鸟类都是雌性的。

但是它以跳墙的动作，迅速破坏了自己的淑女形象。几乎不用翅膀，垂直从墙上掉下去。

它扑在狗的食物上。抬胸看一下狗。狗不理它。它们达成了默契。狗允许它鸽几口吃的，它或许会给狗带来一些空中的信息，也会安慰狗的寂寞。

它们的交流，是我不能懂的。狗会向鸟抱怨主人吗？或者告诉它不要怕，我主人不会伤害你？

在荒野，各种动物都会留下印记。兔子会知道有只狼路过它附近，野猪会明白麂子吃过的草。草知道动物们的一切，包括一头獾夜间嘴里哈出的热气。

草棵摇了摇。可能还挂了獾的口涎。

我需要一片敞开的斜坡

要出门数日。有点不舍得一棵置放在书房的花树。正值花期，回来就衰了。再开得两个月后，六月了呢。

午后小憩，有杂乱之梦。前面的模糊了，像一生所历，多已漫漶不辨。只记得穿行于许多场景，天阴郁，有微雨。后来进入一所院落，是很熟悉的院落，因为进去时的步履都是松弛舒适的。它可能是童年情境的装置。我在一些单位工作过，从政府到杂志到报纸到出版，我对单位缺乏从一而终的勇气。单位从来不曾入梦。就好像有守梦之神，拒绝它们游入梦中。

我进入院落，抬头见树上有稀薄的花开了，——院里三三两两的树多是裸枝，没有规则却令人舒服地散散地站着，它们所处的位置适合人行走的规律，不会碍事，适合人夏日乘凉的规律，甚至是适合院中人数。它们还适合雨水的规律，适合冬季采光的规律。它们适合我的眼睛，一望而知舒适——梦中没想那么多道理，只是直觉舒适。

是下午。抬头见细碎的花开，我一怔，再看，是洋槐花。斜斜的阳光，也是稀疏的，像从云层射出的那种，轻轻落在花串上面，花有了隐约的粉红。

梦醒，暮色四起。万物正在隐没之中，我还来得及捕捉它们光中的轮廓。前日我正式度过人间四十六年。四十六本书摞一起也该有点壮观，四十六把刀的话，一并拎走还有点吃力。自己的四十六年，却无多少分量。

在梦中我有强烈的厌倦，强烈的愿望。我想在故乡山中，寻一处荒僻无人之地，读书，慢慢老死。不是家乡的村子，就是荒山之中。近十年了，我对城市文明的一切越来越逆动，觉得无聊，花哨，无意义无价值。我需要一片敞开的斜坡，一片或丰饶或荒败的原野。我不能够在纸上造就它，我的内心需要它滋养。我仿佛看到了一个老头：裸身坐在坡上，肌肉松弛，头发稀疏花白，胡须散乱，目光依然凌厉。穿透现实，梦境，时日，直视而来，闪避不及。他是我自己，是我未来的某一日。

第六辑

在故乡的异乡人

父子多年

1.

我梦见他杀人。他笑着，笑容像平常那样漫不经心，空洞而貌似爽朗。他的笑会骤然停止，忽变为厉声叱骂。我永远摸不透他笑的含义，摸不透他的情绪。他笑着，像摔跤那样，正绊倒他一个朋友，手抱着他朋友的脖子，他朋友那张脸我曾经熟悉，在梦中只是曾经熟悉。他抱着那脖子，突然把那人的脸摁在水中。他的笑没有中断。

他把那人拖着、扔进厕所的时候，我心中疼痛加剧，我醒来，还来得及听见自己的嘶叫。这是我所做的最恶的梦，真切，具体，伴随着细节。我坐在黑暗中，心跳声大得吓人。我发呆。想了好一会儿。是梦。的确是梦。

看表，凌晨四点钟了。我打老家电话，传来母亲迷迷糊糊的声音。我说妈，我爸好着没？母亲说：什么？我大声说。母亲说好着呀，怎么啦？我沉默。母亲说咋啦？我沉默。我说：我梦见他杀了人。

次日晨，我决定回家。已经快春节了。这噩梦令我心悸难安。我得回一趟了。

我三年没有回老家过年，没见到过父亲了。我没有觉得特别想念他。我不愿想起他。是的。是不愿想起他。拼命不愿。

也不通电话。我能记起的最近的一次电话，是两年以前。他在电话那头说：你要怎样？你这浑蛋听不听话？我告诉你！你再不听话我大耳刮子掴死你！！我听见哐地一声，是我扣了电话。电话紧接着，响了。我不接。一会儿又响了。接起，是他的声音，他粗重的喘气声。他说：你竟然敢扣我电话？！我不说话。他不说话。我说：你骂吧。想怎么骂怎么骂。我不扣电话。我听着。

他不再说什么。哐地一声。是他扣了电话，或者将电话机扔掉了。我听见自己的牙齿咯咯地响，慢慢儿放下电话。

我怎么会梦见他杀人呢？遵纪守法方面，他是再好不过的良民了。我在担心什么？

2.

多年来我一直反抗我身上的血液，某种意义上是在反抗他——我的父亲。我们像一对仇人，如同我母亲叹息般所说的那样。敌对从没有和解过，至多是沉默。他总以最大限度激怒我，诚如我总激怒他一般。

不知这敌对始于何时。起床！他大声喊。不许睡懒觉！！我赖在床上。他二十多年前的怒喝，我仍然能够听到。他喊：我数三下，一！二！三！！他跑过来抱走我的被子。这是寒冬腊月。我蜷在床上。我偏要不起床不穿衣服。

接下来是劈头盖脸一顿揍了。我不躲开，直着脖子挨。他揍着揍着会停下来。我看着他的脸，看到了难过和悔意。他说，你咋这么笨？你笨死呀你！你怎么不跑，像你弟你姐那样？你跑了我能打着你吗？

下次仍然如此。我总是挨揍。和弟弟姐姐发生纠纷，那个被父亲痛骂，不服又被痛打的人一定是我。

不知做错了什么，他拼命追我。我疯了一般奔跑，在田野里。好几次，他就要抓住我了。我从很高的田埂上跳下去。爬起来又跑。往下、再往下，是很深的沟壑。他在后面喊：你站住！你快站住！！我不打你了不追你了你快停下！！我听见他在后面扭曲的声音。我偏要跑。那声音越来越远了，我站在沟边。回头望不到他。我慢慢从沟棱上滑下去。我知道他害怕了。我要他找不着我。

他把我养在水缸里的几十条鱼倒在猪圈。我急得大哭，他在一旁看我手舞足蹈，哈哈大笑。

他猛然把手中物件朝我掷过来，大吼：你滚！

我清楚地记得，我经常很深很深地痛恨他和憎恶他。在夜里，想着恨着，不知不觉入睡。一觉醒来，一切全忘了，真到下次重新开始。

我在黄昏和小伙伴们玩耍。一个和我不睦的大孩子突然朝我大叫，叫我父亲的名字。这是我父亲的名字。在孩子们中间，喊别人父亲的名字，是极大的侮辱。

我愣住了。血直往脸上涌。我冲上去。

孩子们都逃散了。我满脸伤，风吹着火辣辣地烧疼。头晕晕的，头顶被砖块砸了个小洞。我抓土按在头上，血不怎么流了。我回家去。

父亲在灯下瞪着我：过来！

我知道仍要挨一顿揍。我们家的规矩，只要打架了，不管怎样，回家都要挨揍。我不动。父亲抢上前来。

嗡地一声，我眼前冒开很多星星。眼前的东西开始打转。

我醒过来的时候耳边是呼呼的风声。父亲抱着我飞跑，去乡医院。他没看到我头顶的伤口，一巴掌后，血从头顶流了下来。

晕。飘。腾云驾雾一般。我听见父亲沉重的鼻息，听见喘息间歇他哭一般的呼唤：醒醒……别吓我……再坚持一下……马上就到了……就到了……

我睁开眼睛。物事倒置、迅速后退。我好像从没有这样快乐过。他的怀抱很大，暖和，我的头冷。我有一点恐惧：从他怀抱的缝隙，石头还是可以击中我。我嗅见他的体味。我喊了一声。

爸呀。眼泪唰地涌出来。

3.

他是我的世界里的神祇，最原初和最高大的那一个；凶猛，无常，不可测度。我敬畏和不断反抗着的神祇，我知道我永远不可能赶在他前面。我在三十二岁生日的当天间断地想到他，在次日书写到他。他对我所做的这些，是不大瞧得上眼的。他会翻着看看我的文章，嘿嘿地笑，说声：写得不错啊，然后顺手一掷。笑容乍收，开始板着面孔教训。

他说：你有啥了不起的？

我讪讪地笑：我没啥了不起的。

他说：那你牛什么牛？

我说：我没牛啊。

他来气了：你给家里做什么了？这些年你赚了多少钱？你姐的工作、你弟的工作，你添什么忙了？你还觉得自己了不起？

我不吭气。

啪地一声。他拍桌子了：你窝囊死了！你混了这么多年，连个县团级都没混上。你牛什么牛！！看把你能的！

他说：我说的不对？嗯？不对你指出来！

他说：你还不如我这两下子呢！！

我站起来往屋外走。他不说什么。快走到院门口的时候，听到他厉声呼喝，院里的大树好像晃了几晃：你给我回来！才说你两句你就不满意啦？看把你能得上天哩！！

他是我那坏脾气的老爹。我是他那坏脾气的大儿子。我得回去。

我承认在很多地方我有负他的厚望。我连自己的很多事都处理不好，遑论其他。我不明白，他为何每次总要把我贬得一无是处，才可以心平气和地讲话，说，你自己过好日子，说家里不指望你，说我老了也还有能力养活自己之类的话。之后他会感慨地说：唉，你一点儿也不谦虚。

在他眼里，我该做到封疆大吏吧。我能吗？论赚钱能力，我连一起玩大的某发小都不如。他每一夜查某某款落的黑钱，也多于我在省城一个月的工资。

我无力辩解什么。只有愧疚。

4.

很多年以前、很多时间里，我不知道我爱他。只是怨恨。我爱他吗？我也不大相信他会爱我。

也遗忘了他很多次的宽宥。儿时家中的好吃的零食，一式三份：姐、我、弟。我费得很，当下吃个精光，再费尽心思哄弟弟的。姐姐心细，舍不得吃，悄悄儿攒着，然后忘记。等想起来去找，没了。哭闹找我算账。我咬住牙不认。姐姐告状，父亲严肃地说，不能冤枉人！他私下里对我说：以后不许这样子了。我模糊支吾一声跑开。

有一件事，我一直在阴暗里怨恨他，恨了很多年。他知道我的心事吗？

我六岁时，被过继给我父亲的弟弟，我的二叔。二叔没有孩子。一年多后又回来了。

为什么是这样？为什么是我？后来我得知一些原因。比如把我过继给二叔，是我爷爷的临终遗言。比如别的。但我不能接受任何解释。

我把怨恨积在父亲头上。有时候我会想：我是父母的亲生儿子吗？最伤心的时候，我确定我不是。过了几日，又忘记了。

一次在四姑家，二姑父也在。他与父亲不睦。不知怎的，他开始指责起父亲。一边说一边用眼睛斜我。挑衅一般。我慢慢儿站起身。

他开始用了激烈的言辞。用了粗口。

我站着。觉出了血。觉出血往上蹿的噌噌声。身上一个激灵一个激灵。我的脖子僵硬。我觉得头发一点一点往起立。

我感到恐惧，害怕我自己。我对自己说，他不能再说了。我在心里说，我不能开口。不能。

我知道我不能待在这里。我绝不能向长辈动手。不能。

我庆幸自己走开了。我的脸灼烫，很久不能消退下去。多年以后的今日，我清晰地记起这次极端愤怒的痛苦，一种随时可能失控的强力克制。我在证明我爱他吗？

我爱他？我不知道。他是神，是我所反抗的神。但他是神。

我不能容忍别人亵渎他。

5.

我在高三时与父亲发生最强烈的冲突。已快高考，我突然不想念书，一门心思地想找几个所谓的仇人报仇，那是几个高年级的、惹翻我的同学。

我在房间里坐着，父亲进来。他说，我和你谈谈。看得出来，他在拼命压抑自己的怒气，尽可能地心平气和。我说反正我不想念书了。

他慢慢儿火起来。他说，你再嘴硬我掴你！

我说，我不念。你少管我。

啪地一声，他甩了我一个耳光。我猛然一推，他趔趄着栽到椅子上。他说反了你，你还敢还手？他侧着身子拿门后的墩布把。我听见自己大喊了一声，

快算了吧！你不是要打吗？不用你，我自己来！

我开始甩自己耳光。耳边是啪啪的声音。我听见他说甩得轻，你使劲打。啪啪的声音。我咬着牙，蹬着脚用力。我撞在桌子边，一把掀翻了桌子。我对着墙。脸上的血溅在墙上。

他从背后抱住我。我挣扎着。他力气很大。他的身体在颤抖。我说你不是要打吗，你来呀，我打不动了，你来、你来啊？

不知什么时候，我们怔住了，面对面站着。房子里一片狼藉。他站在我面前。

他一点一点往下蹲。我看他一点一点低下去，看见他抱着头就哭了。我心里涌起滑稽的感觉，觉得好笑。

他呓语般地说，儿呀，这可咋办呀？他抬起头，涕泪满脸。窗户上的阳光照进来，照见他涕泪满脸，在阳光下一晃一晃像刀子。

我的心突然开始剧烈疼痛。这一刻我突然意识到我所反抗的人，他不是敌人，他不是我的对手。他是爱我和关心我的。而我却在以自己的激烈行为伤害他，以我自己的疼痛伤害他。我的确是个浑蛋，像他经常所说那样。

我还是参加了高考。成绩下来后我一直瞒着他。我不想去上学。他知道的时候已经很迟。这次他暴怒了。

我永远记得1989的夏天。我在奔跑，耳边风声呼呼。我穿过村巷、田野，几乎是欢快地奔跑。我的父亲紧追在后面。我从来不知道他可以跑得这么快。这简直像一场田径比赛。村庄里很多人目睹了我们父子的追逐。我跑着，我父亲手舞木棍在后面，像是追赶，又像是驱逐。我的背心从后面被他撕开，鞋子跑掉了，他手里舞着木棍，却一直没有打下去。他想抓住我。

我却觉得摆脱他的追逐，就会获得真正的自由。多少年了，我多希望没有人指责，无拘无束啊。

我终于还是去外地求学了。临走时父亲叹息说，

你走吧。这次你跑远了，我再管不着啦。

我不知当时我想了什么。

6.

现在我为所有这些感到内疚，为自己曾经对父亲的伤害感到沉重的内疚。多年来，这负疚一直压榨我、压迫我。我已经为自己曾经的忤逆付出代价。我的生活，因此不断发生改观。我竭力试图证明着什么，是证明给父亲看吗？

那种压力，像天空自上而下的扭曲和压迫，而我习惯了它的存在。

父亲曾是军人，奉纪律和秩序若神明。在他看来，一些事是不可思议的。他永远也不知道，我自高二起就不上每日早晨的第一节课。我在大学几乎不上课。他不知我临近大学毕业时，有八门课没成绩，四处央告老师出题补课才过了关。

我对纪律和秩序的反抗，达到歇斯底里的地步。几乎病态地抨击一切自以为不公正的事物。那隐秘的疯狂左右我和折磨我，——我以为，我还远远没有道出一个少年在生命某一段时间里内心的黑暗。那似乎不会休止的畏惧、反抗、躁动、怨宥、莫名的罪恶的快感，乃至绝望。

我的父亲，他曾经历过吗？也许他已完全遗忘，像我以后那样。他不曾像我现在做的，记下可能述说的这些，而这些在时光和记忆中已经失却真实，变得扭曲和支离破碎。

我用了十多年的时间来推翻父亲曾强加于我的那些，或者我自以为他强加。我曾一度渴望，彻底推翻我身上的他。我下意识地反对接受一切事物，粗暴地拒绝得到，总是放弃和逃避，宁可失去。我的兴趣、职业，因自己的反抗而发生改变。我最终选择了文字，在我看来，那是对所有秩序和纪律，最彻底、最蔑视、最暴烈也最平静的乌托邦式的反抗。

间歇性地，因内心的折磨和绝望，我停止对世界的反抗，选择了顺从。父亲是整个世界的中心。我所有反抗的根源，我看到他，我停下。被动和茫然地接受一切看似顺理成章的事物。然后、然后，在一个命定的时刻、一种几乎类于仇恨的情绪，突然爆发。叛逆重新开始。

从盲目地反抗一切到完全顺从到全部放弃，我在两个极端之间疲于奔命。是什么样的力量在驾驭着我、我们和我们的父亲？

7.

在远离家乡的孤独时刻，感伤淹没了我。类于爱的情绪涌上来、涌上来，接下来是自责，和无边的悔恨。

那个是我父亲的人，我为什么要无休止和他搏斗呢。

我回家。在离家渐近的时候感到了内心的拒绝。迈进家门的一刻，我有强烈的逃离的欲望。

自去外地求学起，我在家待的时间从来没有超出过五天。这一次也是一样。我看到父亲。他一如既往地站在院里吸烟。在屋里坐着。他没有表现出任何情绪，激动，或者其他。我想起上次我回家当晚的时候，他说，滚！滚出这个家门。

而此前，他天天向我母亲念叨着，叫着我的乳名，说，今天该回来了啊。怎么还没回来?

他也没有想与我交流的意思。我试着话语向他靠拢。他没有回应。我不知他在想着什么。

有一次我回家。当晚，他不在家。次日晨我离去。他暴怒了。我刚刚回到省城，就听到他在电话里的咆哮。他怒不可遏。愤恨我不见他就离开。

这样的场景，总让我不知所措。

那个是我父亲的人，我为什么要无休止和他搏斗呢?

也许那还包括一种对自我的革新。我想剔除父亲强加于我的一些影响，那些我以为不适合于我的东西。

我自以为找到一些。比如他的暴躁。比如他对我的不断指责。我想他也许试图改变他身上存在，而不希望在我身上看到的一些物事。他希望他曾努力而未成功的事，能够在我身上看到延伸。

但我不能。我是他的儿子，也是我自己。

他坚信他是对的。而我违背他于不顾，有时对他希望我去做的事，示以蔑视。他会因此而愤然吗?

8.

父亲年轻时，曾强烈反抗他的父亲，我的爷爷。我猜度他当时的经历，与我后来相仿。他在他的父亲那里反抗了什么，继承了什么，模仿了什么?有时候我自以为，我揣摩到了他最隐秘的内心。这时候我会觉得他亲近，他是我的同党，是我的兄长。岁月不可避免地颓败、不可抗拒地重复和循环。我们都是在时间中精疲力竭的人。我和我的父亲都是时间的失败者。我们并没有赢得什么。

或者我们都在反抗自己身上的血液，终归为它不由分说地驱逐着。

我记起我对父亲的模仿，从走路的动作，到咳嗽声，到抽烟的样子。我的相貌不容改变地模仿着他。有一天我猛然发现，我几乎就是他的翻版。这些就是我努力去反抗的结果吗？

在更深的意识里，我甚至羡慕他的女人，我的母亲。我曾一度希望，找寻到那样一个女子，她甚至相貌都像我母亲，聪慧，忠诚，识大体，遇事不由分说地有主心骨。多年来，我也真的这么去做了。至今为止，我都以为我父亲因我母亲而幸福。他深爱着她，却从未曾表露过。他只是竭力遮掩自己的情感，假装着漫不经心和满不在乎。

这些我也像他，我的父亲。我本能地接受他的影响，却自以为已经彻底把他推翻。而且，我自愧在很多方面远不及他，恰如他经常嘲讽我的那样。

父亲的特质里，有着类似于天真的特质，他的情绪化大概缘于敏感。我看到他在我的孩子身上得到了认同感。总有一些事物在循环、在回归。他会看到年少时的自己吗，还是看到他的女儿，甚至，看到年少时的、当时他还不曾认得的我的母亲？

不知道了。而我自己，自为人父起，日益理解父亲曾经的一些想法，臆想到他曾经的经历。我曾经发誓，我曾受到过的来自父亲的压力，或者痛苦，我绝不让其在我的孩子身上重演。事至如今，我承认我未必能比我的父亲做得更好。

我的孩子，他大概心中对我，也会隐藏着一些更深的、不可调和的怨恨，它会在岁月中一点一点彰显，爆发。届时我会怎样？我不知道。我明了它的存在，无奈地等待它的到来，发作，蔓延，在等待中变得安然。

9.

我在家里。“你这是干吗？过年剃这么短的头发？你咋不剃成个光头？”我听见自遥远的地方传来的声音，我父亲的声音。多年以前的声音。

他永远以我为不是。这是他惯常的表述方式。我明白他的心思，他久不见我了。上次见的时候我留长发，他严重不满：“你留这么长头发干吗？什么样子！去去去，去理个光头！！”而时日已久，他想念中的我还是长发的样子，殊不料乍见，完全令他失望。他没有想念过一个头发理成平头的儿子。

我想到这些，感激他和想念他。可能会更老一些了。这让我辛酸。想到他饮酒的动作，有些迟缓，微低下去的通红的脸上，眼神有些呆。

他是我的父亲。我知道我爱他。我还不知道我有多爱他。

我在家里。我的孩子在四下里笑闹，疯跑。周围是我熟悉的事物，散发着记忆的气息。它们在梦中飘浮，梦中的事件，总以此为背景发生。它们也会是我孩子梦境的背景。

我的父亲还没有回来，我等待着。像他曾多次做的那样，在院里站着抽烟，等待着一个不知何时回来的亲人，怨恨他和不可遏止地想念他。天冷，身上衣物单薄，母亲寻来一件父亲的毛背心。我穿上，嗅到衣物上陌生而又亲切的气息，一种猛兽的气息，它仍然令我畏惧。我在院里走动，想象着和他打招呼时他漫不经心的样子。我走动，想象他自背后仔细地打量我。他背过身去，我看他腰身佝偻，甚于久前。这一切发生在明天，或者今晚；也发生在明年和昨日。

在故乡的异乡人

1.

发小失父，八百里往奔之。

我们这里老人过世，不说去世了，不说不在了，不说人没了。而是说：

人老了。

规矩繁多。但大家说：人老了，还能不麻烦？

主祭为长子。执事长声高呼曰：

“主祭者，焚香！酹酒！跪拜——”

为引鞭幡。鞭幡：纸幡缠满鞭炮，燃后拖着缓行过街巷，后跟孝子亲朋及众人，往大田新坟。

我在四十五岁以后，才真正面对一件事并认真思考，就是：我自己是会衰败的。有一天，是要死的。我并不惧怕，只是仍然感到困惑。

2.

我们在老家没人住的房子，差不多都是破败样子。里面盛满我们的记忆，记忆会湮灭，房子坍塌。

路过的这家，麒麟照壁被盗走了。我姥姥家也是。我最老的老家，大门丢了，门口拴马柱被挖走。可笑的是，村里磨盘也凌空飞去。我还记得小时候被拴着蒙住眼睛转圈的驴，它跑得很快，一圈一圈又一圈。大人严厉地使眼色，不许我们笑，说驴会知道，会很生气。

驴鼻子前面还拴一把青草。它是闻着青草味转圈。那时知道驴是有自尊的。人可以愚弄驴，但不可辱没驴的自尊。

有次听母亲说以前的事，她说生产队时的牛马，它们吃不饱，浑身骨头龇着。拉车的牲口时常忽然跪倒在地，任鞭子抽，不能起来。它不是不怕疼，不是耍赖，不是发倔脾气。它的确是饿得没有力气站起来。

我小时也亲见过。牛倒下了，人们称“卧牛了”。好几个汉子一起，把大车抬住，再拿根棍子垫在牛肚下，一起用力，把它抬得能够站起。

牲口多么可怜。这样的牛，人们还要让它驾着车回家。稍好一些的是上坡时，大人们赶紧在后面推车，担心牛再次倒。

它老了，干不动活的时候，人再把它杀了，吃了。这样的做法，是我们人类干的事情。

3.

特意跑到我小时的学校。坐在那里，不争气地哭了。

我在这里上完五年制小学。它现在颓败成这个样子。

墙上，找见一处我刻上去的“大”字。这个“大”字，是小学时我用小刀刻在教室门口的砖墙上的，这面墙还没有塌。是铅笔刀，用力过猛，刀片断开，手指割破了。抓把土摁上去。后来不服气，用断开的刀片继续刻完，所以印象深。断开的刀面有尖，反而好刻一些。

一直觉得这是个关庙，这次确定了。在残存的横匾上，找到“精忠”“扶汉”字样。

一人多高的蒿草，是屠呦呦青蒿素的那蒿草，钻进去很困难，沾了一身的草籽和苦涩气息。

呆呆坐在阳光里，抽了五支烟。我想起小时就在有阳光的墙下，小伙伴们挤暖暖。想起九月开学第一天，同学们拔满操场的蒿草。想起老师坐在最东侧的房子的门口端着碗吃饭，那是他的宿舍。想起站在他宿舍的灯下，手背在背后背课文。

带走一瓦、一木，以为纪念吧。下次来，学校未必在了。唉，我的泪又不争气地涌出来。在微信贴短文，有朋友说，你这算幸运的，我的小学早就夷为平地了。一位云南朋友说，他连故乡都不存在了。我没敢问，似乎是整个村子淹在水下，或者是地震山崩，将村子埋了。

4.

平生时常夜行。少小便有独自步行于夜雪之中的经历，有冒雨夜行的经历，有夜间独自穿越沟谷的经历。

白月苍苍生枯林。驻车拍之。

八点以前的月亮是深黄色泽，像极了暗铜。九点后发白，开始吐毫芒。

一天好月，胜过佳肴。月常常有。人人可见。一生能有心境、有闲暇，又恰能得月色之美的，有多少人，多少次呢？恐怕不会多。

今夜，此时，与我同样拥月入怀的人，是在何处？

5.

故乡万物皆深情。

我记得小时候，春洪之后，和小伙伴挖野菜，举着镰刀追赶一头小狼崽。它逃跑时掉进梯田里一口灌满泥浆的旱井。我们用镰刀砍，用镰刀摁它的头，它后来死掉了。村里把小狼做了一锅汤，每个参与的孩子都有一碗。并不好吃。

后来招来母狼。它报复村子整整一年。晚上人们早早关门。它还跳进土墙，到我家找我，站在纸裱窗户的窗台上。那晚我正好不在，住我二姑家。它在猪圈里撵了很长时间猪。我妈在屋内听到猪在圈里哼哧哼哧地跑。

还有一年秋天，收棉花，在梯田和大人一起抓一只野猪。它太快了，简直是“翻山越岭如履平地”。那时候我只会这样比喻。我最后一次看到它时，它从一个男人的腿间一蹿，不见了。

我们村在黄土沟壑的崖上。这次特意去高处往下看，弄清楚了。一道大沟劈开，两边崖上各有一村，崖南是我们村。沟在我站着看的地方合拢，复为坡地。不知哪一年，是多大的洪水日夜下注，冲刷出这么长而深的一道沟。我小时一墙之隔的邻居女子嫁到村东，被小叔子欺负，跳崖自杀了。我和她妹妹同学，她妈妈有怪病，就是爱吃炭。有时来我家找我奶奶拉家常，她看到灶火边的炭就两眼放光，却假装不经意，说：“我家灶火总是灭，把你家的炭借给我吧。”然后拿走了。我亲见过一次。我奶奶说：“她嘴角的炭黑没擦干净呢。”我奶奶不避讳，因为全村大人小孩都知道她吃炭。我们假装不知道，她可能也假装大家不知道。她丈夫是河南人，因为没当地户口，当时称作“流窜犯”。一有运动他就被抓起来，或者他自己躲起来。

那女子自杀时，选择了一处两崖相对的峭壁。两崖距离极近，几乎像井壁，也像井壁一样垂直。她坠下去时身体在两边不停地荡撞，就像我们往井里扔石子那样。她很长时间才堕到崖底，人都碎了。

我没有亲见。母亲禁止我去看。下葬时邻居的哥哥红着眼睛，拿了铁锨要砍那个小叔子，要为姐姐报仇。众人死命地拦。

我记得他在人群中扬起的铁锨锋刃的闪光，他血红的眼睛，他被人死死拉住的臂膀。是蓝颜色的衣服。

我后来还是悄悄跑去，看那女子自杀的地方。边缘的石头是光滑的。担心滑倒，趴在石头上，朝下看。不见底，冷风在两壁间抽动，打在脸上。我赶紧爬起来，离开。不甘心，回头向下面扔了块石头。我听着石头在我身后响了很久，没声息了。停下来，是停止了。

村里每个角落，我走遍翻遍。但在村里的日子，那是我唯一一次去那个地方。乡村每一起非正常死亡事件，都是盛大的生命教育。

村子在高崖上，不会有水灾，但必然缺水。有一年我父亲转业回到本县，他兴致万丈，找各种信息想发家致富，又弄各种小发明，出了许多洋相。比如，他不知在哪里看到可以用鸡粪喂猪，就把鸡屎弄进猪槽。我很好奇看他试验。猪倒是也用嘴拱一拱，也吃几口。天哪，猪一拱那个臭啊。臭几乎是固态的，数日凝在院里不散。我们饭都吃不下。他后来沮丧，不弄了。

老头子现在脑梗，不知还记不记得他这事。我下次讲给他听。

他还弄带反光的纸卷成灯罩，说会亮一点。果然是亮了，但是有一天，灯的热度烤得纸烧着了。我们乱七八糟救火，水洒得屋顶墙上到处都是。晚上睡觉，被子都湿了。我妈赌气一般说：“就是这湿的。睡！”

有一年下了很厚的雪。我父亲心血来潮，说，雪化了就是水啊。我们把雪放进水缸吧！

我觉得这主意好。多么洁净的雪啊！这样就不用赶车去别的村拉水了。拉水总被人家村的人挡，不让拉。

水缸雪满了。我父亲又让倒热水化，然后再装。

我没有想到，化开的雪水，原来那么脏。里面全是黑渣子。

后来知道，雪的成因便是尘埃与水汽凝结。

又一年搬到父亲单位。新华书店是占用父亲单位的房子，我于是有了便利，每天尽情地去挑书看。现在印象特别深的，是一册严文井谈写作的书。我从那书知道，所有教写作的书都是瞎扯淡。还有董千里著的《成吉思汗》《玉缕金带枕》，现在看来，它们是我的性启蒙读物。

初二暑假，我读了一假期的《红楼梦》。搬着字典做许多笔记。那是我一生第一次全文认真阅读此书，以后多半只是随意翻了。

当时读到烹雪的情节，不免嗤之以鼻。心想，这些人这么酸，雪怎么能吃，还以为高洁？

我一生对脱离常识的做作，警惕和反感。对当下所谓小资行为的种种做作，也是如此。都可以从读红楼中找到渊源。

我有时不明白这部书何以受到那么高的重视。当下，可以说，所有无聊的宫斗剧都可以从红楼中找到源头。红楼写精致、奢侈、糜烂，种种穷讲究和人们的小算计，它写贵族生活，却无贵族的高贵精神。唯一可取的是贾宝玉的叛逆。但不够。我进而反感贾宝玉的娘态。激进的时候甚至认为，红楼是文明成熟到要腐烂的晚明的产物，它的基调是凋败的，下沉的。没有一点新王朝的上升气息。而清朝完全继承了这样的审美。遂有几百年后，骑马民族变成架鸟笼嗅鼻烟的八旗子弟。红楼甚至影响了许多年来世人对男性美的判别。要知道红楼之前，贾宝玉式的小男人，世人是不屑一顾的。《诗经》时代，男子以孔武有力为美。一直到明，男子外貌，以白面微须为美。许多书生，是可以带兵打仗的。甚至许多将才帅才原本都是书生，国家有难才站出来。许多少年贵族，也都是彪悍的。

以西方文学同题材相较，红楼可以和《追忆似水年华》一样，译作“追忆红楼年华”。但我显然更爱普鲁斯特。他细腻而下笔果断，语速极快，像平静的水面之下暗流汹涌。关于红楼，已偏离本文，是另外一篇文章的主题。此处不赘了。

6.

特意绕到姥姥的村子。姥姥家的院子被我小舅卖了。麒麟照壁被偷走后，原址嵌在墙里。另一面墙有个照壁大小的东西，我忘记是什么，也空白了。

院子里住着个老太太。她听见动静，掀门帘出来，盯着看我，说，你干啥？

我还没回话，她说：“你叫小军？”

我说是。她说："你是不是四十九啦？"

我说没，不是。她说，那你是不是有个姐四十九啦，叫小荣？

我说是，暗自吃惊。她知道我，我却怎么也想不起她是哪个。

她说来来进家里吃饺子。我说吃过啦，随口搭讪说，你住这里清静哈！弄得干干净净。

她说，就我一个人住。不清静没办法啦！那个人——她手指空中一个方向，那个人已经住到地里啦。

真是个可爱的老太太。我说拍个照片。她连连摆手不拍。"穿成这个样子，还围着围裙。不拍啦不拍啦。"

随便转了转，想起许多事。记忆多么重要。但若无这些场景，我必不能记得。记忆于是丢失了。

有个门匾上写着"循理"二字。小时看到，总是纳闷不解其意，也没人告诉我。墙上万恶的资本主义的标语却是不用解释，刻在心里了。我记得小时看到这几个字时心里涌动的仇恨和不屑。

东边的窑里，大饥荒前我姥爷偷偷在里面埋了几缸麦子、几缸芝麻、豆子，还有几大缸油。很快就饿得不行了。但没锅——锅和锁子都大炼钢铁去了。我母亲那时是年轻姑娘。她和姐妹弟弟偷偷抓了麦子，晚上在火上烤着吃。后来松动一些，深夜无人时就去推磨磨麦子，再舀来油做成油馍。

那个时代，这恐怕是令人浑身颤抖的幸福。

那个窑，我小时候闹黄鼠狼。我姥爷封了窑，留个孔用烟熏。一个个跑出来。我姥爷捉住，摔死。它们放屁，臭得人天旋地转的那种臭。听说会臭得人发烧。我姥爷剥了皮去卖。一只黄鼠狼尾巴，可以卖五块钱，用来做狼毫笔。

院里还有个土灶。蒸馍，做油饼、石头饼，用它。它是一个低矮的神灵，提供人间温暖的烟火，发光发热香气腾腾的食物。它那么不起眼，我们曾多么爱它。

院子外面，乡村的土墙斑驳，仍然竖立着。夏天会有蝎子出没。我姥姥是奇人，她的血液特别，不怕蝎子。老太太们夏夜靠着土墙乘凉，我姥姥忽然说："背痒，有蚊子叮我？"

她使劲在墙上蹭一下背。蝎子烂了。死了。

我妈怕蝎子。我姐姐不太怕。她大了嫁人以后，住所的院子低潮，常有蝎子。她好几次穿鞋，鞋里有蝎子蜇她。她也疼，但不要紧。

我不行。六岁被蜇过一次，是意识混乱，后来昏迷了。我怕死了这小东西。蝎子。蝎子精。也怕所有蝎子星座的人，尤其女性。

7.

那些孤独的树，尖梢伸入天空深处摇曳，给我们灵魂许多安慰。

我们若有所思的时刻，很像鸟群掠过那些树——停留还是不顾而飞，唯在一念间。

灵魂如鸟，树是随时随处可有的栖息之所。飞鸟过树，翩然而逝，再不能见，也很像人的灵魂。我相信人有灵魂。

我们老家的说法，人殁后，魂魄七日乃散。所以有守灵、辞灵之民俗。古俗要在黄昏，登屋顶而呼魂兮归来，谓招魂。那些上升的飞散的飘忽的魂魄，会偶尔站在树木尖梢歇息和回望吗？

老家也有丢魂的说法，发生在小儿身上。我没有丢过魂，但遇到过小伙伴丢魂。一个叫青儿的发小，我常去他家玩，他家有书，在乡村来说，几乎是不可思议的多。《说唐》《说岳全传》是在他家读到的。《牛虻》《钢铁是怎样炼成的》也是。还有些记不住名字的西方小说。连环画是成捆的。现在想来，这样的机会几乎是恩赐。周围数十村相加，未必有他家书多。

青儿爸爸是职工。妈妈在家。青儿爷爷瘫在床上不能说话，靠青儿妈妈照顾。他是老干部，老知识分子。青儿妈妈开玩笑说：“你就老是白看我家的书啊？你是不是帮我做点啥呢？”

我也觉得愧疚，就时常帮她倒青儿爷爷的尿盆屎盆。我觉得值当。

有一段我妈不让我去他们家，因为青儿丢了魂。我妈说他高烧不退，清醒了就指着空中念念有词。青儿妈妈来我家，说要招魂，需要我去。我妈犹豫，我说我去吧。

晚上，他妈妈点着一盏灯，我抱着一只捆好的大公鸡跟着她。公鸡很听话，因为是我家的。青儿妈妈要我带着，走遍我们近期玩过的田野。一边走她一边喊，青儿回来呀，跟妈回家。我就打一下公鸡的头。野外黑色的风嗖嗖的，她手里的灯盏火苗忽闪。我总觉得身后有人，汗毛噌噌地竖起来——我真的能觉出浑身毛发站起来。我说我走在前面吧。但是——前面也很害怕。黑暗似乎等着我冲过来，若冲不破，它就把我嵌进去。

在我和青儿去过的一个有坟的地里，我们转了好几圈。微弱的飘摇的灯盏映着坟头的草尖。不知过了多久才结束。那一晚太熬人了。

我们不能够确认招魂的作用。反正一两天后，青儿好了。我问他，你妈和我妈说你病时看见鬼了。鬼长的是啥样子？

他茫然摇头。病了时发生的事，他全然不能记得。我反复观察，套问，确定他不是装的。

8.

我爷爷、祖爷爷的坟，早就迁到了别的地里。坟原址上，现在是谁家盖了房子。旧时代是犯忌讳的。本时代，全国各地，这样的情况太普遍了。

我们那里爷爷发音为：呀呀。我怀疑是“耶耶”，古音大概读 ya。南北朝民歌《木兰辞》里有“不闻爷娘唤女声”的句子，我诵读时总把“爷”读成 ya，这样一来，诗句更有一去不思归的悲壮。ya 是张口音，近于悲伤大喊。

我耶耶溺我，我小时跟他长大。还能记得小时候夜间村巷里，在他背上打瞌睡往下滑的情景，但想不起他的脸了，看他唯一一张照片，也联系不起来。

他是个脾气很坏的老汉。坏透了。听我奶奶在世时说，有一年过年炸油糕，炸焦了，他一怒端起灶火上的油锅扔到院子里。那时候一锅油多贵重啊。我奶奶为此哭了一年，想起来就心疼。

他过世前要把我过继给没孩子的我二叔。我父亲不同意。冬天，老汉坐在灶台的马扎上，我父亲坐椅子在灶火边烤火。一茶壶水在火上咕嘟地开着，老汉端起水壶就往我父亲身上浇。

就这么一个老汉，死倔死倔。但他也有好处，除养活八个子女之外，养活他瘸腿未成家的大哥一辈子。分家时我这个瘸腿的大耶耶分给我家，由我父亲给他养老送终。以前的人，都是有义的。很深的却视作理所应当的义。

我七岁时老汉得癌症死了。得病后他很机警，给家人说，我知道有不好的病，你们瞒我没用。都实话说吧。

然后他说两件事。第一，这病看不好，不去医院了。第二，我想吃啥，你们就给我想办法弄来。

他的病拖了两年多。后来人瘦得走了形，不能吃饭，家里人除了我，没人敢在他面前端碗。看见有人吃饭发出响声他就拿东西砸过去。那年代人们也没什么吃的。为了给他补养，我大姑父把自己的狗，杀了。一条很大很威猛很听话的黄狗。他亲自动手把狗吊在树上灌水。

我看着，至今记得当时周围绷紧的空气。那种惊心动魄的挣扎，沉淀入记忆，成为一生每逢纠结时的象征物。

之后大姑父在一间小屋里抽烟。我进去找他，满屋的烟，几乎看不见人。

我有很多年一直想念我耶耶。他是最初的最重的想念。直到经历许多事，许多蚀骨的想念，这原初的想念没有褪色，仍然真切。

小时候我挨了揍，不服气的揍——觉得自己没错，一般都觉得自己没错，就夜里奔出家门，一路下坡两三里地，来到我耶耶坟上坐着。我不觉得害怕，但哭两声也没人理，喊几声耶耶，也没人答。觉得好没意思，气也消了，灰溜溜回家去。

有一次被吓着了。夜风送来女人扭曲的哭声，好像远，又像近。那阵子村里有年轻女人刚刚死去。我站起身强给自己打气，我耶耶在，我才不怕你。我想飞跑回家，但不敢跑，害怕身后有人。我一路倒着，一点一点倒着上坡。回到家，一身土，衣服被汗淋透了。

我爸妈我姐弟，从来不知道我去了哪里，干了什么。我是从小就有许多秘密的人。比如好几次差点淹死，比如一群男孩子好奇看女生下体，比如被电线打得从崖上滚下来，比如去邻村看驴马交配……太多了。

后来知道，那是个家里不同意然后私奔的女子，我们村的。

他们家人找他们，两人在野外躲了一个冬天。他们后来还是结婚了。那个男人，最终打井死在沟里的井中。人弄不出来，就填了井为葬。我称他是村里埋得最深的人。事见拙著《村庄凶猛：八十年代》。

9.

从小时读书的老家小学带回的一瓦一木，刷洗干净，晾干收起来。

仔细问了母亲。她说学校以前的确是关庙。她听我奶奶说，土改时就在这里批斗。把地主高高吊起来，忽然放下去，扑通砸在地上，一次又一次。人很快血肉模糊。最终难逃一死，却是以这种方式受罪。我爷爷在这地主家干过活，挺好的一个地主，对雇工很善。我爷爷看不过去，提了根棍子上台，劈头一棍。地主咽气了。

晚上地主婆悄悄来我家，流着泪低声细气地感谢。她还捎来个物件，罐子还是吃的，忘记了。

母亲说她嫁过来时，庙里还有关帝神像。我不喜欢类似于神灵报应那样神异的事，但这个是真实发生在村里的，有的我也见证了。不知因为何事，神像被一个叫工儿的男人背回去，放到他家窑里。这男人家里开个小铺，我小时候常被母亲指唤，拿着鸡蛋跑去换盐和酱油醋。需要嘴里念叨换什么东西，不然就忘了——的确忘过。到了小铺呆了，脑子空白，不知要换啥。工儿笑笑说，放下鸡蛋，你跑回去问吧。我说你不要把我的鸡蛋大的换成小的，然后撒腿就跑回去。我应该有过一次，跑了三趟，到了就又忘了。

工儿家后来不断地出事，人们说是因为他把关帝神像弄回家里。有一年夏秋之交下大雨，他家的窑塌了，家当和神像全埋了进去。塌在白天，他老婆和孩子在，孩子睡着了。有妇人来叫她去串门子，老婆不去，那妇人硬是拽她。老婆只好抱起熟睡的孩子出门，刚出来轰隆一声，回头，家没了。

这一年我上三年级，知道他家塌了的事。

再后来，他家好端端着火，烧得一干二净。他家在学校上方高处，灰烬和烟味直飘到我们学校。

但是没有完，紧接着是他母亲。拖拉机拉东西上坡上不去，他母亲着急下来在后面推。拖拉机向后退，她摔倒了，拖拉机从身上碾过去。送到县医院，医院说没法治，肠子碎了。

她还活了一两个月。在窑里整夜整夜凄厉地喊。她是活活疼死了。

工儿的弟弟叫狗嫌，光棍。我记得他的样子，个子不高，头发总是很长，直直地一根一根竖着，不停地抽纸烟。他黑，瘦，眼窝深，有点鬼精的样子，其他不记得。邻村有个姑娘，父母双亡，全村男人欺负她，她得了一身病，包括性病。这姑娘的大伯做主，狗嫌花了六十块钱，买回来当媳妇。

她才十五岁。

每当人们说农村纯朴善良，我就下意识想到这事。整村的男人欺负她。集体无意识的恶是很可怕的，到后来，大概没占便宜的人，反倒觉得自己是吃了亏。我在《农民》一诗中写到她的事。

我上村里四年级时，有同学已十六岁，比她大。她是个俊俏女子，只是脸色苍白，一脸病容，说话也没气力的样子，走路不直腰。我上学路过她家，有时听到她哭嚎，人们说狗嫌打她。

她后来生了个孩子，不知男女，我母亲也忘记了。她后来死了。

工儿，狗嫌，现在都死了。那孩子不知怎样，若活着，是三十多岁的样子。

我想不起工儿的样子，印象里是有点刁。我下意识用了小时候的判断方式，问母亲："他是个坏人吧？"

母亲说倒也不是。只是跟着村支书滚子干。

滚子是个坏人，当了一辈子村支书。人们不断地告他，但他就是不倒。母亲说以前她拼命给大队干活，一年到头，只能分到一小袋面。滚子家是用平车往回推粮食。母亲说他老婆一辈子都没干过农活。但村里会计说，人家管饭了（公社里来人管招待的意思）。

滚子女儿和我同学。我的范老师是有点清高的乡村知识分子，看不起村支书一家，也不给村支书面子。村支书女儿上学总迟到，我记得冬天我们上课，她在外面太阳地底下罚站。下课了，大家看她尿得棉裤湿淋淋。她老是被罚站，记忆里还有夏天，她站着突然摔倒在地，口吐白沫。是癫痫发作。

村里搞新农村建设，街面上都有点样子，全国都是这样。但是冷清，我没有遇到几个人，全国也都这样。我在学校待了将近一个小时，竟然没有看到不远处的路上有哪怕一个人路过。

这次回乡，最大的消息是：那个干了一辈子贪了一辈子，人们愤怒而无奈地说四五十年整个村就养他一家子的村支书，终于倒台。人们仍然是告他贪污，这次赢了，他被抓起来，坐了一阵子牢。

一代渐渐离去的亲人

我很早就习惯独处，后来需要独处。几岁的时候，我有一个里屋，我一人住，可以在枕头旁放一只松鼠，是我从野外树洞掏来的，有时上学，把它笼在袖里。我不在时它并不乱跑。我还可以尽情地尿炕，不用担心别人。常常是做梦，着急撒尿，好不容易找到隐蔽处，梦里想，哎呀，这下可不是做梦，放心尿吧。背下热乎乎，于是醒了。沮丧地躺在原处，靠体温把褥子暖干。这时会望纸裱的窗户，黑沉沉的。大姨家的表哥告诉我，睡不着就数数。我于是数窗棂，听外面风声，慢慢迷糊了。但往往是窗纸泛白时才真正一枕黑甜。

我后来渐渐知道，一个独立的物理空间，对人的心智成长多么重要。人一生欲求再多，贪念再多，最终真正需要的，不过是一间房子，一个无人干涉的里屋。

暑假我就去大姨家，那里有表哥，大表姐已考到省城上学。那里有许多书，乡村其他地方没有的东西，现实中探险探不到的东西，是想象的延伸，心的拓深。我在那里习惯了白日做梦，想入非非。表哥说："他嘎，给他一本书，他就坐一天不动。"

我爱大姨家，爱表哥、表姐。有一年春节，我竟跑去大姨家过年。但是浑身的不舒服，不适应，还有疏离感。我随时想离开，想逃跑，但又觉得逃跑不对，硬着头皮待了初一一天。这事让我知道，任何地方再好，都不是我家。我需要我的里屋，那才是我的。

十一岁，小学毕业。我当然是成绩最好的，但在村小学上学，成绩竟不够上乡里初中。家里找了关系让我上学。我妈妈给我做了新衣、新书包，还找来小桌椅。桌椅要自己带。

我妈妈说："你上初中了，吃，住，到你大姨家，我和你大姨说了。"

我姐已经在大姨家住。我很高兴。

我妈妈说："你老是咳嗽。大姨家娃多，病了可没人管你。你要好好上体育课，锻炼身体。"

我知道我要从里屋，我时常钻着的里屋，出来了。去外面，仍是我一人。现在想，穿着新衣去大姨家吃住上学，是我离开家的开始。

每周回一次家，来往步行。回家是上坡，去学校是下坡。去学校我就背了书包，一路狂奔五里而去，到了浑身湿透。书包碍事，拍打屁股。我让我妈妈弄个带子，让我可以把书包绑在腰里，不知为什么一直没有做。我知道我跑得快。跑得快而且跑得远，我能做到，也必须做到。小学时每年冬天，我咳得老师讲不成课，只好让我去太阳底下晒暖暖，打针屁股疼得不能走路得我妈妈背回来。我离开家，到了初中，可不能那样。我得身体好，也得不让人欺负我。

一跑三年。

有三个表哥、一个表姐和我同班，后来又多一个表姐。上初一第一天，选座位，那个座位不好，我不愿坐。班主任过来，劈头盖脸打了我一顿，把我桌椅扔到教室外。他说："你不是考来的，是找来的，就这成绩你还敢跩！"

我站在教室外，到中午。脸上火辣辣的疼痛，泪水直冒，咬牙切齿。我从未受过如此羞辱。我委实有杀人之心，想过他的家，想过我藏在里屋的刀。

正午，我回大姨家，若无其事。学校的事，我得自己解决。我吃了许多饭。我不能因学校的事不念了，返回自己家。我想明白一个道理：我只有成绩好，才能洗掉羞辱。

初一，期中，我全班第七名。升初二，第二名。班主任说，你做班长吧。

但是他让我做一件事：点名。凡迟到的同学，就罚一张粉连纸，他再放到他开的小铺里，卖掉。我不肯这样做，觉得可耻，但不能反抗，就消极地应付。我自己迟到不点名。我从这事开始，学会用自己的方式反抗错误。

学校的事，我不跟大姨说。每周回一次我家，我也不跟我妈妈说。我知道谁也帮不到我，我只有靠自己。

这个班主任，是我在成人世界遇到的第一个恶人。他让我知道，人可以非常坏，坏到无法理解。我从来不提他，因为他是我老师，为尊者讳是顽固的传统，也严重影响到我。但我终于决定说出来。人们都知道，他以前强奸了自己学生，人家后来成家不能生孩子，每年问他索钱。他每到过年就愁眉苦脸四处借，有一次他还找我大姨父。我上初二时国家搞严打，大姨的村子也捉了几个恶棍。我很兴奋，幻想这老师被捉去。但是最终没有。我在上下学的路上，总有怅然。也隐约知道，有些不平，我是没有办法的。这个世道原本就不平。

许多年后，她女儿同学在他家过夜，他又强奸了那不幸的女孩子。他如今已是老人，一个很老的恶人，一个一直未受到惩罚的很老的恶人。我不知他死了没有。我希望写下此文的此刻，他死掉。如果未死，那么我诅咒他活着的时间。

大姨没有读过书，是我妈妈的姐姐，和我妈妈酷似。她沉默，温和，从不埋怨什么，她个子稍低于我妈妈。许多年后我发小骑自行车去我家，走错路到了大姨的村，他见过我妈妈。他问路，敲开的院门里走出我大姨。他吃惊地问：阿姨你怎么在这里！

他以为是我妈妈。

大姨父是个宽厚的长者，做过这个大村的书记，又做过一个厂的厂长。大姨父又是我奶奶的妹妹的长子。他饮酒，豪量。每逢年节大姨家总有酒场。大姨父不划拳，他是那种酒到他跟前，他饮毕再斟满的那种人。我没有见他醉过，几乎没有见过他喝多了吐。

我在大姨家成长为阴鸷的赳赳少年。有大姨每顿饭的滋养，有他们的温厚，我心中燃着怒火，幻想，渐渐有了气力。渐渐有了青春期逼近时抗争的气力。

在大姨家，我也得到了弥足珍贵的东西：一个里屋。拉道帘子，外面住着两个表姐，和我的姐姐。

在大姨家，我学会了写字。已经上大学的表哥，是我最早的文学老师。大姨家里屋的格局已变，我住的炕也拆了，但还有一张百感交集的旧桌子。桌子有点高，略有不平，我记得坐在桌边读表哥带回来的《红楼梦》，摘抄里面所有的诗词，背诵《葬花吟》。贾宝玉这个角色，是我当时就讨厌的，诧异世间怎有这样的男子，娘里娘气。现在想，把贾宝玉当作青春期的象征形象，似乎可以理解。他有类于歌德《少年维特之烦恼》中的少年维特。青春期的少年，多愁善感，都有些中性特点。

在大姨家吃住三年，我飞快地长身体。初二第二学期某夜，我发现又尿床了，羞惭不已。后来才知道，是梦遗。

在大姨家的日子，我和亲姐姐都生疏了。和小表姐最好。时常一起写作业。初二，她留了一级，我们同班，于是生分，到回家不说话的地步。

青涩而暗昧难言的青春期啊。如今我们都已涉世间悲欢，来到中年。我们经历过 80 年代的狂欢和理想，经历过 90 年代凶猛的物质化，经历过新世纪以来越来越严重的粗鄙化。我们的理想灰飞烟灭，被物质怪兽苦苦追赶，而不知何故如此。我们一日日变得冷漠，市侩，精明，利己，自私，而不能自拔。忽然醒悟的时候，大半生已去，检点一生，内心空空，仿佛一无所历，仿佛没有活过。

而即便如此，每见到大姨家的表哥表姐们，我也总宛若重归少年，并一一审视自己有过的岁月……

我饭量越来越大。如果大姨父不在家，我一人可以抵得上其他包括大姨在内的四个女性饭量的地步。吃面条，我得三碗，因为太不好意思，不吃了，但临上学，就悄悄去篮子里拿三个饼子。篮子悬空挂着，我拿走饼，要扶一下篮子，让它不再摇晃，让别人看不出来。

我也不知为何那么能吃。气力变得很大。初三时割麦子，可以把成捆的五六十斤的麦垛一把抓起，扔到高高堆积的车顶上去。

大姨，大姨父，从来没有责怪过什么。从来不说什么。只是我自己的心理作祟。吃三年饭，我碗都没洗过。没人责怪我懒。我也想为大姨做点什么，但我是乡村说的那种没眼色的孩子，眼里没活，我不知道该做什么。我是男生，好，水缸没了水，那是我的事，看没了就挑满，我小表姐帮着我压水。院子荡了落叶，我就扫扫，小表姐也拿个笤帚。夏天，大姨父回去，习惯脱了上衣，打一盆水用毛巾蘸着擦擦。他喊：

学疙瘩，来。

我就跳出屋子，给他擦背。

我现在想起来，这是一生最温馨的场景之一，旁边站着我的小表姐，她也拿着毛巾。她乳名叫小胖，每顿只吃半碗饭。

我大姨父，如今七十八了。和大姨同岁。

村里逢年节会唱戏，村里发的免费戏票是有限的，但是亲戚们多。大姨要招呼许多来看戏的亲戚。于是我开始捣鬼，找来些和戏票颜色、厚度一样的纸，用了黑色墨水的钢笔，画戏票。我画了许多许多，拿几张真票夹在里面给大姨看，她辨不出真假，但疑惑地说：学疙瘩，这能行吗？

我于是带她去。我拿一张假票先进。灯光昏黄，人熙熙攘攘。验票的人接过票一晃，示意快进别碍事。我进去，再得意地出来。

大姨把真票给亲戚们用，我们拿假票。我很开心。我喜欢让我大姨开心。这是少年顽皮之下，所为的一件逾规之事，我大姨并没有夸奖我，也没有表现得开心。她可能觉得不应该鼓励。有一年夏天，麦收时节。周日，我去山沟采叫破瓣子的野果——一种极为美味的东西，像桑葚然而不是。它很小，而我爬高下低采了很多。汁液染红了手，那东西特别易破，我小心翼翼，浑身汗透，很渴却不舍得吃，轻轻放在袋里，还要用手托着，怕它们坠破。这是我当时认为的世上最好吃的东西，我想给大姨，给大姨家的表哥表姐吃。我采了一整天，天黑才回到大姨家。袋子放到第二天中午，我看见没有人动。里面的果子破了洇出，袋子脏兮兮的。我胳膊上被刺划破的伤仍在疼，手在疼，腿在疼，我脚上扎的刺还没有挑出来。我竭力不去看袋子，不去想。但是做不到。没有人知道我有多难过，又难过了多少天。

我也喜欢邻居妇女们来大姨家串门，她们纷纷说：你外甥聪明，学习好，将来考大学没问题。

我大姨就笑笑，慢慢地说：

我那个里屋住的，考上两个了，女儿，儿子。这一个小子，应该也能行。

那一个里屋住过的，都是能考中学校的！许多年后，我发小的妹妹，我大姨父朋友的女儿，也住在那个里屋，也考中了学校。大姨为她做了一整年的饭。如此，我大姨四个孩子中的三个，我姐弟二人，我姨父朋友的孩子，我大姨以她朴素的粮食，喂养出了六个大学生。以一个不识字的中国妇女，她几乎是创造了奇迹。在十四亿人的这么大的国家，有几人可以做到！

我其实不知道我有多爱我大姨，只是时常记她、念她。古人讲一饭之恩，因为那时，一饭就是命。在我，大姨以饭喂养了我的青春期，喂养了我的学业，那时不知道，她也喂养了我的文字。而那时我们家很穷，村里旱地，产粮很少。我们姐弟俩在大姨家吃住，我妈妈有时送一点粮到大姨家，有时不送，钱是一分没有。倒是有数次我推车，表姐们在后面帮着推上坡，把大姨家的粮食送到我家。

人经一点事，方知为人的不易。我后来在高中，家里给我的一个月五块钱的菜票，被一个教工子弟偷走了。我已经养成习惯：家里已经给过我，我自己弄丢了，那我自己承担。我不说，我不问家里再要，我吃了一个月干饼子，看到别人吃剩的菜汤都香。有一天发了高烧，我想去城里的亲戚家吃顿饭。我一路骑自行车，车子变得很重，一路摇摇晃晃。我心里想着一碗炒面片。我进了亲戚家，坐了很久，厨房那边像有争吵声。一会儿人进来，说，我给你五块钱，你到街上饭店吃碗饭吧？

我忽然有了气力，一把推开他，一言不发，出门推车就走。我怎么可能要你五块钱。我不想人看到我涌出的泪水。我心里喊：怎么这样对我？我小时还过继给你。我给你做过儿啊。你怎么可以这样对我！

那时候，我知我大姨多么不易多么好。我后来也理解那亲戚工作忙，不见怪。但是难过，仍然是有的。

我大姨是那样温和的一人，从来没有要求过我，批评过我，责怪过我，也没有纵容过我。连脸色都没有过，她什么都不要求，而我知分寸，不敢逾越。她不是我的妈妈，我有生疏感和畏惧感。

她只是无怨无求地喂养了我。她是这世上，除了我妈妈之外我最要感恩的女人，这个世上除了我大姨，谁，还能那样喂养我姐弟二人七年？

没有过，也不会有。

我有时想，这世道再污秽，一个人再难，也曾有这样的人无怨无求地给予你。一个哪怕有罪孽在身的人，也有亲爱的家人给予的怀抱。那么我们为何不感激这个世界的广大，感激这个世界的恩情？

我的大姨，她就是我命里的菩萨，宽容，微微冷漠的温和，以及平和的距离感。

深夜行车，我的手机忽闪。我一般静音，我不爱接打电话。我拿起来一惊，是我妈妈打来，她很少这么晚打来电话，而我犹豫着不敢接，我害怕，害怕是我爸爸出事。

我妈妈说，你大姨不在了。

我的菩萨，她死了。

我跟我妈妈说不成话，我眼前看不见了。我只好停下车在路边，等一会儿。

连日奔走，已经很累，夜里却梦见大姨。沉沉夜里，她站在空旷的田野，她小小的身形我远望而知就是她，就是我大姨。她温和地，低声地，叫了一声我的名。我夜半起身，是异地房间，泪不能禁。

我知道有这一天，她脑梗数年不能说话不能动，她一生那么干净利落的一个人，她很难过。我每次去看，她张嘴就哭。她不愿意自己这个样子。有时候她脑子糊涂了，不认识儿媳妇，嘴里呜啦说，你是谁，怎么在我家。可是我每次去，她认得我，我看她哭喊的嘴型，是喊我的名。表哥说，认识了，认识了，姨姨知道你来了。但是去年十月，她梗了舌头，我再去时她仍然哭，然而谁也不能认得。

我心中常有悲伤，广阔而浩渺而深重，为世上的不公，为怀哀者的冤情。为这污秽的世道，为这昏沉的世人。但我的大姨，是我世界源头处的哀痛。我知有这一天，然而仍没有准备好一场悲伤。我错乱，崩溃，迷茫。

我知人之必死。大姨他们一代人，正在渐渐离开。我时常想他们一生，有过什么，得到了什么。我的大姨，一个和我妈妈类似的朴素善良的中国妇女，和一百年前朴素善良的中国妇女没有太多不同。她们对自己的权利毫无要求，任劳任怨地辛苦地活着，像地上所有的动物一样繁衍、养育子女，过度的操劳几乎成了本能，不求回报的爱几乎成了本能，她们懵懂地善良着，奉献着或被剥夺着，软弱着，受着，直到命定的一日来临。她们那一代人那么多人到最后，脑梗，心梗，癌。而我像被放入别的巢中的雏鸟一样，在大姨家中长了三年，一点一点长硬翅膀。而我如今仍在这世上，苦苦寻找活着的意义，寻找人的价值，寻找活着的尊严。我绝计不肯再去附和我认为不对的一切事，和人。我时常有急迫感，因为觉醒太迟，而时不我待。

而这一日，我如遭迎头一击。我丧失了生命中重要的恩人。

我黄昏起身，八百里奔丧。这春天的山野，弥漫的全是奔丧气息。

我敬重，敬畏，有恩情的大姨，我的菩萨，从来不要求我不责怪我的菩萨，已经化为沉沉黑夜的部分，已经化为这瓢泼大雨的部分。回想起来，我这一生，从未在她面前流过眼泪，因为在她面前没有委屈。从没有抱怨地哭过，因为她给予已多，我不索求。那么今天，我来为她披麻戴孝，大哭一场，抛光我为她攒了三十六年的泪！

三十六个汉子抬着她的灵柩上路，而其实她只有八十斤，或六十斤。新坟已经挖开，棺材已经落下。墓门已经关闭，里面黑暗中的蜡烛已经熄灭。那是她孤单的小小的空间，像一个里屋。人在阴间，也不过需要这样一个小小的里屋，一个自己的空间。

尘土飞扬，大坟隆起，哭声震地，火光冲天。大姨啊，我来给你跪下，膝行向前，用我的泪溅湿你的新坟，再把孝棍插上你的坟头！

繁花满路，我心悼之

乳燕低回，我心伤之。

柳烟迂曲，我心哀之。

麦青千里，我心悲之

繁花满路，我心悼之。

…………

某年子时我出生，肖鼠。家乡有男婴生在子时不好的说法。但奶奶说，老鼠都是半夜活动，属鼠的生在子时，有啥不好！

家乡奶奶不叫奶奶，叫娘。我娘娘一语定音。许多年后到今日，每过夜间十一点，即便原本很困，我也忽然精神抖擞，仿佛缥缈的魂魄在身体里奋力一挣。我猜，子时出生，子时大概是生物钟中最活跃的时辰。我从高中起就不上第一节课。熬夜成习，年长了不必违之，随生物钟吧。

我就在子时写下这些字迹。听母亲说我生下来不会哭，如此到天明，到天又黑下来。也不吃奶。体重只有四斤三两，就在那里睡。我妈担心我死了，一下又一下看。我也在出气，一会儿一会儿地皱眉头。

这天发生几件事。第一件是我二叔娶亲。家里闹活一天，我就在那里躺着，不哭不吃不睁眼，不知是死是活。事隔许多年，有一个说法，是我出生冲了二叔的喜事，二叔二婶他们许多年不生育。

第二件事是我姐，她三岁。清晨我四姑来了，在院里喊。我姐从灶台上站起来就往窗户边跑。她跌在灶台上，有一锅热水，她的脸杵在里面，当下没气了。我四姑进来，慌得往起抱，我姐姐浑身湿着，四姑手一滑，我姐姐一头插进了灶边湿淋淋的煤里。她又赶紧趴下去抱起，我姐姐一脸煤黑。我四姑用手一抹脸，一层皮捋下来。

这一天，家里锣鼓连天，我姐弟俩没一点声响。

我娘娘听见我四姑哭，喊着你咋啦过来找。我四姑说，妈呀，我把娃烧啦，娃没气啦。边说边抽自己耳光。她说，娃要是死了，我也不活啦，我抱上娃从崖上跳到沟里去……

我姐命大，后来无恙。很神奇，她长大后脸上连疤痕都没有。根本看不出一点烧过的痕迹！但也许因此，我四姑特别疼爱我姐。

那晚，我姐醒了。我还没声息。我二姑来看，说好好的娃啊，也出气，胳膊腿耳朵啥都不缺，不该是死娃子啊，哪能不吃奶啊。莫不是呛了羊水？她洗手，伸进我嘴一搅，哇地吐了。就开始哭，开始吃奶，我于是活了。

四姑也疼我，小时候我常去她村里住。去大姑家多。我养狗的爱好是跟大姑父学的。我大姑、大姑父早已死了。写下这句，我心里觉得一疼。大姑父死去三十多年了，他死时比我现在还小一岁。人间最难过的是送别。我平生连去车站送人，也一分奈何不愿意。我也不喜人送我。然而却越来越习惯送别，人，或者物。我有时愤怒，心里暗暗地吼：什么鸟人间，老子不想这样子了！

那时候穷。我记得在大姑家住，和表哥玩，他是家中五个孩子中唯一的男丁。经常快中午了，我大姑就出去找邻居借一碗面粉，一般不是白面，是黑乎乎的豆面或者什么。我能和表哥玩，也不觉得难吃。但是有时候我四姑就来了，站在窑顶上喊：学疙瘩，你上来。

我就蹦上去。她声音低低地说，走，去我家，我做了白面的擀面条。你不要和你表哥说，他去了就不够吃了。

我看看下面院里的表哥，难为情。但还是去了。我现在不记得那饭好吃，好多次了不记得，我想是因为难为情觉得对不住表哥，吃不到心上。

但是我一直记着四姑叫我去吃饭。

有次暑假，四姑说，等你凉鞋坏了，我就给你买一双。我也记着，每天都不停地掰鞋，想掰坏让四姑买来新的。又不敢太明显，每次轻轻掰几下。后来怎样，也忘记了。

四姑父是个小个子，四姑人高马大。俩人年轻时总吵架打架。四姑是女汉子，烈性。听我娘娘在世时说，她以前上学很好，因为个子大，当时头上一块生疮头发长不出，就不肯去学堂了。我爷爷追着打她让她上学，她就跑到井边，指着井说：我死也不学去！你再撵我，我跳下去！

我爷爷再不敢逼。

四姑四姑父争吵，往往是四姑眼睛一瞪，挽起袖子，指着说：你个小矬子，我揍死你！

四姑父最恨人骂他个子低，一听就炸了。两人于是打在一起。

我记得小时有次在他家住，深夜，两人打起来，我也从被窝里跳出来，看见四姑要吃亏。四姑喊：学疙瘩，打他！我就上去拽他头发，撕他耳朵。四姑父拨拉一下，我倒了，就哭就骂脏话，喊小矬子。

然后他们就停了。我喊：你等着，我告诉我娘娘你打我四姑！

第二天见我四姑父，他冲我想笑，我当然不理他。但是四姑找我悄悄说，你回去不要告诉你娘娘啊。我听她的话。

我写下这段话，泪落下来。我四姑父也死了。我回来，是参加他葬礼。原本想能见着他最后一面，定好了第二天跟母亲动身返回老家。第二天一早老家来电话，说，子时人不在了。

四姑四姑父两口子，是亲戚们里最先富起来的一对。他们年轻时打打闹闹，后来却非常和睦。他们是80年代县里第一批万元户，在其中名列前茅。四姑四姑父是豪杰性子，不吝惜钱财。四姑父爱听歌，我记得小时去他家，他家一箱一箱的录音带。他好抽烟，那时候就抽希尔顿，也是几条几条地放着。

我每次去了，他们都给钱，说娃上学，拿着花。我姐去了更是。我们俩不管哪个去了他家，四姑都是赶紧做好吃的饭，四姑父在旁边笑笑地抽烟，看着你吃得饱饱的。那个村原有我三个姑姑一个叔叔，但一直到今天，哪家亲戚去了那村，都是去我四姑家吃饭。她是尽可能做最好的，她做的又好吃。

我记得高一，有一段憋屈。在县城读书，和一群同学体检还是什么，路上碰见我四姑。她拉着我说，学疙瘩，你吃啥，姑给你买。一边说一边就在饭店买麻花。我不知怎么回事忽然张嘴，哇地哭出声来。四姑吓坏了，连说你咋啦。我抹泪说没事。其实四姑我是看见你，我觉得心里好亲啊。我也不会说，也说不出来这样的话。

四姑父是有魄力的男人。年轻时办厂子，也爱赌。做事果断，为人又有名的大方。他的厂子后来不做了，地方给了我小姑父座铁厂，他二人是姨表兄弟。四姑父是冷眼热心的一个人。钱财如流水地花出去，到后来不富，倒也殷实。

他不饮酒，滴酒不沾。烟很凶。春节我见他，他还很好，问现在的天下，这样那样。

不料这么快。

原来两个儿子商量好，一直瞒着不说他的病，也不告诉我四姑——我四姑的脾气，说了她首先就崩溃了。检查到四姑父癌晚期，两儿子就作假，每次去医院，老大先去找人打点好，看不出是治癌症。每天一颗药，有次四姑父还说："这么一颗屁大点，五十块。"他不知是五百块。

如此半年。

我们那里，家里老人过世，子女要谢孝，就是村里挨家挨户上门磕头。见了来人，也要单膝下跪。我去了，大表弟就是一跪，是平辈人，我心里一沉。二表弟又上前，又是一跪，我的泪就要涌。我进灵堂，上香磕头，去看四姑。她刚刚睡下，我就等着。她醒来，见我，张嘴就哭了。我搂她花白的头，她在抖，她哭得像个小女孩。我觉得我头皮在动，脸上的肌肉在颤。我妈妈进来了，扶着四姑。我用力甩头，压低帽檐跑出去。

于我，这世间又少一人。回头看院子，想，再来时院里，就只有我四姑了。

四姑没有女儿。我姐姐可能要顶替女儿为四姑父送殡。

人在世间，来时一人。即便许多人等你，你也只能一人，握拳而来。不能知所往之处为何地，有何意义，也不知要去做什么。许多年后返回头问当年情形，也只能知其大概，只是相关人等简单记忆，如我所知我当年出生。人在世间，去时亦是一人，即便如我四姑父，许多亲友来送他，近百亲戚每天都来陪来看，外地的也匆匆赶回。然而他走时，也仍然只能一人而去，不知所往处为何地，又要去做什么。人的一生一死，无人可知，自己也不知，均处蒙昧间，均在孤独中。

我和四姑父，这一世亲戚的缘分，于是尽了。再想起他，他已非世上之人，只是世上发生过他的事，这事只与亲朋好友相关。于陌生人，仿佛不存在。

而我们每一人，无不如此。

四姑父过世前，明明白白。他吃不下喝不下，忽然能吃了，头垂着，喝了半碗粥。子时，他身上的肿迅速消下去，头仍然抬不起来。表弟们还以为有好转了。

四姑父说：“给我穿衣服。”

四姑父说：“扶我躺好。我要走了。”

第七辑

远去，或者归来

远去，或者归来

1.

晨，收到胡先生发来手书的图片，上写：

“潮湿的果园

果实的坠落声

此起彼伏

晨读玄武兄诗句，让我感触到对生命深沉不语的质朴之韵的瞬间连接。”

回：

“我即日出发，拟徒步返故乡，电子导航行程三百一十四公里。静默一人，未告知任何人。晨见兄帖，煞是亲切。觉是缘分，宛若为我壮行。”

胡兄，导演，画家，我敬重的人。当世，这般人物寥寥。胡兄曾手书我一诗寄来，我珍惜之。为《悲伤如一条北方河流仅剩的水》：

“千万座城池雷同，
如人群机械而冷漠的笑脸。
我孤独如群山，
悲伤如一条北方河流仅剩的水。
而我的悲伤纯净，
未被含毒的土地侵蚀。
我在岁暮的大风中远行，
去寻找消失的路，跪拜祖先伟大的灵魂。
它可能不存在。它存在过吗？”

2.

送儿子臭蛋去了幼儿园。他长得真快，已是幼儿园大班。

愿他年，孩子们以有这样一位父亲为荣。

收拾东西。相机，二斤的水壶，三斤的酒壶。笔记本，笔，一本书。书我未必路上读，但带着才踏实。

衣物其实无须。我能忍受热寒，但厌恶油腻和不洁感。犹豫一阵，带了四条内裤，四双袜子。

拎包，已重达三十斤。都是累赘。

院子里看了一会儿我的狗老虎，跟它说话。原拟是要带它一起走的。但我不能有拖累。

沐浴。出发。是 2019 年 11 月 1 日，13:58。弯腰紧鞋带，背包砸了一下脖子。

秋尽冬初，万木摇落。天色阴沉，正合我意。

3.

我多年没有远足的经历了，微信步数日不过数千，最多不过两万。一下子要走几百公里，不知得多久。

我的膝盖不好。脚，也不太好。大学时锻炼身体，冬夜跑步万米，在水房拎了凉水桶从头顶浇下去，迅速坏了膝盖。

脚被锈钉扎透过。

但能确定：我走得完。

我在四十七的年纪，人间事已过去大半，却依然迷茫，时有幻灭感。一些事，一些理念，理不清，不知自己是否做得对。

我也有一诺远行，一直未践。如今，时辰到了。我听到高处的呼唤。那声音说，老小子，走吧。在路上，你的心会平息下来，坚定起来，坚硬起来。坚硬是为了更柔软。因为人间的爱，是柔软的，却只有坚硬才能呵护。

我要从寄居的城市，从工作、孩子和女人，抵达衰败的故乡和年迈的父母，再前往荒凉而丰饶的山上。在人间，工作、父母、家庭，是我责任。它们像钉子把我钉在时间里。我是几千年农耕文明熏陶之下的汉人。一些东西根深蒂固，不容更改。

这样的远足，像远去，又像归来。

4.

走了一个半小时，还未出城。

满头汗。内衣湿透。背包像石头。石头越来越重。我已经严重退化了，忘记了走路会热，会出许多汗。衣服显然穿多了。

这个城市，我工作过的地方，夜里睡眠做梦的地方，有许多处。原想应该一一前往，若那样，我三天也出不了这座城。人何其渺小。

背包放在公共自行车桩上，歇一下。喝水，抽一支烟。喝了半杯盖，水要省着。

弃酒。酒连壶，五斤。再扔重的衣服。相机原本也想留到朋友处，但不舍得夜间的月亮。虽然重，忍了吧。

5.

不堪重负，舍弃了月亮。我好难过。

吃了许多包子。

水没有了。

脚起了泡。

路边有很好的灯光，觉得温暖。我去坐下来，歇一歇。再往前，夜深，灯火稀疏了。

我躺下来。整个身体挨着木椅，从未有过的迫切，和舒适感。躺五分钟。

眼睛余光瞥见木廊上的灯，破败的蛛网斜斜拉满。看天空，很灰很近，没有表情。天空像一座墓。

6.

沿汾河西岸，一路向南。汾河，黄河的支流，一条在几千年时间中盛大的流水，它的流域，诞生了尧的文明，舜的文明，禹的文明。

不过才七十年，它成死河，没有水了。城中河床，两头堵住，中间蓄水。又加灯饰，把死亡之河装点得逼真。

这虚假，也安慰了太多人枯竭的心。我们有一条假装的河流。

我想念那些干净的水滴……我有恸哭之心，然而我的泪水也未必干净。我要踩着自己的疼痛，走尽这条假装的河流。

包重。帽子重。眼睛重，抬不起眼皮。声音重，很费力才能发出来。脚踩下去，踩在泡上，啪嚓一声。拔脚，泡被带得鼓了，再踩又是啪嚓一声。这能忍受。最熬的是胯骨不属于自己了。它们乱扭，不向前，不知在往哪里用力。

走错了路。返回，上一个小坡。平素一步可迈，我等了十分钟，心知上不去。我攒了十分钟的力气，觉得有了，来了，一点一点爬上去。

夜风凉了，把汗一次次吹去。微雨落下来。出了城。

0:44，投店。店在二楼，把着楼梯挪上来。躺下便不再能动。浑身哪里都软了，生殖器却是勃起。多少人一生，摆不平这个丑陋的毛虫，受它左右。真是悲哀。

醒来是晨8点。

7.

进路边面食馆。还干净。要了大碗猪肉臊子刀削面，一盘烧肉，一盘花生米拍黄瓜，一碟泡菜。

泡菜太甜，也仔细吃完。花生米，最后几颗夹得费力。手指不太听使唤。

下一顿，也要这样。以后都这样，要惜物。不应该浪费东西。

13:30，出发。

8.

冒雨。不知道是哪里。路边落叶纷纷，树木瑟瑟，美得像就要被侵蚀的容颜。

大车呼啸。无尘土。车风带动落叶翻滚。我不如落叶快。叶停，我也站着，像等秋风向前推。

今天太慢，是一步一步挪。有时侧着身子，只是保持前倾的姿态。大腿带不动小腿，小腿带不动脚。脚落不下，迈不出。

脚下踩许多小气球——泡，用脚尖垫起脚掌。走。

我的魂魄，会从此记得返回的路。未来一日，千里万里萦绕，乘风而归，在树梢萧萧而鸣，在月亮下站在屋顶。在风中咆哮，站在落雪的山峰，静默不语。

遇到好心人，停车载了我一截。车上她说，你脱了鞋吧，不要紧的，脱了鞋舒服一点。看我下车用手抬腿，她叹息：还远呢。你什么时候能到啊。累了就歇一歇。

陌路人，此生大概就此一面缘。我都没有看你的相貌。我也沿路为你祈福。

9.

3 点半以后的路，再未遇到人。草木飒飒，荒凉的农田，干涸的沟渠，满路落叶，仿佛都是我的。

回头，来路望不到头。向前，路也不见尽头。

出汗。确定不是累。是疼痛所致。每一步都踩在疼痛上。两手下意识捏拳，拳心全是汗，从指缝滴出。我心里喊，不许疼，还是疼。我忽略它，但是腿迈不开。

我吼出声来：走！

但是不能走。

我在旷野大声嘶吼，喊自己的名：走！往前走！但是迈不开步子。

坐在落叶上，身边是曼陀罗花，和枯的站立的玉米秆。站起来特别艰难。腿叛离我。但是我恢复了一点气力。心里觉得有了什么。

10.

这一世爱我的人，我沿路为你们祈福。我的疼痛觉得轻了。

这一世我有意或无意伤害的人，恨我的人，陌路的人，我沿路为你们祈福。我的疼痛觉得轻了。

我敬的人，我沿路为你们祈福。我的疼痛觉得轻了。

与我毫无关系的人，我也为你们祈福，愿你们心中有美好，并敬畏、护持美好。我的疼痛觉得轻了。

我的心很小，泥巴的质地。只容我一生做一件事，还做不好。

我的心很轻，只容我一世爱那些亲人，那些心有所感的同类，那些美，却也爱不好。

11.

坐下来休息。喝水。发现怎么挣扎，也站不起来了。

静悄悄无人，风茫然地刮着，身上凉。

努力试。扶着树，但是不行。

来了一个老农，开着农用三轮，在我身边停下。他过来扶着我腋下往起托。好了，站起来了。

我站在路边，和路面一个台阶的高度，我竟上不去。

老农说，我载你一截吧。他的村子在前面。他把我扶到驾驶座上，我左他右。到村子了，他说，我再送你一截吧。我说，谢谢你，反正我都是要走的。

善良的老农，真的是老了。侧面我瞥见他色泽黯淡的脸、皱纹、瘪下去的腮。我也一路为你祈福。愿你维持一生的本能之善，如影随身，从不离去。

12.

太阳落下去了。它每天都要落的。只是我许多年没有这样，看它一点一点变红，变暗，掉下去。

月亮升起来了。是新湛湛的初月。它跟着我，缓慢地走，不着痕迹。我的心忽然疼了一下似的。

我喊许多名字。庄哥，你不是吹鲲鹏之大不知几千里吗，来来，借我点力气。老屈，你不是上下而求索吗，你的路那么远，来来，给我一点力气。司马公，你把李陵步兵死斗匈奴的力气匀一点给我可好。老李啊，你那凌人的盛气元气，请借我一点。杜二，我要你诗歌里那些凌厉的阴劲儿。老苏别吃了，你肚皮够大了。你贬谪那么远少不得徒步，借我点经验。

我喊太多的名字，我爱的人们，爱我的人们，一个一个。

我就是不服气。气力竭了，你也要再生出来。

旷野里，英灵，雄鬼，艳魂，来！为我加持！

13.

这个人不停地走，一拐一拐地向前挪。他为何如此？他有什么心事？他心里有什么大痛苦吗？

14.

非常抱歉，现在我的确力竭了。

晚 9 时，投店。旁边是卖羊肉的饭店，我却没有力气走进去吃了。

向服务员要了泡面。要了牙签。

坐在房间床沿，掰起腿脚，用牙签挑破脚泡。左脚两个，右脚三个。

没有吃东西。

15.

我的时代，绝大多数人一生，也没有走过这么一点距离。在我个人，也已像极限挑战。

这一世渐轻。只剩下往前走了。

16.

我是谁？为什么来到世上，降临在黄土高原一个偏僻的寂寂无闻的山村？

我为什么写作？世上职业，何止千种万种。为何我选了这一种？

有时我听到召唤，一个威严的斥令。更多时候，声音模糊了，消失了。

我承继了谁？我能拓出什么，为谁承继？

我为何走在这样一条路上，在人生过半的时候？

17.

我不是好人。只是努力真实，磊落。我有许多罪孽，有意的，无意的。但没有夺人性命之孽，或有意害人之罪。

我踩着我的罪孽行走。

我时常有杀心。时常起冲冠之怒。我傲慢。极端。时有好胜心。我时常无意间伤人，不给人留面子。我不遵循先人的智慧，那些让人庸劣不堪的中庸之道，养生之道。

我勤奋，勤奋时常无结果，或结果是错的。

我有贪婪的爱欲，但不愿伤害人。时常因爱欲恨自己，恨得咬牙切齿。我藐视简单的肌肤之欢，能够制止这样的欲念。

我鄙视猥琐，我身上也有。我反抗它们。尽力打败它们。

我努力想做一个好人而非老好人。

我寻找价值和意义。我还没有做过什么有意义的事。

我戳破虚假的价值和意义如戳破脚上一个个泡。

我亲爱的朋友，我们不要变成自己鄙夷的人。我们一生，不要变成自己反抗的事物。

18.

我的曾祖，战乱中勉强栖身，从河南来到我现在的故乡。他高大，严厉，阴沉，自尊。传说他逐走偷马的大儿子。这儿子后来从军，返乡招兵探家，曾祖不肯相认。他从此不知下落。1948年，最爱他的一个弟弟，背着干粮，在临近唯一的火车站茫然等了许多天，想着万一他能够归来。曾祖，传说村里红白喜事，他都去帮忙，但是绝不允许家里孩子去蹭酒席。传说他种庄稼，再贫瘠的地他也翻得平整，田里没有一块大的土坷垃。他是要在地头跪下，趴下，仔细瞅田地里有没有高出过不平的地方的。他的地都贫，东一块西一块，他的地到哪里，他把路修到哪里。村里原本只有一条进出的路。传说村里其他的路，都是他一个人修出来的。他最后死在路上。

我的祖父，在时间中活命。被束缚在土地上，村子里。

我的父亲，被束缚在一个工作职位上。他们一代，一个工作岗位即一切。即：尊严，地位，家庭，整个人生。没有工作等于失去一切。

我的时代，太多的人仍然不敢想脱离一个单位的人生，尤其北方。单位基本是固定的，像锈死之钉，钉着人的命。

我在不断放弃，又努力获取。我思考，可能毫无意义。但我一定要有思考的自由，行动的自由。

我有不从众的勇气。我有不服从的能力。这很难。诚如我艰难地向前走，哪怕是挪。

19.

原来疼痛，是会让人无力的。必须踩着疼痛，振作起来。

20.

圣贤说，推人及己。

佛说，慈悲。

耶稣说，爱人。

那么何者为爱？当如何爱？

人群默如坟场。当如何去爱，在这时代？

21.

什么是文学？

它是矫饰之能，是花言巧语或，口吐莲花？以虚假来获安慰，是人心的需要吗？

诗要做什么，文章要做什么？它如鸟之美羽，如水上之纹吗？

我藐视这一世的文学。它们中绝大多数，没有神灵入驻其间。神灵不屑一顾。

文学最终不是一门技艺。它是记忆之学，时间之学，想象之学，永远面向往昔，然而通往未来。它是人心能够抵达的深度和广度。它不仅记录而且参与、创造。它积淀文明更创造文明。

文明不是随时间进步。它经常崩溃，混乱，污浊，倒退。

22.

若干年后，会不会有人觉得好笑，不过是一场简单行走，搞出这么多无聊文字？

事实是我时代的人们，依赖科技并耽于享受安逸。许多人到死，也不可能有徒步几百公里的行为。能走而且能写作的，更少到稀缺罕见。

以后的人们，你们要知道。

我只是记录在行走时的一念又一念。一念才动万波随。许多念想，因为身体跟不上头脑，来不及记下，被冲刷而去。

23.

窗外，一个小孩，约莫两三岁。用吃奶的气力摇饭店旗子，全身扒到细细的旗杆上。旗子动了，他抬头看一下，咧嘴笑了。

阳光里，他那么小，那么嫩，那么可爱。

这一个刹那，我是如此贪恋人间。我与他非亲非故，但多么希望他长成一个有用的人，有意义的人，而非许多生命，只是在人间活过一遍。

吃了大盆的羊肉酸菜。大碗面。尽最大可能多吃。下一顿不知何处，何地。

感谢食物们。站起来。第三天，13:23。

24.

路过遇到的人，凡步行者，无论城，乡，男女老少，都拿着手机，时不时低头看一下，有的一直在看。

人们有一种虚拟的恍惚的神态，像不在场，不在此地，不在此刻，不在此国，不在本时代。

到处如此。在城市生活场景中，在乡村生活场景中，在家庭生活场景中。想一下，是令人悚然起惊的事。

这是另一种虚假。人被科技化，外物化。人的肉体放纵，人的魂魄游离，连附着于物都不能，而游荡在虚拟世界。

网络客观促进了人的联络，但许多联络属于无效。

我做一个文学公众号，付出精力已达六年。我决定返还真实，回到现场。

我恢复了手写，甚至，决定恢复书信。

25.

我的记录出现共时性。一些念头并置，我分辨不清哪一个先出现了。

坐下来休息时，一些虫子到了我身上。飞的，迟钝。爬的，缓慢。

下意识伸出去拍的手停住了。已入冬，它们想依赖我身上的热量，挣扎一点残余的生命。

让它们待一会儿吧。

走时振衣，不敢拂。虫子轻薄细小，拂一下就碎了。

高处有鸟飞过，微如黑点，无法辨别其类。我看鸟如芥，鸟看我亦如芥。我行走的时间，在人类时间中不足一哂。我的行走，不是自我救赎，不是自我惩罚，不是自证，不是逞能炫耀。它同样没有意义。我是在人生的无意义中找寻意义。

26.

帽子掉了。折回去一里地左右。远远看到，一个骑电动车的男人绕回来，正要捡。

我喊，是我的。他看我一眼，远望有点悻然，骑车离去。我没有和他生气。

人生总有无聊消耗。比如这来回一公里。

路过乔家大院，一个旧时的土财主家。有钱没什么用。物质不代表文明。人们习惯于积财传给子孙，却造就多少无能子弟，毁掉子孙。

乔家的后人在当代，大概有蹬三轮车的。

那么大的宅子，圈起来，作旅游点收门票。每年门票收入不菲。

站着，在树荫里记。不能再坐，一坐就站不起，走动不得。

27.

夕光中，麻雀们亲切地叽喳着。过一会儿，它们就返回人类的屋檐下了。

这叫声让我觉得人间变得无比真实。

28.

许多事未竟。我的时间不多。相对于想做的事来说尤其急迫。心下却知是急不来的。

我预设我还有十年，把十年的天数写在本子上，丧失一天画掉一天。

世界这么大，人类有纪年的时间又那么长，人又那么多。死去的人类早已比活着的多了。一些事我做与不做，其实无所谓。做，地球不会增加分量。不做，人类时间并不减轻。这世界离开谁，也照样日升日落。

以前我会想到责任，以此为由贪恋红尘。现在想明白了，凡生而为人者，各有福报，各具造化。

我觉得做自己喜欢的事时一下子挂掉，最是幸福。不用说事情没做完，作品没写完。写完又如何。况且，永远写不完的。人必须死，我认为是创世者最高明的设计。

29.

沿 108 国道，沿途是大车刺耳的尖叫。我一言不发，内心沮丧，闷头前行。时有小车鸣笛路过，放缓车速。我只是一崴一崴地走路，眼睛看脚下。

大脑木了，只剩前行一念。

今天比昨天状况要好。昨天大腿不听使唤。今天忍着痛可以拉开脚步。脚踩下去像踩着斧刃，使劲踩，脚掌全着地，一会儿就适应了。可以稍走快。

又路过一条枯干的河，也依然堵了河床两头，假装自己是一条河。

我需要小心看脚下，要踩平地，不能高低凸凹。前面有一个土堆需要绕开，我竟有畏惧感。

右脚渐渐像踩在泥里。能感觉出脚泡啪啪地响。过一个村子，也不知这是哪里，叫什么村。一个老妇骑车路过，又折回来，扭头仔细看我的脸。她大概一生没见过这样一扭一扭向前走的人，弄不清状况，也不好意思问我。她若问，我会好好答她的。

30.

黄昏渐渐入夜，拐上另一条道，忘记了名字。路名不重要。黯淡的灯光映着路上的落叶，很有立体感，我总下意识想躲开不踩。远处的车灯渐近，落叶仿佛在地上一枚枚站立起来。——然后，回归如常，若有所思的样子，像是有着满怀心事，无处倾诉，也不愿倾诉。

许多年后，会记得这些落叶在明暗不定的灯光中的样子。它们似乎是美的。然而我踩着自己疼痛的脚，一枚枚踏过它们前去。满地落叶，无可选择。

31.

走进一条乡间小道，寂寂无人，落叶沙沙，前后均在晦暗里。树枝低垂，若一一俯身，看我认我。我忽然想流泪，然而无酒可醉。要哭这人间的百般煎熬，美的污浊和没落。要哭这世上的亲人，以及亲人的丧失。我念着世间我知道的名字，渐渐嘶吼起来，吼得泪水飞溅，嗓子嘶哑，不能出声。

我，也只是这人间的一个孩子。看似无所畏惧，无坚不摧，强悍顽强，其实时常在无助的时刻，返回童年，缩在房间角落。是别人家一个失去所有亲人和熟悉事物的继子，要努力喊一个女人叫妈妈，而我努力半年也叫不出来。

32.

进了城。以为到平遥，却原来还在祁县。今天只走了十六公里，已是困顿。过一个红绿灯，心里着急，担心是红灯须停下等，果然便是红灯。

一停，腿脚便锈住，动弹不得。那些麻木的疼痛瞬间回转。绿灯亮起，我走不过去了，挣扎着挪，右手挥向车的方向示意等我。

路人告诉我，前面二百米有酒店，二百米漫长。不知是怎么到达的。

酒店边有面食馆。上一个台阶，用尽气力。老板在门内疑惑地看，似有撵的意思。

我进去，问，有饭吗。

他说有。又不好意思地说，我刚才以为是个老人，担心跌在门口。

店里居然有南瓜稀饭。迫不及待喝了两大碗，吃大碗面。没有稀饭，面怕是吃不下了。

老板说，十二块钱，你给十块就好呢。

我说，怎么可以亏你。照常吧。

老板又说，旁边那个酒店太贵，我朋友过来让他搀着你、背着你包，去他店里吧。

这几日遇到的人，都好。对一个执意徒步远行的人，人们都想尽量表达一点善意，无论男女。酒店的老板，一个大男人，端来一大盆热乎乎的洗脚水，特意放了泡脚的草药。

感谢我遇到的人们。虽然我明白人的善意的脆弱，若我是美貌当龄女子，夜晚独行荒野，遇到的人们，大概会起别样的心思。但仍然感谢人们的善意。人心需要缥缈的善意的安慰。

21:00 投宿。鞋脱不下，袜脱不下。血脓粘在一起。用力拽下鞋子，连袜泡进盆中热水，一会儿，分开了，剥袜下来。

现在起开始鼓气，攒力。明天要走多一点，一气到平遥。如此，全程便完成三分之一了。

雪在低垂的天空深处，仿佛站到高冈，手插云端可触。雪意渐浓，却一直未落下来。我不一定等得到它铺满前行的路。

用卫生巾的男人

1.

不再理会疼痛这皮相之感。那个叫玄武的人，我知道你做得到。你要把它踩在脚下，扬长而往。

第四日，14:00，弃鞋，换鞋。循环一支曲子，耳边全是金戈铁马之声，沿 201 国道一条路走到黑。

2.

一个人走在路上，和出生时一样孤独。

一个人走在路上，和死去时一样孤独。

一个人走在路上，和月亮一样孤独。只有那一个。

3.

过一个陈旧的涵洞，路面不平，只好一扭一扭，一跳一跳。估计姿势怪异。路过骑电动车的，三轮车的，都回头望我。

上了坡，一辆车在前面停着。走过去，司机叫我。是个中老年男子，五十多岁模样。他说，上来吧，我载你一截。

我连声道谢说不用，我要走路的。

再前行一截，又一辆车路过我停在前面。右车窗摇开。是个面目姣好的女子。她说，坐我的车吧，到城里还有很远呢。

我说谢谢你，不用，我是要走路的。我向她鞠了一躬。

我转到马路对面逆行。这样，就不会有好心人再停车要载我了。过马路很着急，要两边看有没疾驰而来的车辆。我的脚，躲不开的。

这一路，遇到许多有善意的人。这让我对人增添了信心。许多人都有模糊的向善之心，只是不知该做什么，该如何表达，该如何实现自我价值，让自己的生命有意义。

物质至上的逐利，许多人开始厌倦，朦胧觉出是不对的，无聊的，低级的。人们还不知道如何得到意义和价值。但有这样的意识，已是觉醒的开始。

4.

穿过低矮的火车洞桥，遇见肮脏的不知何处而来的流水。它还欢快地流着。

遇见不知何故被伐的大木，看木质像是杨树，应该也有我的年纪了。每看到如此，我都觉得好像被杀死的是自己兄弟。

又一棵。很粗的桩，表层还湿润着。切口不齐，有一根木刺高高地矗立。它像忍受了残忍的折磨人的刑罚而死。

向前，又一棵。再一棵。

这条小路，那些伸向天空深处的萧萧树木，全部被杀死了。我估计有一百棵。它们的寿命，合计约五千年了。恰是我们号称的文明史时间。

5.

又遇见肮脏的河流。

又遇见肮脏的河流。

走过村外的垃圾堆。天下村庄，村村如此。塑料袋在风中簌簌作响，风大了，吹得滚圆，飘到天上去。

垃圾堆边，有连根扔的果木，看是苹果树，这些生命，就这么结束了。它们不是动物，死前连叫一声都不能。

这年苹果价格太便宜。各地滞销，农民毫无办法。或许，一些地方要陆续开始伐掉苹果园了。此前，在我的家乡，我见村民整园伐过其他果木。

6.

路对面一群羊，在收割过的农田里，暮色里是雪白的，不像平素常见的污秽，脏的白，屁股后面一大片污渍。旁边是低矮的苹果园，树叶未脱，是经了霜的红色。

一只大羊，有黑的胡子，很高。像头羊的样子。它站在放羊人面前，昂着头，似乎认真地听牧羊人说什么。

远望，牧羊人手持羊鞭，对着头羊，有训话的动作。牧羊人似乎很老了。

这场景静谧，让人心安详。往来车辆，尾气，行人的匆忙，工业化的冷冰冰硬邦邦的马路，皆可忽略。它像是永恒之物，像是美的。人类纪年的几千年里，它的存在，代表人心的安定和美好的秩序吧。

牧羊人站在裸田里两棵高大的树下。两树相距不远，树有些年纪，远看是槐。

槐树下有两个小堆，几乎看不出，是从其上的荒草来判断是土堆的。树应该是坟头树。

7.

夕阳卡在树梢，嫩红的夕阳，落光树叶的树梢，光中剪影坚硬。心里起了怜惜，似乎担心赤裸的树枝划破蛋黄一般的夕阳。

低头走过一座小桥，数着步数。抬头看，落日已沉。

8.

柳叶尚青。路边垂枝摇摆，时不时拂一下我头颅。

来矣往矣，杨柳依依。它又能留住什么呢。

9.

月亮比昨夜丰满，仍是半个。而我爱前夜清丽的弯月。那月伴我走了很久，清辉落入诗文。而已经死掉了。

路过一个村，有好听的名字，念起来像喊一个女孩子。车灯由远而近，照亮路牌：小沿，像女孩子嫣然一笑。

车过去，女孩隐没暗里。

10.

我多么想告诉已丧失的亲人，我在路上见到的美。它和疼痛一样强烈。疼痛我可以踩着，可以忽略，可以藐视。在美面前，我却轰然崩溃。

我多么想告诉已丧失的亲人，我在路上被席卷而去的美。却是再也不能。

11.

帽子还是丢了。是在一个车配件店外的灯光里休息时发现的。

丢失之物，丢失是它的运道。让它去吧。捡到我帽子的人，不会知道它的主人是一个几天以来一直在黑暗的路上行走的诗人，一个几十年来内心一直在路上的诗人。这与他的生活无关。愿随我长途跋涉的帽子也护佑这位陌生人。

前面飘来新鲜的牛粪气味。我不讨厌。知道平遥快到了。这座侥幸留存往昔痕迹的城，以牛肉著名。曾经，有太多这样的城池，都毁掉了。我们的记忆统统被拆除。

我的时代，也被拆得干净。年年在拆，日日在拆。但是我在诗文里，尽可能留存所历时间里人的思考，人的苦难，人的抗争。

导航三公里到古城。

12.

一辆车在前面路边，停下不动了。我路过时仍然不动。车右窗摇开着，车发动机的声音温和地突突着。司机侧身说：师傅你去哪？我捎你吧。

我说去古城北门。他说，正好我也路过那里。你坐上来吧。

后来我想，他是有意那么说。

司机是个胖子。问他职业，他犹豫一下说是厨师。我说厨师好，想吃什么有什么。

他说，也不好啊，毕竟给别人打工。

我说，你有艺在身啊。艺不压人。伸手可做，家人跟着享福呢。

他有点开心，说倒是。又问，这么大晚上，你怎么一直走啊。现在的人，没人愿意受这个辛苦。都忙着不知干啥。

我说，一生也就走一次。再不走，以后没有机会了。人人都忙碌，跟着社会环境乱转。但是忙得没有了自己。说忙，说迫不得已，但是那忙有什么意义啊。眼见得多少人忙着忙着，一下子就没了。其中许多都还年轻。

他说，唉。都是为下一代吧。

我说，下一代不能再这样，忙得像没头苍蝇一辈子啊。不是给下一代创造经济条件，而是我们自己得做出点样子，给下一代看，原来可以这样。

他的车开得慢，表情有些凝重。几天来，这是最长的一次对谈了。

22:00，抵古城。吃到了喜欢的醪糟汤。起身时用力，不禁大吼。吓着了客人。邻座有人惊得站了起来。

23:00，入宿。房间安静，装饰有女性气息，温和而凄凉。几天来最舒适的，是房间有个很深的塑料泡脚盆。

上午 11:30，离开。原本想多住一晚，休整一下，等待脚伤恢复。但不能。扭头最后看了一眼房间。人必须有挣脱舒适安逸的勇气。舒适安逸使人迟钝，怯懦，渐渐愚蠢。

13.

县城十字路口，一个新华书店，门可罗雀，窗上一眼望到。

路上所见豪车甚多，陆虎，奔驰，宝马，书店门口停的有奥迪。城中所见，到处起高楼，一个个作富丽堂皇模样。然而读书成了费力而无用之事。本时代，少见有人尊重知识了。

书店的样子，装得还体面。

且不说读不读书的问题。太多书不值当读，或无病呻吟，或顾左右而言他。或回避，或迎合，或自说自话。徒然污了书这一肃然的称谓。

我经常感到绝望。我的族人，这么多这么多人，读的，可能读的，写的，准备写的，不写不读的，我们怎么活到这样种丧失求知欲、精神追求、灵魂叩问的样子，而且恬不知耻，作充实快乐状。

14.

走过垃圾站。

我自己，也多半被垃圾化，成了垃圾的部分。我还有一点灵在垃圾里挣扎，不被它同质化，不被它淹没，不被它埋葬。

这个叫玄武的人，在垃圾中自呼其名，而清醒，而痛苦，而忍受着痛苦。他可能因为痛苦而有了稍微的价值。

15.

文字要有超越文学的东西。比如信念，比如人的意志。比如，爱。

16.

路上太脏了。尾气，尘灰，已降临的霾。呼吸困难。晚上洗脸，洗一把水就成了黑的。清理鼻孔，也是黑的，清晨依然是黑的。

这些肮脏从来是沉默的。无微不至的。它和本时代无所不在的窒息感保持着惊人的一致性。

17.

介休泡菜兄，没有见过面。数日来一直联系，要来陪我走一段。下午又联系。

我在黑暗里埋头前行，后面有人喊我名字。是泡菜兄。他和朋友开车过来。

晚 10:00，宿介休城。饮了一点酒，谈了些沉重的话题。

泡菜兄要带我找医生看一下脚。执意推脱了。找医生就不让走了。我不能停。一停，心气就散。

18.

和衣躺下零点才醒。想起忘了向饭店要牙签。

有带折叠瑞士军刀，就是它了。割开脚泡，碘酒消毒，用创可贴。走时原想带十个就够，一次就用了九个。幸亏是多带了。

19.

第七天。走。接下来十年的每一天，都要以这样的气力，坚忍而冲刺，前方目标无尽，每天都前进一点点，每天都抵达一个。

20.

我有一些心障，一直未解。一路仍在思考，看宽大而繁密的黄叶翻飞，落在青绿的草地上。

是一段旅游公路。山中我第一次看到数日来没见过的干净流水。流水轻细，在碧的水草上闪烁。是从绵山而来的泉水。

看到抛光叶片的柿树，繁柿挂满枝头。心中起了喜悦。这喜悦一路伴随，向晚未去。柿子尚未经霜，捏了一颗，是硬的。

21.

这些年我们一直在做思维混乱的事。许多争论没有结果，总是被扯到归零，永远没有一个思考递进的起点。我们没有日本福泽谕吉那样的人物。我们这代人学养不够，不能够像百年前的士人学贯中西，也是时代所致。

当代没有人做福泽谕吉那样的事。

要写一个小册子。无须厚，要尽量温和，客观，明了，但结论准确而坚定。由此，解决当下认知和认知方法的一些基本问题。

22.

一棵侧柏傲然于山顶，望之骇然。树周八九人方能合拢，有枯枝，有生枝，有雷劈之后的残枝，仍有苍苍不尽气象。

它像一头传说中的巨兽蹲卧山巅，也像坐在荒原深处的王者，俯瞰人间的杀戮、情爱、丧亡，以及祥和。

不知何故呼为秦柏，资料说它大约 2650 年了。它比孔丘岁数大，和苏格拉底、柏拉图差不多同时代。

它的根系，几千年里，不知伸向了多远的地方，抱住了深土之下多少枯骨。人类不能知黑暗王国之事，而它知道，却只是风中自鸣，其意人类亦不能知。

万物有灵，况此树中之灵长。

他年，我的魂魄归来，可能登上树巅，风中呼号？人中谁能感知？那必是这一世我的亲人。

23.

长长一日，泡菜兄一直沿路相陪。有时他把车开到前面，步行返回来随我徒步。有时车在后面，等我走一阵再追上来。临近灵石城的时候，他索性喊了朋友把车开走，随我步行而下。

暮晚穿越灵石。一个狭长的沿河谷荡开的城。传说当年大禹治水，此处以北到太原，一百六十公里皆为茫茫洪泽，禹凿山泄水，方有这一带后世先民。

买烟时，烟店一个好看的年轻女子。我还是觉得心中一动。她说，你从太原一路走来啊，太累了啊。

路上想了一会儿她的样子。

神奇的泡菜兄，冷不丁就在某个地方冒出来。像一个又一个惊喜。他告诫我，天黑即止，夜间千万不要走 108 国道。

导航还是带我涉一座新修通行的汾河桥梁，来到108国道前。

站在路口很久，未敢过去，一身冷汗。大车连贯许多辆，啸叫而去，不见尽头。小车也飞驰如在高速。我几乎不可能走到路对面。这样的道路若夜间行走，司机根本想不到路边有人徒步。如果撞飞了，大概司机也只是心里嘀咕一声：刚才是不是撞到了什么？继续前行。他不会想到一个人没了。

泡菜兄接我返回，走上另一条路。路边火车哐哐而过。它的出现使夜晚变得缓慢，沉重，迟疑。它像一条长着许多眼睛爬行的怪兽，与我反向而去。

20:00，宿灵石南关。灵石是泡菜兄妻子的娘家。他讲当年追妻子的经历。二人两地，妻子起初不应，后来勉强交往。有一天，泡菜兄邀请她，说无论你应不应，我想请你去我家看看。她去了。泡菜兄说，当天他妈妈还好着，人有些迷瞪了，但是看到儿子的朋友，眼睛发亮。

第二天，母亲去世了。

后来，他们成了家。次年，有了小孩。上午泡菜兄妻子打给他电话，我听声音，是性情温和善良的人。我说，问候嫂子好。她在电话里就笑。泡菜兄喊妻子郭老师。

泡菜兄父亲是当年随部队南下的，到重庆巫溪。泡菜兄长到十二岁才归来。他有一个南方水乡的童年。所有的童年都是乐土，是梦牵魂萦之地。

泡菜兄特别告诉我他父亲的经验，说他父亲南下时每日步行。连长命令所有士兵，可以不吃晚饭，但晚上必须泡脚。他说，你每晚必须泡脚。

当夜，泡菜兄辞别归家。啊，今夜起我有了怀念。我多么幸运，这一世有许多这样从未谋面却如故人的朋友，同道，彼此挂念。他们远胜我在实际生活中必需的交往。相比起来，他们更为真实，亲切，深沉，血脉如暗河树根，相互勾连。有此等友，你怎可以忍受与那些庸物厮混来耗费为数不多的黄金时光？

凌晨3时，手机记事到此，听到窗外潇潇雨声。明日要冒雨前行了。

24.

我终于成了用卫生巾的男人。而且是少女款。而且一次用两条。

据说有个很强势的女人，惩罚丈夫，把湿漉漉的鞋垫绑在他裤裆里。说，让你体验一下女人的苦。

卫生巾是泡菜兄购来。另带了外用药膏、纱布、口罩，路上吃的食物，都是迫切需要之物。

卫生巾，垫在鞋里。效果奇佳，走起来没那么疼了。原来用卫生巾这么舒服。泡菜兄弄来那么多，我走尽全程也用不完的。

13:10，自南关出发，沿108国道一路南下。有一些东西，是需要在路上完成的。

有一些东西，是需要在脚下完成的。

25.

循环听一支大提琴曲。琴弦像在心上轻轻割来割去。它轻到如微触，每一次都恰如其分地拨痛你。

26.

人们相信，一个徒步远走犹如苦行的人具有一些品质，比如诚实，比如勘破利益，比如善。

然而我不够。

27.

这世上是有些人在意你，看重你的。更何况你也在意他们。

你以后每行一事，不可使他们失望。这失望，对他们已是伤害。

28.

字落到纸上，要把纸张灼伤。

字落到纸上，要像每一步都疼痛而坚定。

字落到纸上，要像行走一样缓慢。它不是工业化，商业化的。它是人的体息，喘气，汗污，脸上的尘灰，是人越走越吃力的脚。它不好看，不是摆姿势拍照，它歪歪扭扭，简单而沉重。

舍弃花哨无用的修辞。浅薄轻薄的感慨。文学一定不是修辞学，不是矫饰学。

29.

我时常有恍惚感，忽然一惊，想，我为什么在这里，为什么做这样的事。

有时候我觉得在重复。我活着另一人的生活。

我时常会厌弃自己的生活，想脱离轨道，绝尘而去。

聂鲁达的父亲，有一天就出走了，从此一生消失。罗萨《河的第三条岸》，写一个离开生活却又能被家人见到的父亲。

兰波不停地漂泊，从事许多职业。由诗人变成一个冷酷无情的商人。

我不是受他们影响。而是，他们展示了人性另一个侧面。展示了我另一个侧面。一种脱离秩序、脱离安逸、抛弃多年遵循的人间律法狂奔而去的强烈欲望。它不是逃离，而似乎近勇。人生忽然卷起，犹如海啸将至。我认为这是人性的风暴之眼，是伟大的母题，犹如俄底修斯之海上漂泊。

30.

这一世，我把我的命渐渐写到了纸上。我是真实在世上活着的人。他就是这个样子。

31.

沿路那么多摄像头。

堵车。疏通交通的警察，其中一个年轻人，试图穿越大车，从大路对面走过来。他喊：你去哪里，坐我的车我捎你一段吧。

我连喊不用，谢谢你。

我很重视这个职业的人的小小善意。他们时常也显露出人性温暖的一面。这温暖突破了冷酷，突破了商业化对人的异化，而袒露出朴素而真诚的人心。

这样的人心，应当是社会、国家、政党努力追求和接近的东西。让人更像人，让人恢复为人，大势所趋，不可阻挡。

32.

在弥漫天地的肮脏中前行。是缓慢移动的一小块肮脏。

我以人的东西对抗工业化。商业化。社会化。科技化。人的雷同化——那雷同像一叠白纸一样整齐。

无论如何变化，人永远在。人的内心，永远大于一切。个体的鲜活生动，个体的价值，永远大于一切。

33.

一个人在行走中，内心渐渐有了僧侣的气息。渐渐藐视肉体。我不知这是善事，还是恶事，还是与善恶无关。而善与恶，不过是人之念而成。

34.

在行走中，偶尔，我瞥见天地混茫中我的魂魄。

人不一定有灵魂。但人是可以有灵魂的。在这样一次行走中，我依稀看到，我有。它在前行中真切起来。

35.

我心里藏着一个人。我的远行，一定不是源于他。但以脚步丈量大地，我稍微体验到他的心境。

与他不同：他欣赏到天地之美，内心欣悦欲狂。我望到破败而肮脏的山河，内心时有绝望。

但这只是始于自然之美的判别。一些东西，可能是相同的。

他回去不久就死了。他死后不到五年，天地崩溃。

我回去后，就开始为他著一部书。

36.

见言："她的记忆很短，没有伤痛。"

写作是记忆之学。人的生命意义，仰仗记忆，唯有直面、反思，才得进步。人孰无过。逃避直面，只能不断地愚蠢地，踏上同样的错误，同样的生命陷阱。

我记事早，记得最早的远行。四岁。父亲从垣曲调回家乡，全家下车时黄昏。我晕车呕吐一路。

搬着物件，大大小小的包裹。那时没有出租车，爸，妈，大我三岁的姐姐，每个人尽力扛东西。妈妈还抱着一岁的弟弟。

妈妈说，你拿着这个。

是一个铁皮的暖壶。

我就抱着暖壶，一路上坡回半山区的家乡。暖壶胆易破，爸爸不断提醒我，不要碰碎了。我记得天是黑的，没有月亮，星星又冷又硬，脚下时常被绊一下。我说妈妈，我觉得我走着就要睡着了。

快到村口的时候，路过坟，是家里祖坟。全家停下喘口气。我觉得力气已尽。没人抱我，我一定走不动一步了。再走，是两道大长坡一路向上。

爸爸说，你先回家吧，就说你一个人回来的，吓爷爷奶奶一跳。

我觉得什么东西，在背后推了我一把，但是脚麻得不听使唤，险些跌一跤。我说，嗯。

冥冥中，谁在抬我腿向前。我的腿不是我的，它们自己在走。我抱着暖壶，几乎一路小跑，奔上坡，推开高大的黑暗的院门，推开缝里露着煤油灯光的东房门，爷爷坐在火炉上正抽烟，炉火暗红。

37.

人生颇苦。但及时行乐的念想，显然无意义不可取。人生无非是一场苦行，你一定要走的。即便走到岔路，也要尽力折回来。它的结果是以肉身作一场修炼，证明自己做过人，做了些可以称为人的事。

许多人炼到最后，是灰。灰一会儿就凉了。留不下一点堪称真的善的和美的痕迹。和一头猪被宰杀，没有太多不同。

38.

人唯有一次的生命，一生一定要有一次苦行。

苦行未必能自证什么，能悟到什么。但一些事，唯有在苦行中有可能得出思考的结果。

我行得不够。以后还可能继续。我的内心在路上，停不下来。

39.

我所在的时代，人们不知道怎么活了。

一切，在利益中、利润中、权力中，恬不知耻地满面春风。人说，我胜了。殊不知如此一世活过，连人都不能算。

我的族人，连简单的做人标准都没有了，或者这标准不再受重视，不断被忽略。比如诚实，比如恪守内心，比如与人为善，比如勇气与担当。逃避成为常态，潜台词是，不要连累我就好。

连最简单的做事态度都没有了。比如认真，比如有事可为有事不可为，比如不可弄虚作假，比如不可言过其实。

最基本的审美，也没有了。我处在一个万物之美、人之美不断丧亡的时代。

我，能够力挽什么，持护什么，能够创立什么？

40.

19:30，投宿霍州。是几日里最早的一次。

包寄存服务台去吃东西。吃了一盆肚丝汤，一大碗刀削面。

回住处，房间里有电脑。洗脚，抹药，没来得及洗澡，想着用电脑写点东西。头一歪睡着了。醒时次日晨5时。

我其实可以每日走得多些，快些，远些。但需要记录的时间。万念纷沓而至，迫止行步。若不记录，则万念尽成灰。

已历七日，还剩一百一十八公里，已完成三分之二。

有朋自远方，自驾而来山西。说，来陪我走一段路。心中感动，但却是不必。

家乡朋友，要到临汾迎接，还不知该如何推脱。

感谢你们。知道在世上被人牵挂，可能是好的。行走，其实只是一个人静静地走，便是最好。

41.

人生如逆旅。要不断舍弃一些事物。走在路上，会发现太多太多城市文明的东西，是完全没有必要的。它愚蠢而做作，虚假而无生命。它没有热情而具冰冷的礼貌，它背离人的内心。

行走的写作，迫不得已只能取最想记下的东西。字迹若烙。

也放弃太多的文学修辞。它们非但不必要，而且一定不要。

第八日，立冬。我把秋天彻底走尽了，并且，终于走进冬天。这一日，随人间的规矩，我也吃点饺子吧。

走。听说明日，有一场大雪，从天而降迎我。则我终于盼到了。是几日来最令我快意的消息。摸到自己满脸胡茬。洗脸时见镜里，一些胡茬白了，很亮，仍有桀骜的样子。我将一步一步，走入积雪深处。如果雪封直道，则是更好。如此，我便可以沿高速一路走下去，不受车辆威胁，不受车声相扰，不被尾气和尘灰裹挟。

如归

1.

人问：兄弟，你去哪？

答：翼城。

又问：从哪来？

答：太原。

我老老实实地回。何必打诳语。

明年，后年，若有人问，我也可能回答：太原来，去漠河，去海南，去西藏。倒未必全部徒步，或者骑行，或者半车半步，徒步之程是一定要有的。

人们会想：这个人为什么步行这么远的路。

过些年，他们偶尔会记起，黄昏时刻，一个匆匆赶路的人。背着包，戴着口罩，戴着眼镜，挽着衣袖，看不到面庞。他们会想，在这个时代，这个人为什么步行，走那么远的路?

他们偶尔想到这些，已是很好。我无法回答他们。我无法传达给他们的还有：

我的确在行走中感触到大欢喜，大寂静。

一个人专注于某一事物长久，只要具备人的悟性，都能够抵达相当的深度。专注力是人间极为重要的力，一种原力。

我的儿子稍长，一定要有独自一人的远行。他一定会。他会因此藐视欲望而尊重生命。大丈夫当为人所不能为之事，得天地真气，为人间立言。岂能龟缩于人群，作种种猥琐苟且之状!

有个骑摩托车的老男人。路过时回头，妩媚一笑，冲我点头。我也向他点头致意。

2.

吃了一斤饺子，半斤驴肉。14:41，自霍州出发。房间记录，起身迟了。不得已，要赶夜。

今日过洪洞。苏三待过的地方。

沿路没有乱扔垃圾，尤其塑料袋。烟盒也没有。没有抢红灯，哪怕深夜。

这些，寻常人都可以轻松做到。有一点意识，就可以了。

3.

汾河在侧。河流大了一点。脏依然是脏的。

路上风硬了一点。需要压低帽檐以防帽子飞走。

路边的蒿草，又黄了一点。仿佛立冬一夜之隔起了变化。

路侧有条小路。与大路平行。看了许久，终于跃过栏杆而去，除了口罩。

小路却短，没怎么走就结束。遇见蘑菇，像小姑娘举的花伞。没有踩它，蹲下去看了一会儿。它仿佛害羞的样子。伞是白的，镶了黑边。

4.

想，这样的人间，是否值得来一遭。

5.

人间若有伤痛，脚下皆可踩平。

6.

暴走三小时，转到路边一所房子后，稍避灰尘，休息，饮水，汗落再行。不能坐得久，否则风吹生病。

路上所见，路边房子许多是空的。

我坐在一块石头上，背后一根水管，有水龙头可以洗脸。我前面不远处，有一坨干透的发黑的狗屎。

它像一个隐喻。

7.

沿途所见，一切秩序井然的样子。路很宽，房屋高大，外表堂皇，努力装得气派。但是许多房屋没人。

8.

冬雨来了，不是雪。路上的尘氛静止不动。我就欢喜，冒了雨赶路。雨大了，我就在桥下躲一躲。我没有携带别的衣服，太湿了无法赶路。

我有一个叫故乡的目的地，内心因此坚定而从容，全无惧怕，忽略劳顿，一步步接近和抵达。路程再远，我总能回去。

故乡微不足道，小得像地球上一粒尘土，重得千山难移，敏感得想一下就痛，是祖先们出生与埋葬之地。每个夜间，魂魄沿坟头树上升，在树梢的星辰间沉默不语，闪烁不定。

9.

导航把我导进一条沟里。没有沮丧，风景甚美，只是太静。对面的崖上房屋错落，很有风致，远望去尽是空的。有一些，窗户空洞着。

鸟鸣空幽。路过的许多房屋倾颓。没有遇到人。返回时上坡，湿滑，很是费力。

10.

暮霭渐深。雨滴打在落叶上，沙沙作响。

暮光中麦苗青翠，远望尽成紫色。

11.

背后一阵追来的脚步声。回头，是两个上小学模样的小姑娘。高的问：叔叔，你是旅行吗？

我感觉到自己脸上的笑意。我说是啊。

往前走，雨大了，返回来，在小朋友家门前躲雨。一个小姑娘，搬来小板凳给我坐。特意用袖子擦了擦上面的灰尘。

问：你们在村里上学？

答：不在，在城里。村里小学学生很少，一个班才十几个人。

另一个补充纠正：现在变成一个班五六个了。

这个村叫下纪落村。村名不重要，天下村庄皆如此。

小姑娘问：天黑了，我们村没有旅店，你住哪儿啊？

12.

雨湿透了衣服。

雨停，汗湿透了衣服。

听到童年以后再未听过的夜枭鸣叫，像一串黑暗的笑声。

家乡话称这鸟为：嗤鬼子。“子”发音为 neng，嗤鬼 neng。

一阵风来，沾雨变沉的树叶，哗啦啦落下来。一头一身，鞋面上也沾了一片。

一阵大风来，路灯下树叶横飞，像几百只麻雀扑向路边屋顶。

13.

家乡几个友人驱车来接，找不到路，到时已是夜晚。据说是开了步行导航，车那样走乡路迢迢爬山而来。

非常感谢。但是我不能被带回去。剩这么点路，岂可取巧。一定要结如豹尾。几个人只好又开车返回，唉，真是抱歉。

14.

这一世，有什么想法赶紧去做，不留遗憾。你看多少人犹犹豫豫畏畏缩缩，一个想法窝几十年，最后带到坟墓里。

这一世不要在人群里弯下去竭力混同。久了，你就彻底矮化自己，完美地达成自我残害。你的不同，是你的长处，而绝非你的错误。错误的是他们，是人群。

那些铺天盖地，漫山遍野的傻缺啊。

15.

我只是这人间的客人。

我只是这条路的客人。

我也会是一座坟的客人，被挖掘机抛在路面。

16.

这人间有人用心待我，我回以心。

这人间有人轻侮我，我忘记。不配我继续记着。

17.

如果没有这么久走在路上，我这一世，也不能如此真切地感触到人间的存在。不能如此真切地看到肮脏，不能如此真切地感触到美，进入美。不能如此真切地感触到我自己。

18.

疼痛是一种促人觉醒，让人无比敏锐的力量。是艺术原力之一种。

19.

除了一个心障。放下一些事。

还有，慢慢来。

许多人满是心障。

许多人只是，障上长了一颗心。

20.

血泡结痂。痂破。右脚小趾，像装在一个小小的袋子里。掰住一撕，皮脱落下来。拿起来对光端详，大如拇指头，冰凉，纹路清晰而密，像许多条排开延伸的路。它像一小页边缘不齐的粗糙的纸。

脱落之痂，更像一件不值一提的往事。

我脚上的，一个一个撕掉。

21.

什么是亲人？

无怨无求爱你的人。

不顾一切你爱的人。

你不愿伤害的人。

你受了伤害努力原谅的人。

你可以托付骨头的人。

你可以为之拼命的人。

他没了，你在夜晚的树上看到他灵魂升起的人。

她没了，别人在你脸上看到悼亡气息的人。

亲人未必血缘，未必尽在故乡。亲人可男可女，或老或少。亲人多是人中同类。

22.

我亲爱的孩子，还有喊我大舅的，喊我大爸的，喊我叔叔的，就照这个样子，去找男朋友吧。他一定要坚忍顽强，血气充沛，是个男人的样子。不管从事何种职业，他也不能腹无点墨，草包一个。

仅仅对你好，是不够的。那只是个基础条件。仅仅是善良，也是不够的。那也是基础条件。切记懦弱和老好人式的无是非，不是善良，虽然世间常将它们混为一谈。你找到的人，不要懦弱到影响下一代。

如果错了，要勇于修正。

23.

你一认真，万物的门一扇扇开了。你听到门锁落地时啪嗒啪嗒的声响由远及近，由近及远。那么多门，迈开的脚步迟疑，不知该先进哪一扇。一生太短，没有进完就没有了。

24.

第十日，剩六十七公里。

胡子拉碴。吃焖面时低头，眼睛余光瞥见自己的胡子。是白的。

水比食物重要。干净好喝的水，就是命。

这一世时常，宁肯渴着，也要等待，喝干净好喝的水，不将就，不俯就。

喝得饱饱的。出发。13:00，离临汾。

天上晒，地上凉，身上热。

摘包脱衣，赤膊而行五小时。帽子不能摘，头发不能被风乱吹。

不在意别人怎么看。由来，只忠实于内心。

冷，你就得快走。风来，你就得更快。你不能停，一停就病。而你病不起。

如此行走，恍惚中，以为又走进了夏天。汗一直出。

25.

过临汾鼓楼。卫青少年时在此地为奴。人的经历影响一生。他后来贵为大将军，纵兵大漠。一生行事，却仍然不能够脱离奴态。

我少年叛逆，叛逆维持一生。叛逆是破除伪和猥而非其他。叛逆以寻求真的，接近真的，然后修正自己，继续。

有时像把钢筋掰弯，掰直，或掰到反向。有时需要在石头上，砸。火星直冒，成诗成文。

26.

16:00，脱离大路，进入乡道，一路上坡，汗流不止。太阳落下，月亮升起，仍是赤膊，不知寒冷。

要夜行，翻过一座山，不知走到几时，可能要到天亮。望去还远，沿路静寂黑暗，山腰才见一两盏灯火。无车声，无人声。山间风大，唯有风声。

渐行渐高，回望，城市灯火已迢遥。今夜，我与大山同在，月亮伴我同行。

18:30，有了灯光。有了人声。在一棵大树下歇息。树有些年纪，上缠许多红布，灯光映照中，已失了颜色。

民俗是把古树作神灵对待的，会向它上香，磕头，祈祷。我坐树下，并无惧怕，却是亲切。我觉植物动物们，山脉河流，是和我一起的。它们和我一回事。

手机记录，觉得指头冻僵了。这地方和城里的温度，差距这么大。穿衣，连皮衣也穿上。

27.

20:17，山中。喘息，饮水。撒尿。我很少撒尿，总觉憋着，身体还可以吸收水分。

山上没有遇到可供休息的地方。那么连夜走山。

路边杨树落叶未尽，其上明月高照。看了一会儿，听了一会儿，走。

28.

夜晚很亮，小路清晰。一棵残树，枯枝上叉着月亮，荒凉而美。

手机拍照，惊着一只鸟，没有鸣叫就飞走了。

树不高，没有鸟窝。鸟不小，不知什么鸟，落向哪里，我微有歉意。它振动翅膀的声音大而有力，却是缓慢，像迟疑该落向何处。

在月亮下撒尿很奇妙。抛物线亮晶晶。风吹得乱摆，感觉一松手，鸟就飞走了。

29.

抬头一道沟，骇然。黑暗里巨大，深不可测。沟壁当有植物，望去如绒绒皮毛。这沟壑像怪兽巨嘴，像噩梦中深渊。

我吼：老玄！老小子哎！把力气拿出来！回家喽！

它抓住我的声音，一把掷出来。回音砸在我耳朵上。

手机没了信号。继续往高处走。

30.

我在路上。

山崖在路边。

月亮在树上。

渴了。喝水。水胜过世上最好的佳酿，胜过天上最好的琼浆。没舍得多喝，只饮多半杯盖。

31.

翻过一座山，进入另一座。导航报直行五公里进入无名道路。想起乡谚所说：

山路是母哩，拐个弯儿是五里。

32.

背后的夜车由远而近，路过我啸叫而去。映我的影子在路边土壁上，迅速清晰，缩小，迅速倒退消失。

33.

23:00，坐在路边树林休息。落叶时而掉下，在地上有噗噗的声音。夜深听来尤响，像有什么东西从树上蹿下，有时觉得奔我而来。

忽然恍惚。我真是从太原一路步行，走到这里？这个事是人做出来的？这个人，就是我？

还有三十公里，就到故乡。

34.

夜里12:22，月明如洗。

我心如洗。生静谧，生安详，无悲无喜。脚过村落，有灯光，狗吠时闻。

35.

一路无人，内心安定。没有什么可起惧意的东西。

这个时代，连个像样的响马也没有。连个像样的野兽也没有。

连个像样的有侠骨的风尘女子，也是没有。

36.

人很难累死。却很容易懒死。

许多人懒得脑子傻掉。

傻掉的人，从来不知道自己傻。他们觉得聪明，享受，美。

那些铺天盖地、漫山遍野的傻缺啊。

37.

月光下，小路曲折，灰白，很美。它一扭一扭欢快的样子。

吹动月光的山风，在这季节，没有草木苦涩的气息，但是也很美。

前方，灰白的小路折叠，像倾斜着挂上墙，心中一沉。这么大的坡，不太美了。

以为爬上坡后是平路，上了坡，路倒是直，肉眼能望见的，一路挂到天上去。

38.

站住脚，气喘吁吁。周围的山都低下了头。

在行走中，群山一步一步，缓缓退到后面去。我在山顶，全身毛发直竖，如鬼如神，如喝令群山倒退的原始时代的怪物。我对着山谷大吼，自呼其名。山风把吼声荡出很远，在群山之间、山谷之中撞来撞去，久久未息。

39.

第十一日，凌晨1时，入故乡县境。

雪一直未至。我期盼的天低如帽、大地素色，一步一个脚印，一直未至。

一阵风来，落叶如急雨，在微光中闪动着，裹挟我周身。有什么东西抓住我手，写下：

那么一定要在黄昏进入故乡。夕阳光芒万丈，如加云衣予我，而我大踏步归来，目光炯炯，明亮如炬，锐利如锥。

爱我的人，以及曾经爱我的人的尸骨，尽在故乡。还有爱我的人，其心随我脚步，三百一十四公里一步步走近我的故乡，走进我的故乡。

我须发泛白，杂长如山魈，仍然是赳赳少年。我的心清澈不含杂质，我的血呼啸如海，我周身风尘，却不染人间油腻。我的灵魂洁净，清晰，如初洗之婴。我坚如玄铁，如女娲补天时代遗落的一块顽石。